双葉文庫

最後の嘘

吉祥寺探偵物語

五十嵐貴久

目次

Part1　市長候補

1

三十八歳という年齢がどういうものなのかよくわからないのだが、中途半端だなあとは思う。

若いわけでも年寄りというわけでもない。中年と言われるとちょっと違う気がする。まあそういう歳だ。

そんな三十八歳のおれには、自分でも情けないと思うことが多々ある。その中でもっともわかりやすいのが、グラビアアイドル好きというところだ。

中学生の時からそうだった。言っておくが、巨乳好きというわけではない。胸や尻ではなく、グラビアに載っている女が好きなのだ。

モーニング娘。は何となくスルーし、ＡＫＢには遅すぎた。きれいな女優などに興味はなく、正統派アイドルに背を向けて、ひたすらグラビアアイドルと向き合ってきた。

そんな自分を馬鹿だなあと思う。哀れだとも思う。それでも性分だから仕方がない。

二十年以上そうやって生きてきた。いいかげん止《や》めたいものだと思いつつ、フライデーとフラッシュを未だに毎週買い続けている。

七月のある日、おれはバイトしているコンビニエンスストア、Q&R井の頭公園店のバックヤードで雑誌の検品をしていた。ご存じの通り、コンビニには雑誌コーナーというものがあり、毎日新しい雑誌が届けられる。検品は重要な仕事だ。といっても、実際にはただグラビアページを見ているだけなのだが。

雑誌に載っている水着の女の子たちを眺めて、何となく満足するのが日課だったが、今日は違った。週刊ジェッタシーという雑誌に、壇蜜の袋綴じがついていたのだ。

くどいようだが、おれのグラビア歴は長い。見続けて二十五年、四半世紀が経っている。

数千人のグラビアアイドルを見てきたことになるだろう。その中でも壇蜜はまったく新しい存在と言えた。

断言するが、こんなグラビアアイドルは過去いなかった。三十四歳というのも驚くべきことだが、何というか、魔界から来たとしか思えないほど独特だ。

コンビニに届く雑誌を毎日チェックして、壇蜜については絶対に見逃さなかった。必要を感じれば買った。何が必要なのかは自己判断による。

今日は袋綴じだ。中身を見ることはできない。

買おうかと思ったが、ジェッタシーははっきりいって三流のエロ雑誌で、こんなものを買っているところをバイト仲間に見られたら、恥ずかしくて働けなくなる。

だが中は見たい。何とかならないものかとページを引っ繰り返していたら、川庄《かわしょう》さん、という声がした。おれは慌てて雑誌をテーブルに放り投げた。

「何してるんですか」学生バイトの芝田《しばた》だった。「のんびり煙草吸ってるなんて……」

「検品中ぐらい、吸ったっていいだろう」

「……楽しそうでいいですね。バイトは気楽でいい」

「お前だってバイトじゃないか」

「ぼくは来年の四月から正社員です」芝田が気色ばんだ。「一緒にしないでください。立場が違うんです」

「そりゃ悪かった。とにかく放っといてくれ。おれはただのアルバイトで、正社員様と直接喋《しゃべ》れる身分じゃない」

「その通りです。身分をわきまえてください……あと三分でレジに入ってもらいます。きっちり三分後にはその態勢についてもらわないと困るんですが」

「お前は何がしたい？　ブラック企業の部長にでもなりたいのか？」

「きちんと管理された職場にしたいだけです。長く働いているというだけで、仕事を平気でさぼるようなアルバイトには辞めてもらいたい。そう考えています」

無言でうなずいた芝田がバックヤードを出ていった。おれは落ちていたジェッタシーを拾い上げて、再び袋綴じを引っ繰り返し始めた。あと一分。一分だけ夢の世界にいさせてくれ。

2

四時になった。いつもなら暇な時間帯なのだが、どういうわけか客が多かった。おれも含めて、アルバイトたちは総動員態勢を取った。仕切っていたのは芝田だ。二台あるレジの前に、客が行列を作っている。おれはバーコードリーダーを手に、次から次へと客をさばいていった。

店の駐車場に二台の黒塗りの大型車が入ってきたことに気づいてはいたが、特に何も考えなかった。不釣り合いな車だとは思ったが、それどころではない。弁当を温めたり、宅配便の伝票を処理したり、やらなければならないことは山ほどあった。

店にスーツ姿の男が四人入ってきた。棚の商品には目もくれず、レジにまっすぐ近づいてくる。順番です、とおれは微笑みかけた。

「列の後ろに並んでください。ちなみに、今週はおにぎりが三十円引きです」

「……川庄さんですね」

男たちの先頭にいた背の低い銀縁眼鏡をかけた男が言った。そうですが、とレジを打ちながら答えた。

「一緒に来ていただけますか」

チビが言った。意外と迫力がある。命令するのに慣れている人間の声だ。

「何かご用ですか？　今はちょっと……」

「一緒に来ていただけますか」

チビが繰り返した。お弁当まだ？　とレジ前にいた女子高生が不満げな声を上げる。

芝田が駆け込んできた。

「川庄さん、何をしてるんですか。お客様が待っているんですよ。さっさと……」

そう言う芝田をチビが無言で見つめる。芝田が気圧《けお》されたように口を閉じた。

店の責任者は？　とチビが辺りを見回す。今の時間帯はぼくです、と芝田がおずおずと言った。

「それなら話が早い。川庄さんをお借りしたい。今日の仕事はここまでです。何か問題でも？」

「問題ですよ」芝田が抗議した。「今日、店にいるのは四人だけです。忙しいし、これからもっとお客さんは増えます。四人だって足りないぐらいです。お借りしますも何も、そんなことは……」

レジの中に男が二人入ってきた。おれの両腕を脇から抱え、レジの外に引っ張り出す。

その力に、おれは早々に抵抗するのを諦《あきら》めた。これでも危機管理能力は高いと自負している。

あたしのお弁当！と女子高生が叫んだが、誰も聞いていなかった。というか、誰も動けなかったようだ。

チビがポケットから小さなケースを取り出し、名刺を差し出した。二言三言何かつぶやくと、急に芝田がおとなしくなった。

構いませんね、とチビが念を押すように言った。芝田が肩をすくめて、一歩下がった。

「行きましょう」

チビが先に立って、出入り口に向かった。おれを抱えた二人の男が続く。最後の一人が、失礼、とか何とか言って外に出てきた。

男たちが車に向かう。黒い大型車だというのはわかっていたが、近づいてみるとマイバッハだった。何なんだ、こいつらは。

「乗ってください」

チビが後部座席のドアを開けた。面倒臭いので従った。

男たちが二台のマイバッハにそれぞれ乗った。おれが乗せられた車の助手席にチビが座る。運転者は若い男だった。

「行きましょう」

チビの指示で、若い男がエンジンをかけた。ゆっくりとマイバッハが動き出した。

3

長くは走らなかった。というか、すぐだ。吉祥寺に新しくできたホテル・シャングリラに車は入っていった。

地下駐車場に続く道を徐行していく。地下三階、という表示があった。

「質問は一度で済ませたかったから、あえて聞かなかったが」

おれは後ろからチビの肩を突いた。

「何でしょうか」

「あんたらは何者なんだ？」

「すぐにわかります」チビが言った。「おっしゃる通り、質問は一度でいいでしょうし、答えるのも一度で済ませたい」

もっともなご意見だったので口を閉じた。マイバッハがエレベーターに一番近い身体障害者用のスペースに停まった。

どうぞ、とチビが言った。コンビニの制服姿のおれは一流ホテルに似つかわしくなかったが、まあ仕方がない。車を降りた。

後についていくと、チビがエレベーターのボタンを押した。待っていたかのようなタイミングでドアが開く。

すぐ上です、とチビがB1のボタンに触れた。そりゃよかった、とおれは言った。

「あんたと同じ箱の中に長くいたくない。身長が縮みそうだ」

すぐにドアが開いた。フロア全体がフィットネス用のマシンで埋まっていた。スポーツジムになっているのだとわかった。時間帯のせいなのか、利用している者はほとんどいない。

果てしなく続くさまざまな機械の奥に、ランニングマシンの列があった。一台のマシンの上を、白いトレーニングウェアの男が走っている。

三十代に見えた。背が高く、百八十センチはあるだろう。均整の取れた体で、走るフォームは優雅だった。

マシンのそばに男がいた。白髪頭の痩《や》せたジイさんで、車椅子に乗っている。スーツ姿だ。

チビが何か囁《ささや》いた。川庄さんがお見えになりました、とジイさんが声をかけた。

走っていた男が左手首のロ－レックスのサブマリーナを見て、少し早いね、と言った。息は切れていなかった。

「四時半じゃなかったのか？」

「道が空《す》いてまして」

チビが答えた。男がスイッチを操作して、スピードを緩める。マシンから飛び降りた。

フェイスタオルを差し出したジイさんがおれの方を向いて、こちらへ、と言った。妙にシステマティックな動きだった。

ジイさんに先導されて、フロアの奥にあった応接室というプレートが貼られた部屋に入った。こんな部屋まであるとは、さすがにシャングリラだ。

部屋は広かった。高そうな革のソファが二つある。お座りください、とジイさんが言う前に、さっさとそのソファに腰を落ち着けた。

微笑んだジイさんが、何かお飲みになりますかと言った。ウーロンハイと灰皿を、と答える。禁煙でしてとジイさんが顔をしかめたが、じゃあ帰ると駄々をこねたら、どこからか灰皿を出してきた。

コンビニの制服からラークを取り出して火をつける。一本吸い終わった時、ウーロンハイが届いた。どこで作っているんだろう。

「敬老精神はある方だが、正体不明の老人とは話したくない。あんたは？」

二本目の煙草に火をつけながら聞くと、素直にジイさんが名刺をくれた。秘書、前野《まえの》修《おさむ》とあった。

「あんたがおれをここへ？」

「そう考えていただいて結構です」

「さっきの男の指示で？」

「そう考えていただいて結構です」

ジイさんの調子はあまり良くないようだ。同じ答えしか返ってこない。

体のどこかを強く叩いたら直るだろうかと思いながらウーロンハイを飲んだが、呆《あき》れるほどまずかった。三本目の煙草を灰にしたところでドアが開いた。

ランニングマシンの男が爽《さわ》やかな笑みを浮かべて立っていた。いつ着替えたのか、明るいスカイブルーのセーターで筋肉質の体を包んでいる。

「忙しいところを申し訳ないね」

男が近づいてきて、向かいのソファに腰を下ろした。四本目の煙草に火をつけて、盛大に煙を吐いた。にっこり笑った男の歯がテレビのコマーシャルのように白かった。

「こんなやり方が流儀ですか」おれは言った。「芝居っ気が強すぎませんかね」

「時間がなかったので」男が肩をすくめた。「そっちも忙しいと聞いている。六時過ぎには家に帰って、息子さんの食事を作ることになっている。わかってる、話はすぐ済むし、終わったら家まで送る」

男が首を小さく右に曲げた。ジイさんがスーツの内ポケットから封筒を取り出して、おれの前に置く。

おれに、ということだろう。遠慮なく中を見ると、皺ひとつない一万円札が五枚入っていた。おれはとびきりの笑顔を浮かべた。

「お話がある？　何でしょう。ぜひお伺いしたい。話していただけますか？」

尻尾があったら思い切り振っていただろう。おれは金と女にとことん弱い。多少気に入らないことがあっても、五万円いただけるのなら靴の裏でもなめるタイプだ。何か問題でも？

男が今度は左に首を傾《かたむ》けた。喋ってほしいものだが、それで通じるらしい。ジイさんが別の名刺を出して、おれに渡そうとするが、結構ですと手を振った。

「お名前はわかっています。参議院議員の榊原浩之《さかきばらひろゆき》先生。そうですね」

元参議院議員だ、と浩之が訂正した。そうでした、とおれはうなずいた。

4

総理大臣が安倍だとは知っているが、下の名前は知らない。おれの政治オンチは昔からで、中学生と争っても負けるかもしれなかった。

そんなおれでも、榊原浩之の名前は知っていた。祖父は歴史の教科書にも載っている榊原真之《まさゆき》元外務大臣、父親は榊原忠之《ただゆき》といって民自党の幹事長だったか何だったかを長年務めた実力者だ。

祖父のことは名前しか知らないが、父親はちょっと面白い男で、逸話も多い。生まれも育ちも名門の出だったはずだが、自分を庶民代表と常に言い張り、世間も何となくそれを良しとしていた。ユーモアのセンスがあったことは確かで、人気のある政治家だった。

なぜおれがそれを知っているかというと、榊原家は真之の代から武蔵野市に居を構えて三多摩地区を地盤としており、おれのような吉祥寺の住人にとっては超有名人だったからだ。

特に忠之の代になってからそれは顕著《けんちょ》で、忠之はしょっちゅう吉祥寺の駅前とかで演説をしていた。おれも子供の時からそれを見ていた。

忠之は進退のきれいな男で、六十歳の時に引退した。跡を引き継いだのが、今、目の前にいる浩之だ。浩之は三十歳で参院選に出馬し、楽々当選した。三十歳の新人参議院議員が誕生したことは当時ニュースでも大きく取り上げられた。父親の名前だけで当選したわけではない。才能も実力もあった。三多摩だけではなく、人気は全国的に高かった。その後も参議院議員として活躍を続けた。

若くてルックスもよく、弁も立つ。頭も切れる。しかも、東大出だ。浩之は若くして民自党内の要職に就き、着実に力をつけていった。将来的には総理大臣になるのではないかと多くの有識者が言っている。

その浩之が去年参議院議員を辞職した。突然のことで新聞やテレビが騒いだが、もっと大騒ぎになったのはその理由だった。浩之は武蔵野市長選に立候補すると宣言したのだ。

そのニュースは死ぬほど流れたので、「スッキリ‼」でおれも見ていた。変な男だと思っていたが、その浩之が目の前に座っている。奇妙な感じだった。

「来年一月が市長選でね」浩之が微笑んだ。「それに向けて最後の調整をしている。予想以上に忙しい」

「そんなに頑張らなくても」おれは両手をこすり合わせた。「あなたが市長になるのを市民は待ち望んでいます。新聞で読みましたが、九十五パーセントの市民があなたを支持している。選挙の必要などないでしょう。もちろん、ぼくもあなたに一票入れさせてもらうつもりです」

「ぜひそうしてほしい」浩之がおれの手を握った。「だが、選挙というのは水物でね。油断はできない。最後まで何があるかわからない」

そんなことはないでしょう、とおれは言った。忠之が地元を大切にする政治家だったこともあって、住民ははっきりと榊原家びいきだった。浩之に対する期待感も大きく、市長になるのは確実だと言っていいだろう。

「もちろん勝ちたい。そのつもりでいる。市長として、住民のために尽くしたい。そう思っている」

「しかし、なぜ武蔵野市長に？　よく知りませんが、参議院議員の方が立場は上なんじゃありませんか？　なぜ辞めたんです？」

おれはワイドショー的な質問をした。浩之が足を組み直す。インタビューを受ける政治家の顔になっていた。

「今年で四十五歳になる」

そうは見えなかった。三十代前半と言っても通るだろう。顔も体も若々しかった。

名門家系に生まれたひ弱なエリートなどではない。ケネディ大統領のイメージが感じられた。本人も意識しているのではないか。

「三十で参議院議員になり、十四年が経った。これでも政治家だから、最終的には国のトップを目指している。つまり総理大臣だね」

はっきりと言い放った。それはそれは、とおれは手を叩いた。結構なことです。

「今ではない。まだ若すぎる。国民に十分信頼されるまではもう少し時間が必要だろう。十年後を予定している」

これまで、十年後のビジョンが明確にある人間と話したことはなかった。おれの十年後はどうなっているだろう。その時、おれは四十八歳だ。まだコンビニでアルバイトをしているのだろうか。

「そのためには行政の現場を踏まなければならない。スタートが参議院議員で、実際の行政に触れたことがない。それは政治的な欠点だ。空理空論で政治を語る時代ではない。現実を知り、社会の実態を理解しなければ、本当の政治はできない。わたしはこの国を変えたい。安倍さんはよくやっているが、まだ十分ではない。経済も、政治も、もっと大きく変革しなければ、日本は中国を始めとした諸外国に負けてしまう。もう予兆は見えている。日本という国家を……」

前野のジイさんが咳払いをした。失礼、と浩之がまた足を組み直した。

「時間がない。本題に入ろう……人を捜してもらいたい」

浩之が顔を斜め下に向けた。かすかに暗い影が差したが、そうすると渋い、いい男の顔になった。

写真集を出すという話もあったというルックスだ。女性人気が高いというのはその通りなのだろう。

「……娘だ」

低い声で言った。眉根に皺が深く刻まれていた。

5

前野のジイさんがおれの前にA4サイズのファイルを置く。開くと、一頁目に写真があった。

女の子だ。今すぐ秋元康がスカウトしたがるような美少女だった。

「亜美《あみ》といって、十七歳の高校二年生だ」

浩之が額に指を当てた。それは一年ほど前に撮影したものです、とジイさんが説明した。

この写真は十六歳当時のものということになる。整い過ぎてはいないだろうか。

「そっちは口が堅いと聞いている。そう考えて構わないね」

浩之が言った。時と場合によりますが、基本的にはおっしゃる通りですと答えた。満足したのか、浩之が深く体をソファに沈めた。

「すべて話さないと、どうにもならないだろう。亜美は……昔の恋人との間にできた子供なんだ」

表情は暗かった。そのネタを売れば高く買ってくれる雑誌もあるのではないかと思ったが、顔には出さないようにして質問した。

「あなたは今年四十五歳だとおっしゃった。単純計算で、十七歳の娘さんということは、二十八歳の時のお子さんですか？」

「学生時代、女性とは……あまり……」

意外だった。いかにもモテそうなルックスだったが、東大の女には見る目がないのか。それとも勉学に忙しくてそれどころではなかったのか。

「女性と深い意味で交際したことはなかった。政治家になるというのは子供の時から決めていたことでね。恋愛をしている時間はなかったんだ」

「なるほど」

「父が引退を表明したのは家族にとっても突然の話で、わたしは二十七だった。わたしの意志とは関係なく跡を継ぐことが決まった。政治家の家というのはそんなものだよ。

正直、若過ぎないかという危惧はあったが、もともと志していたことだし後継者になることを承諾した。ただ、わたしの知らないところで問題が発生していてね」

同じ時期、初めて女性と深い関係になった、と浩之が低い声で言った。その女性が、とおれは首を傾《かし》げた。

「交際していた方が……あなたの子を妊娠していた？」

そうだ、と浩之がうなずいた。

「酒井真弓《さかいまゆみ》という女だ。大学の一年先輩で、卒業後しばらくしてからつきあうことになった。頭も良く、優しい女性でね。ただ……彼女は韓国人だった。本名はキム・ジョナと言って、日本で生まれ育っていたが、両親は韓国人だったんだ。わたしは国籍で人間を差別するような男ではない。真弓を愛していたし、必要としていた。彼女もわたしを愛していたが……」

「将来の首相夫人が、韓国人というわけにはいきませんよねえ」

おれの言葉に浩之が不快そうな表情を浮かべた。

「参院選への出馬が決まった時、話し合って別れた。真弓はわたしの立場を理解し、納得もしていた。わたしたちが愛し合っていたのは事実だ。だが、どうしようもなかった。二十八の時の話だ」

「まあ、現実的な判断でしょうね」

「別れて一年ほど経った頃、連絡があった。一度だけ会って話がしたいという。憎んで別れたわけじゃない。わたしも会いたかった。二人だけで話したいというので、ホテルの部屋を取ってそこで会った。一年ぶりに会った彼女は美しかった。とても緊張しているのがわかった。ソファに座ろうともせず、いきなり言った。あなたの子供を産んだと」

「……おやおや」

「彼女は何度も詫《わ》びた。何回も、わたしのことを愛していたから子供が欲しかったと言っていた。自分一人で産んで、自分一人で育てると決めていたから、わたしに迷惑をかけるつもりはない、もちろん、認知してほしいということでもないと言っていた」

「立派な女性です」

「彼女はわたしの家のことや、立場や将来の夢をすべて理解していた。すべてやむを得ないと考えていたが、わたしの子供だけは欲しいと思ったそうだ。それで、妊娠を隠し、わたしに黙って出産した」

「愛していたんですね」

「子供と二人で静かに暮らしていこうと考え、その通りにした。死ぬまでわたしの前には現れないつもりだったが、その後彼女の母親が亡くなったことがあって、娘がいることを伝えておかなければならないと考えるようになったそうだ。万が一のことがあった場合娘のことを頼みたい。そのために来てもらったと……。わたしは了解して、そのまま別れた。真弓とはそれ以降会っていない」

「……話を続けてください」

「年月が経って、民自党青年部の部長になっていたわたしに真弓から電話があった。子宮癌にかかったという。発見が遅れて、余命数カ月だという。会いに行くと言ったのだが、強く拒否された。自分の存在がマスコミに漏れたら、あなたの政治家としての将来はなくなると……。死病にかかってなお、わたしに対しての配慮を忘れない女だった」

「それで?」

「わたしは三十歳の時、結婚した。ご存じかどうか、ダイニチ自動車の社長の娘で、子供もいます。妻は過去の女性関係を騒ぐような女ではないが、傷つくのは確かだ。子供だって同じだよ。トラブルが予想されたし、回避しなければならなかった」

「ごもっともです」

「真弓はそれを理解した上で、娘のことを頼みたいと言った。亜美というその娘は十六歳、高校一年生だという。これはわたしも知らなかったことだが、真弓は吉祥寺に住み、そこで亜美を育てていた。わたしのことは伯父だと話してあるから、成人するまで経済的な援助をしてもらえないか。役所や弁護士、その他必要な手配はすべてしてあるから、引き取ってほしいとか育ててほしいとかではなく、不自由なく暮らしていけるようにしてもらえないだろうか。そういうことだった」

「その女性のお気持ちはわかりますよ」おれは新しい煙草をくわえた。「親ならみんな同じようなことを考えるでしょう」

「わたしにとっても娘だ。認知はしていなかったので法律的には娘ではないが、捨てておくことはできなかった。だから、わかったと答えた。真弓は、弁護士の連絡先を言って電話を切った。その後連絡は一切ない。正直、死んだのかどうかも知らない」

「それから？」

「教えられた弁護士と連絡を取った。わたしも少し名前が知られていたから、弁護士は驚いたようだが、とにかく会うことになった。真弓は弁護士にさえ、わたしが父親であることは話していなかった。生活費の面倒を見てくれる伯父だという建前を崩さなかった」

「約束を守る方だったんですね」

「弁護士によると、その時点で亜美は吉祥寺のマンションで一人暮らしをしていた。十六歳で、洗濯、掃除など食事以外の家事はこなしていた。武蔵野市は住民へのサービスが充実している。高校一年生が一人暮らしをするためのサポートも万全だった」

「住みたい街ナンバーワンですからね」おれはうなずいた。「それぐらいのことはやってもらわないと」

「真弓はそのマンションを購入していた。ローンだと思うが、購入時に保険をかけていたようで、その支払いは必要なかった。わたしが負担するのは食費、光熱費といった生活費、学校や塾の学費、その他必要と思われる金だけで、月十万円程度だろうと弁護士は言った」

高いのか安いのかわからない。黙って話の続きを聞いた。

「金なら何とかなる。榊原の家は武蔵野地区に不動産を所有していて、それらの家賃収入やガソリンスタンドなど、商売もしている。わたしはその場で月三十万円を振り込むことを約束した」

「素晴らしい」

おれは椅子のひじ掛けを叩いた。

「ひと月後、前野さんにも同席してもらって、亜美と初めて会った。弁護士が立ち会い、足長おじさんだとわたしを紹介した。亜美は真弓の娘らしく、美しく、大人びていて、しっかりとした頭のいい子だった。わたしが金を渡していることは知っていて、本当に感謝していますと涙を浮かべながら言った」

おれは写真をもう一度見た。確かに賢そうなルックスだった。

「君のお母さんはぼくの妹で、仲が良かったと話した。妹の娘はぼくの娘も同然だから、負担に思う必要はない。勉強をして立派な大人になってほしいと伝えた。翌日から毎週手紙が送られてくるようになった。親切で優しいおじさまへ。書き出しはいつもそうで、毎日の生活や何をしたかなどが便箋数枚にわたってびっしりと書き連ねてあってね」

いい話だ、とおれは言ったが、余計なことは言わなくていい、とジイさんが頭を振った。

「月に一度、会うようになった」浩之が小さく息を吐いた。「食事をしたり、ディズニーランドに連れていったこともある。本当に頭のいい子で、わたしが政治家だということや、その意味もわかっていた。将来は大学の法学部に進んで、わたしをサポートできる仕事に就きたいと言っていた。服などを買い与えようとすると、何もいらないから、もう少し会う機会を増やしてくださいと……」

「泣ける話です」

「大学受験の相談も受けた」浩之がわずかに声を高くした。「あの子は吉祥寺の藤枝女子学院の生徒なんだ」

「名門のお嬢様学校で、進学校ですね」吉祥寺に住む者なら誰でも藤枝のことは知っている。「学費も高いと聞いていますが、そんなことは問題ではなかったでしょう」

「亜美の成績は学年でもトップクラスだった。真弓の娘らしく、美しく成長していった。誰にも言えないことだが、自慢の娘だった」

声に変化があった。かなり高圧的な響きを感じた。

「今年の四月、二年生になった。勉強をして、友達と遊び、楽しく学生生活を送ってくれればいいと思っていた。大学受験についてはもう少ししてから考えればいいだろうと」

「理解のある父親です」

「五月の半ば、突然手紙が来なくなった。弁護士に確認すると、亜美と連絡が取れなくなっているという。何があったかわからないまま、一週間が経過して、学校に問い合わせると登校していないことがわかった」

浩之が前かがみになって静かに首を振る。ため息をついて、再び口を開いた。

「わたしは多忙だったが、時間を作ってマンションを訪れた。心配だったからね。病気で倒れているかもしれないと思った。だが、部屋にはいなかった。朝まで待った。五時頃、帰ってきた。あの子は……煙草をくわえていた」

「おやおや」

「派手な服を着て、メイクも濃く、アルコールの匂いもした。話をしようと言ったが無視された。信じられなかった。ついこの前まで、あんなにいい子だったのに。強引に部屋に引っ張っていき、何があったのか教えてほしいと言った。わたしを睨《にら》みつけていた亜美が、あんたがオヤジだったんだね、と吐き捨てるように……」

「お嬢様らしからぬ発言です」

「どうやって知ったのかはわからないが、亜美はわたしが実の父親であることを知っていた。母親が韓国人であることもわかっていて、だから捨てたんだろと罵《ののし》った。金を払うのは当たり前だ、金で済むと思うなよと……。驚いたし、混乱した。どう説明していいのかわからず、必死でお母さんとおまえを捨てたわけではないと言ったが、亜美は軽蔑したようにわたしを見つめ、そのまま部屋から出ていった」

「そりゃ仕方がない。ぼくが娘さんでもそうしたでしょう。今まで信頼していた人に裏切られたんです。わかりやすく不良になるのは当然です」

「しばらく待ったが、帰ってこなかった。仕事があって一度マンションを離れ、また戻った。合鍵で部屋に入ると、いくつか荷物を持ち出した形跡があった。学校は欠席しているというし、どこへ行ったのかわからない。亜美が出ていって約一カ月が経ったが、行方はわからないままだ。頼む。娘を捜してもらいたい」

長い話が終わった。浩之が目の前にあったスポーツドリンクを一気に飲んだ。

警察には行きましたか、とおれは聞いた。相談はした、とグラスをテーブルに置いた。

「弁護士に行ってもらい、捜索願を出した。亜美は家出少女として認知されたが、犯罪を犯したわけじゃない。自殺などの可能性も低いと判断された。緊急性はないということだ。捜索はすると警察は言ったが、当てにはならないというのが弁護士の意見だった」

「確かに、警察なんてそんなもんです」

「わたしが直接出向けばまた対応も違ったのだろうが、それはできなかった。なぜ榊原浩之が、ということになるだろう。わたしは市長選に出馬を表明していた。選挙までは半年ほどで、隠し子がいることが外部に漏れたらすべてを失う。そんなわけにはいかなかった」

「事情はわかります」おれはうなずいた。「話せませんよねえ」

「警察からも情報は漏れる」浩之が呻《うめ》くような声を上げた。「信用はできない」

「あなたには部下がいる」おれはドアを指さした。「彼らに捜させればいいじゃありませんか」

「確かに、秘書は何人かいる」浩之が言った。「だが、彼らにも捜させることはできない。亜美がわたしの娘だというのは、前野さん以外誰も知らないんだ。秘書を使うことはできない」

ジイさんが軽く頭を下げた。父の代から秘書を務めてくれている、と浩之が説明した。肉親以上の関係だということだった。

「興信所の人間を雇ったらどうです?」

「馬鹿馬鹿しい」浩之が口を尖らせた。「あんな連中を信用することなどできない。万が一、奴らがわたしと亜美の関係に気づいたらどうなるか。マスコミに情報を売られたらわたしの政治生命は終わる。有権者に対する裏切り行為だ。そんなリスクは冒せない」

「だが、ぼくには話しましたよね。信頼される覚えはありませんが」

「警視庁の丸山警視正は東大の同期でね」浩之が小さく笑った。「亜美の件について、自分の娘ということは伏せてだが、相談した。その時、そっちの話が出て、この春の女児誘拐事件のことを聞いた。秘密を守る人間だと言っていたし、実際、事件後報道関係者の口からそっちの名前が出たことはない。沈黙の意味を知っていることがわかった。もちろん、詳しく調べもした。家庭のこと、仕事のこと、何もかもね。信頼できると判断し、今日来てもらった」

「あなたはお一人で探偵をやっているという」前野のジイさんがいきなり喋り出した。「部下などがいないのも好都合でした。秘密を知る者は少ない方がいい。一人だというのは重要なことでした」

「……どうしろとおっしゃるんです?」

「亜美を捜してもらいたい」浩之の声が大きくなった。「あの子はまだ高校二年生なんだ。大人の保護を必要とする年齢でもある。生きていると思うし、それを信じているが、何しろ何もわからない。家や金や衣服もないが、どこでどう暮らしているのか。最悪の状態になる前に見つけたい。隠し子がいると知られたら、市長選も何もない。むろん、マスコミなどに知られる前に、すべてを解決したい。こういう時代だ。世間はわたしを叩き潰そうとするだろう。ダメージは考えるまでもない。娘を見つけて連れてきてほしい。亜美にはわたしから直接話す。そんなことになる前に、娘を見つけて連れてきてほしい。まともな学生生活に戻るよう言う。あの子は馬鹿じゃないから損得はわかるし、理解してくれるだろう」

「それはどうですかね」ウーロンハイをもう一杯、とおれはグラスを振った。「娘さんの受けたショックは大きいでしょう。あなたを許せないという気持ちはわかります。人間は損得だけでは動かない。あなたはそれを……」

ジイさんが内ポケットから封筒を取り出してテーブルに置いた。厚みがある。中を確かめると、束になった一万円札が入っていた。

「百万円あります」ジイさんがにこにこ笑った。「亜美様を捜し、連れてきていただけたら、さらに同じ金額をお支払いしましょう。もちろん必要な経費も、別途お支払いいたします」

「やりましょう」

おれは立ち上がって浩之の手を握った。

6

ホテルの駐車場からマイバッハで家まで送ってもらった。待遇はいい。不満はなかった。

おれはコンビニのアルバイトで生計を立てているが、副業で探偵をやっている。アルバイトが副業を持つというのもわけがわからない話だが、事実だからしょうがない。探偵といっても別に事務所を構えているわけではない。携帯電話が連絡先で、呼ばれればどこへでも行く。

営業活動はしていない。おれの知り合いに京子《きょうこ》ちゃんというオカマバーのママがいるのだが、店の客にウェブデザイナーという男がいた。そいつに頼んで無料で探偵事務所のホームページを作ってもらった。

メインの仕事は犬や猫などのペット捜しで、その需要はあった。客を紹介してくれる者もいたりして、月に一、二度探偵として動いている。

僅《わず》かな金額が入ってくるだけだったが、おれにとっては貴重な収入だった。コンビニのバイトだけでは苦しいのだ。

探偵というのは公的な認可がいるが、おれはそれを無視していた。面倒だからだ。モグリの探偵ということになる。

警視庁に工藤《くどう》という嫌な刑事がいて、いいかげんにしろという警告を時々受けていたが、何となくスルーして続けている。零細以下の商売しかしていないから、それ以上うるさいことを言ってくる奴はいなかった。

人を捜せという依頼は正式に言うと初めてだったが、トータルすると二百万円の大仕事だ。はっきりいって榊原浩之という男に対して何の思い入れもなかったし、娘が不良になるのは当然だとも思ったが、何しろ二百万円だ。

おれの年収の約半分ということになる。余計なことは言わずに、亜美というその娘を捜すことに決めた。何か文句でも？

家に帰ったのは六時ちょうどだった。食事を作り、息子を待った。六時半、健人《けんと》が帰ってきた。

健人の好物の豚キムチで飯を食った。十一歳。小学五年生は成長期ということなのか、最近の健人の食欲はものすごい。瞬く間にご飯を三杯おかわりして、みそ汁も二杯飲んだ。

「ちょっと用事があって出掛ける」おれは言った。「そんなに長くはかからない。十時かそれぐらいには帰れると思う」

「ほお」健人が鼻をかんだ。「もしかして女？」

どこでそういう喋り方を学んでくるのだろう。違う、と首を振った。いかがなもんですかねえ、と言った健人に一万円札を渡した。

「どうしたの？」

「臨時ボーナスだ」健人の肩に手を置いた。「何でも好きな物を買えばいい」

わが家はギリシャ並みの緊縮財政を敷いている。一万円札というものを、健人はあまり見たことがないはずだ。

表裏を引っ繰り返して眺めていたが、どうぞお出掛けください、と椅子の上に正座した。金の力は偉大だ。

八時に吉祥寺の街に出て、待ち合わせていた東急裏のチルというバーに行った。相手はもう来ていて、どうも、と頭を下げて微笑んだ。ハイネケンを、とオーダーしてカウンターに座る。

「元気？」

おれが聞くと、ええ、とても、と夏川英理《なつかわえり》がうなずいた。

彼女は刑事だ。警視庁捜査一課に勤務している。この四月、ある事件を通じて知り合った。刑事と親しくなろうと思ったことはないが、どういうわけか時々会って飲むようになった。

夏川は二十八歳と若く、刑事という職業が関係しているのかどうかはわからないが、少年っぽい顔をしている。ジャニーズ事務所のタレントを思わせるところがあった。さっぱりした性格で、愚痴《ぐち》っぽいことを言わないのは美点だろう。話していて楽しいのは確かで、誘われればいつでも会うようにしていた。

刑事という仕事がどういうものなのか、おれには今ひとつわからなかったが、事件が起きなければ時間の融通は利くようだ。ちょっと酒を飲み、軽く何か食べて、数時間話す。そういうつきあいだった。

「今日は高いものを食ってくれ。シャンパンでも飲むか？　何でもしてくれ。おれがおごる」

ビールの瓶に口をつけて直接飲みながら言った。普段、おれと夏川は何でも割り勘だ。

どうしたんですか、と聞いてくるのは当然だ。おれは夕方の出来事を、細かい事情はぼかして話した。

榊原浩之はおれを口の堅い男だと信じると言ったが、それは買いかぶりというものだ。好意を持っている人間との約束は守るが、そうでなければ知ったことじゃない。

世間は好意的なようだが、おれは榊原浩之という人間を好きではなかった。大体政治家というものが嫌いなのだ。職業差別はおれの得意とするところで、信用されていようが何だろうが関係ない。

「そういうわけで、依頼主が誰かは言えないが臨時収入があった」ポケットに入っていた封筒を見せた。「あぶく銭だ。早く使うに限る」

食べなさい飲みなさい。メニューを差し出すと、じゃあカクテルを、と夏川がオーダーした。ここぞとばかりに、ドンペリを開けようと言い出す女ではなかった。おれの気分につきあってはくれるが、無茶はしない。いい奴なのだ。

「それにしても、結構大変な話ですね」

「そうだなあ」

警察にも深い事情は話せない、身内も使えない、職業としての興信所などは信じられない。おれが浩之でもそうなるだろう。

一人で、誰の制約も受けずに動ける人間を雇おうと考えたのはやむを得ない話だ。おれに頼むというその判断には疑問がなくもないが、時間もなかったのだろう。

「どうやって捜すつもりですか」

「難しいところだ。大っぴらには動けない。下手に調べれば、何か気づく奴が出てこないとも限らない。そうなってもぶっちゃけおれは困らないが、話が表に出れば依頼人は残りの金を支払わないだろう。それはちょっと困る」

金の動きと携帯電話については自分たちで調べたらしい、と前野のジイさんから預かった資料を取り出した。見せるわけではない。こういうものを準備している連中なのだと説明したかったのだ。

ここへ来る前に一度ざっと目を通していたのだが、詳しい報告が記されていた。亜美の銀行口座には毎月三十万円の振り込みがある。必要に応じて亜美が自分で下ろすようにしていたが、家を出た五月中旬以降、金を出し入れした記録はないという。預金通帳とキャッシュカードは部屋に残されていた。

携帯電話は持って出ていっている。名義は亜美本人だが、通話料は浩之の事務所の口座から落ちるようになっていた。

通話やメールの送受信の記録は電話会社に残っているはずだったが、それは確認できなかった、と書かれていた。正式な手続きを踏まなければ見ることはできないのだろう。前野のジイさんも榊原浩之の名前を出して調べることはできなかったわけだから、それは仕方がない。

調査はその他細かいところにも及んでいた。中には酒井亜美というその娘が親しくしていたクラスメイトの名前と連絡先もあった。

その辺の手回しは良かった。手間が省けるのはありがたい。とりあえずはお友達関係から調べるつもりだ、と言った。

「見つかるといいですけど」夏川がドライトマトを嚙った。「その子は高校二年年生なんですよね？　家を出ていて、学校にも行ってなくて連絡も取れない……どこに寝泊まりしているのか、生活はどうしているのか、警察官としては気になりますね」

おっしゃる通りで、おれも酒井亜美というその娘については、別に嫌いでも何でもない。境遇としてはかわいそうな子だ。無茶していなければいいがと思っている。

それから二時間ほど、どうでもいいことを話した。おれたちの会話はいつもそんなものだ。

夏川は楽しそうに話していたが、そろそろお開きにしようかと腰を上げると、少し歩きませんかと言った。酔ったみたいです、と小さく笑っておれを見つめる。それもいいか、と二人で店を出た。

吉祥寺は賑《にぎ》やかな街だが、意外と夜は早く、閉店している店も多かった。実は散歩にふさわしい街でもない。

それでも、少しだけと言いながら夏川は歩き続けた。何だかよくわからなかったが、そういう気分なのだろう。

つきあっておれも歩いた。もう夏ですね、と夏川がつぶやいた。

「早いよなあ。この前正月だと思っていたら、もう半年経った。歳を取ると本当に一年が早い。どういうことなのか」

「川庄さんは……夏休みとかはあるんですか?」

「あるんだかないんだか……余裕のある暮らしじゃない。休んだら金が入らないからずっと働くんだろう」

そっちはどうよ、と聞いた。あたしは、と夏川が立ち止まった。

「……何も予定はないです」

そうですか。二十八歳のきれいな女が独りぼっちの夏を過ごすというのは、寂しい話だと思ったが、それは言わなかった。

いろいろあるのだろう。からかうのはかわいそうだ。

「……何もありません」

夏川が繰り返した。吹く風が湿っぽい。雨が降りそうだ、とおれは言った。

「そろそろ帰ろう。降りだしたらヤバい」

無言でおれを見つめていた夏川が、はい、とうなずいた。駅まで送っていったが、ずっと黙ったままだった。

機嫌を損ねたのだろうか。若い女のことはよくわからん、と思いながら改札で別れた。夏川が階段を早足で上っていった。

7

翌日の昼前、コンビニに電話をして、しばらく休むと伝えた。

電話に出たのは芝田だったが、ああそうですかと言ったきりで理由を聞くことはなかった。どうでもいいのだろう。

サラリーマン気質が抜けないので、決まった仕事を休みたくはなかったが、何しろ大金がかかっている。コンビニで一日働いても六千円と少しだが、榊原浩之は全部で二百万円の報酬を約束してくれている。多少のことは仕方がない。

「川庄さん、どうして榊原浩之の秘書を知ってるんですか？　知り合いなんですか？」

芝田が言った。秘書？　とおれは聞いた。昨日店に来た人です、と芝田が声を高くした。

「名刺に榊原浩之秘書、と書いてありました。もしよかったら、紹介とかしてもらえませんか？　ぼくはコンビニチェーンの社員なんかで終わるような人間じゃない。もっと……」

おれは電話を切った。芝田の人生に関わるつもりはない。

遅い昼飯を済ませてから、吉祥寺の街へ向かった。藤枝女子学院に行くためだ。

昨日、榊原浩之の話を聞いてホテル・シャングリラを出たところで、藤枝女子学院の河本《かわもと》という教師に電話を入れていた。亜美の担任だ。番号は前野のジイさんから預かった資料に載っていた。

酒井亜美の従兄弟《いとこ》と名乗って、亜美が学校を休んでいると聞いたので詳しい事情を教えてほしいと言うと、渋々ながら了解してくれた。明日の放課後に来てほしいと言う。トラブルは早めに処理したいということなのだろう。

もちろん異存はない。三時に行きますと伝えた。職員室でお待ちしております、と河本は丁寧に言った。

藤枝女子学院は有名なお嬢様学校で、中高一貫教育だ。関西風に言うならば、生徒はええとこの子ばっかしや。

おれにとっても憧れの学校で、高校の頃はナンパに勤《いそ》しんだものだが、成功したことは一度もない。藤枝の子は落ちない、というのは地元ではよく知られた話だった。

職員室は校舎の二階にあった。親切な学校で、それぞれの教室などの場所を示す案内板があったので、どこなのかはすぐにわかった。

三時になったのを確かめて、職員室に入った。十人ほどの教師がいた。

声をかけようとしたが、輪の中から眼鏡をかけた四十代後半の小柄な女が出てきて、川庄さんですね、と言った。おれが誰なのかはすぐわかったようだった。

河本です、と自己紹介して、おれを奥に連れていった。応接室とプレートのかかった部屋があり、そこに通された。

微笑みながら名刺を出してきたので受け取った。学校の先生というのも名刺を持っているのか。

「亜美の従兄弟で、川庄篤史《あつし》と申します。亜美の母方の……」

どういう関係なのかは事前に完璧な履歴を用意していたが、河本は遮るように手を上げて、弁護士の堤《つつみ》さんから連絡が入っています、と言う。前野のジイさんに頼んで、手配してもらっていた。

応接テーブルに向かい合って腰掛けた。狭い部屋で、テーブルも小さかった。

「酒井亜美さんは五月の中旬から登校していません」河本が口を開いた。「彼女の生活環境については、わたくしどももよくわかっています。親御さんがいないことも知っています。他の生徒とは違いますから、気をつけて見てきたつもりですが、どうにも……」

「学校側の管理責任を問う気はありません。河本先生をどうこう言うつもりもないんです。ただ、亜美が登校していないという状況について、何かご存じのことがあればと思って伺いました」

ちょっと河本はほっとしたようだった。名門校の辛いところで、保護者や関係者からのクレームには弱い。おれに学校の責任を追及する気がないとわかって、安心したのだろう。

「さっそくですが、亜美は五月から登校していないんですね？」

「ゴールデンウィーク明けからです」河本が言った。「正確には、五月第二週の月曜から学校に来なくなりました。連絡も届けもなかった。ただ、あの子は一人暮らしです。病気などで起きることができなかったとか、いろいろ理由は考えられました。わたしは本人のメールアドレスも携帯電話の番号も知っていましたので、その日のうちに両方に連絡を入れましたが、電話には出ず、メールにも返事はありませんでした。翌日も同じようにしました」

「それでも連絡はなかった？」

「はい。心配になって、保護者代わりに身元引受人となっている堤弁護士に連絡しました。はっきりとはおっしゃいませんでしたが、堤さんは亜美ちゃんがいなくなっていることを知っていたようでした。病気などではなく、住んでいたマンションから姿を消したと話してくれました」

「理由は聞きましたか？」

「聞きましたが、堤さんもわからないとおっしゃってました。ただ、出ていったのは本人の意志によるものらしいと……警察に届けましょうと言ったのですが、それはもう堤さんが手配したということでした。わたしは学校に事情を話し、教頭先生とも相談しましたが、捜すと言っても難しいことですし、学校としてはどうしようもないと……市の教育課と教育委員会には報告しましたが、それ以上できることは……」

「金八先生なら街に出て捜すところでしょうが、そうはいかないとおっしゃるのはわかります。仕方ないでしょうね」

「亜美ちゃんのマンションには二回行きました」河本がちょっと声を荒くした。「帰ってはいませんでしたし、ドアも鍵がかかっていました。無理やり入るわけにはいかないので、そのまま帰りました。何もしていないわけではありません」

「連休前まで亜美は学校に来ていたんですよね」おれは話を変えた。「その時の様子などは覚えていますか？　何か変わったところは？」

「特には何も……」

「よく覚えていない？」

「……はい」

「その前はどうでしたか。例えば四月に二年生になっていますが、何かあったとか、つきあっている人間が変わったとか、そんなことはありませんでしたか？」

「何もないと思います。亜美ちゃんは成績も優秀で、学年でもトップクラスでした。部活はソフトボール部に所属していますが、そちらも問題はなかったと聞いています。友達も多い子でしたが、仲良しグループはずっと同じです。本校では、他校の生徒さんとのおつきあいを勧めていません。はっきり申し上げますと、なるべく他校の生徒とは関係しないように、という方針があります。本校にいるうちは、そういうことはちょっと……」

上流階級は下々の者は相手にしないということだ。世の中は不平等にできている。

「例えばですが、男性が関係しているようなことは……」

「ありません」河本が間髪を容れずに強い調子で言った。「藤枝の生徒に、そのようなことは考えられません」

三十分ほど話したが、それ以上のことは聞き出せなかった。既に弁護士にも同じ話をしているし、市の教育課の前野さんとおっしゃる方とも話しました、と河本は言った。なんと、前野のジイさんは市の教育課の人間と偽《いつわ》ってここへ来たようだ。みんないろいろ考えるものだ。

「では、お願いしていた件ですが……いかがでしょう」

おれは言った。特別ですよ、と言いながら河本が立ち上がった。

8

昨日河本に電話をした時、亜美と仲が良かった生徒の話を聞きたいと頼んでいた。先生に事情を聞くことも必要だが、実際の亜美を知っているのは友達だからだ。

確認してみましょう、と河本は言ったが、どうやら何とかなったらしい。おれたちは並んで廊下を歩いた。

「本当に特別ですよ」河本が言った。「学校内で、部外者と生徒を話させるということは、普段はあり得ないことです。ただ、事情が事情ですし、川庄さんは血縁者ですから、生徒達とその親に訳を話して了解してもらいました。友達が亜美ちゃんを心配しているのは事実です。協力は惜しまないでしょう」

河本の苦労話はどうでもよかった。生徒達に話を聞ければそれでいい。

二階の奥に、進路指導室というプレートのかかった部屋があり、そこに通された。河本がドアを開けると、そこにブレザー姿の四人の女の子が座っていた。

女の子たちはどこから見ても育ちのいい、いかにも良家の子女、という感じだった。髪を染めたり、パーマをかけたりすることもなく、ピアスはもちろんアクセサリーの類も一切身につけていない。同じ色のブレザーを着ていて、何となく尼さんを思わせるものがあった。

ただ、時計と靴だけが違った。そこが彼女たちにとってオシャレを表現できる唯一のアイテムなのだろう。

ブランド物の時計をはめ、きれいに磨かれた靴を履いている。グッチだヴィトンだフェラガモだ、とにかく高級なものばかりだった。

こんにちは、とおれは頭を下げた。女の子たちも同じようにこんにちは、と言った。

「手前から、南野《みなみの》沙織《さおり》さん、吉川《よしかわ》春美《はるみ》さん、加東《かとう》晶子《あきこ》さん、黒川《くろかわ》小夜子《さよこ》さん」河本が名前を早口で言った。「全員、亜美さんと同じクラスで、仲が良い子たちです。事情はすべて話してあります。聞きたいことがあればどうぞ聞いてください」

おれが依頼されているのは、酒井亜美を捜し出し、本当の父親である榊原浩之のところに連れていくことだ。ただそれだけで、複雑なことは何もない。

ただ、そのためには彼女のパーソナリティを知る必要があった。自分の意志で姿を消した少女を当てもなく捜し出せるはずがない。行こうと思えば、どこへだって行けるのだ。

もちろん、見も知らない場所に行ったとは思わない。土地勘のあるところを優先して捜すべきだろう。思い出の場所のようなものがあるはずで、それを知っているのは友達しかいない。

交友関係もそうだ。友人は学内にしかいないと河本は言ったが、教師の言葉など当てにはならない。高校二年生がどんな毎日を送っていて、どんな人間とつきあっているかは友達でなければわからない。

そういうことを聞きたかったのだが、四人の女の子たちはおれの質問に一切答えなかった。何も知らないと首を振るばかりで、どんな質問をしてもわからないと言う。

おれは三十八歳で、いわゆるオッサンであることは確かだが、子供の扱いに自信がないわけではない。十一歳の息子とのコミュニケーションに困ったことはないし、その友達が遊びにきても相手をしている。

確かに、連中が何を言っているのかはよくわからない。だいたい使っている言語自体が違うのだ。

イスラム教徒といきなり話せるわけがないのと同じで、時間はかかる。それでも、わかろうという姿勢さえ持っていれば、意志の疎通はできるものだ。

だから亜美のことを女の子たちに話してもらうのは難しくないと考えていた。だがそれは間違いで、甘かったようだ。

言葉が通じるとかそういう問題ではなく、彼女たちは言いたくないのだ。亜美が自分の意志で姿を消したことを知り、行方を捜さないでほしいと思っていると直感した。そうである以上、大人に詳しい事情を言うことはできない。

友情とか、そういうことでもないのだろう。むしろ互助精神とか、そういう単語でくくった方が良さそうだ。

十七歳には十七歳のルールがある。互いの意志を尊重し、余計なことはしない。ましてや大人に話したりすることなどあり得ない。誰が決めたのでもなく、自然とそういうルールが生まれたのだ。

名門校の生徒だろうと、落ちこぼれ中学の劣等生だろうと、それには従う。それが女の子の生き方ということらしかった。

どうすればいいのか、おれにはさっぱりわからなかった。

9

一時間ほど粘った。あらゆる角度から質問をしたが、わかりません、という返事があるだけだった。

わずかに、信じられないとか亜美らしくないとか、そんな話が出たが、誰でも言えることだろう。一般論と言っていい。新しい情報はなかったし、亜美個人のことをうかがい知ることのできる話は聞けなかった。

五時過ぎ、とうとう諦めて女の子たちを帰らせた。何かわかったら教えてください、と彼女たちが口々に言った。心配しているのは本当のようだ。

念のために、もし見かけたら知らせてほしいと、おれの携帯番号を教えた。河本がちょっと嫌な顔をしたが、やむを得ないということなのか、止めることはなかった。

学校を出てコピス吉祥寺まで行き、まざあ・ぐうすという喫茶店に寄った。コーヒーを飲みたかったし、煙草も吸いたかった。

ほとんど収穫はなかったが、聞いた情報を整理しなければならない。高校二年生の女の子と狭い部屋の中で過ごすというのは案外疲れるもので、頭を休める必要もあった。

コーヒーを飲みながら、煙草を何本か灰にしていると電話が鳴った。知らない番号だったが、とりあえず出た。サヨコです、というくぐもった声がした。

「サヨコ？」

「……さっき、学校で会った……クロカワサヨコです」

女の子たちの顔を思い浮かべた。歯に矯正器具をはめた子が、黒川小夜子という名前だったのを思い出した。

「どうしました？　何か思い出しましたか？」

「みんなの前では言えなかったんですけど……」

小夜子が言葉を途切らせた。話してもらえますか、と精一杯優しく話しかけた。

「うち、彼氏がいるんです」一人称が、うち、に変わっていた。「高校生なんですけど……ちょっと訳があって、無期停中で……」

どんな訳なのか、どこでどうやって知り合ったのか、そういうことは聞かなかった。いろいろあるのだろう。

お嬢様学校に通う優秀で育ちのいい子が、無期停学になるような奴とつきあうというのはどんなものかと思ったが、ちょっと悪い男に魅かれるのは女の子にはありがちなことで、その辺の事情は今も昔も変わらないようだった。

「彼氏がいる……それで？」

「時々、夜とか……会ってました。出てこいって言われると、断れなくて……」

「なるほど」

「先月の終わり、やっぱり夜、外で会いました。井の頭公園に行こうって……そう言われて……一緒に行きました。ちょっと……あの……いろいろあって」

言いたくないことは言わなくていいよ。藤枝女子学院に通う高校生も、勉強ばかりしているわけではない。表の顔だけがすべてではないのだろう。

「その時、亜美を……見たような気がするんです。亜美は男の人と一緒でした。歳が少し……上に見えました。二人は公園の奥の方から……出てきました」

おれの住むマンションは井の頭公園の近くにある。公園の奥というのが何を意味しているのかは、言われるまでもなくわかった。はっきり言えば、ラブホテルだ。

「どんな様子でした？」

「……いつもと違う髪形とメイクをしていて、服装もちょっと……ラメの入ったサンダルを履いていたのを覚えています。見間違いかとも思っていたんですけど、やっぱり亜美だったんじゃないかって……」

「二人はどっちへ行きましたか？　話とかは聞こえてきませんでしたか？」

「どっちへ……わかりません。公園の出口へ向かったと思いますけど、そこから先は……何を話していたのかはわかりませんでした。亜美は……手にビニール袋を持っていました。コンビニのだと思います」

「男の顔は覚えていますか」

「覚えていません。ジーンズとボタンダウンのシャツを着ていたように思います。大学生か、サラリーマンか……二十代だとは思いますけど、はっきりとは……」

「他に何か覚えていることは？」

「……ありません。亜美は……どうしちゃったんでしょうか？　何をしているんでしょう？」

「わかりませんが、捜してみます。また亜美ちゃんを見かけるようなことがあったら、必ず電話してください。お願いします」

「うち、彼氏と……別れた方がいいんでしょうか」小夜子がぽつりと言った。「他の子には相談ができなくて……彼氏、変なことばかり求めてくるんです……男の人ってそういうものなんですか？　いけないことなんじゃ……」

小夜子が電話をかけてきたのは、それを相談したかったからのようだった。ある意味、純粋培養された女の子だ。

周りに意見を聞ける人間はいない。おれのような通りすがりの男に聞くしかないらしい。

「それは難しい。いろんな考えがあるでしょう。君もじっくり考えた方がいい。個人的には、高校生だからいけないとは思わないし、止めるつもりもない。ただ、男っていうのはみんな馬鹿だということは言えると思います。高校生の男なんて、百パーセント馬鹿ばかりだと言い切ってもいい。あなたがわたしの娘だったら……」

「でも、好きなんです」

小夜子がおれの話を遮った。いや、それなら別によろしいんじゃないでしょうか。おれはモラリストじゃない。好きなら何をしてもいいと思う。若すぎるとか不純だとかいうのは大人の論理で、中学生や高校生にもそれぞれ言い分があることは知っていた。

小夜子の人生相談に乗るつもりはなかったし、そんなことができるような人間でもない。とにかく何かあったら連絡してほしいと言って電話を切った。

榊原浩之が聞いたらどう思うだろう。まあいいんですけど、と女子高校生風につぶやきながら、新しい煙草に火をつけた。

10

家に帰り、健人に飯を食わせてからしばらく寝た。健人にはまた一万円渡した。金にものを言わせるのは不本意だったが、それでうるさいことを言ってこなくなるのなら有効に使った方がいい。

夜中の十二時に吉祥寺のチャチャハウスに行った。いつもの習慣だ。

「あら、川庄さん」カウンターに座っていた京子ちゃんが手を振った。「こっちこっち」

ウーロンハイを注文して隣に座ると、いつものように京子ちゃんがおれの腕に自分の腕を絡《から》ませてきた。

「聞いたわよ」

「何を?」

「昨日、女と会ってたでしょ」

「女?」

マスターがウーロンハイをカウンターに置いた。どうも、と目だけでうなずいて、グラスを口に当てる。

「あの女刑事ね?」おれを睨みつけた。「何であいうのと会うかなあ」

京子ちゃんは吉祥寺の街で起きたことは何でも知っている。異常に友達が多く、情報ネットワークが張り巡らされているので、誰と誰が会っているかなどは筒抜けだった。

夏川と時々会っていることは、京子ちゃんにも話している。後ろ暗いところはないし、隠す必要がないからだ。おれと夏川は単なる友人で、それ以上の関係はない。

だが京子ちゃんは夏川を嫌っていた。刑事なんか、といつも言う。オカマと刑事が仲良くなる社会というのは確かに想像しにくい。おれが夏川と会うのを嫌がるのは仕方ないところだろう。

一時間ほど飲んだ。少し酔ったところで、高校二年生の女の子はどういうところで遊ぶのかと聞いた。

オカマに聞くべき質問ではないかもしれないが、聞いて損することは何もない。わかんないわよお、と京子ちゃんが鼻をこすりあげた。

「うちらの歳になると、高校生なんて火星人と同じよ。何考えてるのか、どこで遊ぶのかなんて知らないってば」

「いったい何歳なんだ?」

前から気になっていることを質問した。京子ちゃんとのつきあいは三年以上になるが、名字も年齢も知らない。

「女に歳を聞いちゃいけないわ」

女なのか、とツッコミたいところだが、歳を言うつもりはないようだった。まあ、別にどうでもいい。知りたいわけではないのだ。

「ゲーセンとかじゃないですか?」

反対側で声がした。顔を向けると、女子大生の泉《いずみ》ちゃんが文庫本から目を離して、おれを見ていた。

泉ちゃんもこの店の常連だ。いつも一人で静かに本を読んでいる成応大学の学生だ。可愛い子なのだが、あまり笑わないのが難だった。

「ゲーセンですか」

「後は、ファストフードとか、マンガ喫茶とか、クラブとか」泉ちゃんが指を折った。

「まあ、結局お金がなくても長時間いられるところなんじゃないかって思いますけど。高校生ってお金ないんですよ」

「ゲームセンターって、金を使うんじゃないの？」

「女の子だったら、黙っていても誰かが払ってくれますよ。見てるだけでも楽しいし」

なるほど、そういうものなのかもしれない。だが、亜美は学校に行っていない。友達とも連絡を絶っている。どこでどうやって時間を潰しているのか。

「誰かと遊んではいるんでしょうけど」泉ちゃんが首を捻《ひね》った。「一人じゃどうにもなりませんからね」

「泉ちゃんもそうだった？」

「あたしはこれがありますから」泉ちゃんが文庫本に触れた。「そうだ、図書館かも知れませんよ。あそこはお金がなくても、何時間でも過ごせます」

「何なの？　高校生を捜してるわけ？」

すっかり酔っ払った京子ちゃんが、回らない舌で言った。京子ちゃんは勘が鋭い。ある意味女らしさの権化であるため、そういう特性があった。あんたは飲んでなさいと芋焼酎のボトルを渡すと、薄笑いを浮かべてそのままカウンターに突っ伏した。

「そうなんですか？　高校生の女の子を？」

泉ちゃんが言った。まあそういうことになる、と答えた。

どこまで話していいのかわからなかったが、ある程度のことは言ってもいいのではないか。女子高校生のことをオカマに聞いてもしょうがないことはわかっていた。女子大生なら種族としては近い。参考になる意見を言ってくれるはずだった。

「十七歳の高校二年生の女の子が家出したんだ」

「それは……大変ですね。捜すつもりなんですか？」

泉ちゃんがおれをまじまじと見つめた。言わんとすることはよくわかった。そんなこと川庄さんにできるんですか？　そう顔に書いてある。

泉ちゃんが心配するのももっともで、昨日の夕方、おれは現実の女子高校生と会い、完璧な防御体制を敷かれ、すべての攻撃をシャットアウトされていた。その話を泉ちゃんにした。玉砕《ぎよくさい》だったと言った。

「おそらくあの子たちはまともな方だろう。成績もいいようだし、大人との話し方もわかっているように見えた。それでも無理だった。何も聞き出せなかった」

「川庄さんは、そこそこ話が通じる大人に見えるんですけどね」泉ちゃんが微笑んだ。

「それでも、話す気にはなれなかったんでしょう。十七歳ぐらいならみんなそうです。落ち込むことないですよ」

「言語体系からして違うんだ。同じ国に住んでいるとは思えない」

「どうするつもりなんですか？」

「まあ、ぼちぼちと……友達関係を当たってみるしかないだろう。どこかでファザコンの女の子が見つかるかもしれない。そういう子なら話してくれるんじゃないか？」

それは無理ですとは言わなかったが、代わりに哀れむような視線を向けてきた。わかってる。ファザコンとかそういう問題ではないのだ。

おれに限らず、大人にはできないことだった。基本的な情報を押さえることはできるかもしれないが、深い事情を調べるのは無理だ。女子高校生に本当のことを喋らせるのは、大人には不可能な話なのだ。

「そうですねえ……その年頃の女の子は、病的に大人を嫌う傾向がありますから」泉ちゃんがうなずく。「生理的に嫌がるし、信じません。特に川庄さんぐらいの年齢だと……」

「泉ちゃんもそうだった？」

「ハシカみたいなものですから。個人差はありますけど、誰でも通過しなければならないことなんです。過ぎてしまえば、何であんなに嫌がったのかなあって、自分でも不思議に思うぐらいなんですけど」

「だけど、他にどうしようもない」

亜美がどこへ行ったのかはわからない。吉祥寺にいるのか、他の場所へ移ったか、それさえも不明だ。

小夜子という女の子の話を聞いた感じで言えば、吉祥寺近辺にいるようだが、確実ではない。生きていることは間違いないと思われたが、それさえも絶対ではないのだ。大人に聞いても無駄だということはわかっていた。榊原浩之だってそれぐらいのことはしただろう。

前野のジイさんに亜美の写真を持たせて、町中を聞いて回らせたのではないか。だが、亜美のことなど、誰も見ていなかった。

亜美はどこかに潜んでいる。街のことはよく知っているから、どうすれば目立つことなく隠れていられるかわかっているだろう。

同じ仲間である女子高校生なら、どの辺りを捜せばいいかわかっている。彼女たちに話を聞くしか、捜す方法はない。

「あいつらが教えてくれるとは思えないけどね」

「教えないでしょうね。どんな事情があるにせよ、自分の意志で姿を消した女の子のことを大人には話さないでしょう。仲間意識っていうか、守りたいってことなんでしょうけど」

しばらく考えていた泉ちゃんが、あたしが捜しましょうか、と顔を上げた。

「泉ちゃんが？」

「川庄さんが捜しているってことは、何か理由があるんですよね？　ちゃんとした理由が……その子のためにならないことはしないってわかってます。そういう人じゃないと信じています」

その子のことが心配なんだ、と言った。

「一人で生きていくというのを止める気はないが、大人が絡んでくると面倒だ。何かに巻き込まれることはあるし、犯罪ということも考えられる。関わってしまった以上、放っておくことはできない」

「捜してみますよ。川庄さんよりは早く見つけられると思います。歳も近いし、友達とか女の子たちも話しやすいんじゃないかなって」

その後少し相談して、泉ちゃんの申し出を受け入れた。条件として、捜している間のチャチャハウスの飲み代をおれが持つことになったが、それで済むなら安いものだ。

泉ちゃんの言う通り、おれにできることではない。蛇の道は蛇というが、ここは任せよう。

酒井亜美という名前を教え、写真を渡し、捜してもらうよう頼んだ。裏の事情については泉ちゃんも知りたがらなかったし、おれも話さなかった。

亜美を見つければいいのだ。余計な情報は不要だった。

「話、終わったあ?」むっくり京子ちゃんが起き上がった。「じゃあ、飲もうよ」

酔っ払いはこれだから困る。わかりましたわかりました、とおれはうなずいた。

11

二日経った。一日一度、前野のジイさんから電話が入り、いかがですか、とのんびりした口調で聞かれた。

まだわからないと答えて電話を切った。おれにできるのは待つことだけだった。

七月の始めだというのに、気温は三十五度を超えていた。どうも年々暑くなってきている。困ったもんだ。

夕方、泉ちゃんから連絡があった。途中経過を報告したいというので、健人の夕食の準備だけして吉祥寺の街に出た。

駅前のロッテリアに入ると、泉ちゃんが待っていた。基本的に真夜中のチャチャハウスでしか会ったことがなかったから、こんな時間に会うとなかなか新鮮な感じがした。

何しろ、泉ちゃんは現役の女子大生なのだ。ファストフード店で会うというのは、何だか現役感があって大変気分が良かった。

コーラのMとポテトのLを買って、席についた。食べる？　と聞く前に泉ちゃんが手を伸ばしてくる。いかにも親しい関係のようで、いい感じだった。

「酒井亜美ちゃんは吉祥寺にいるようですね」

もぐもぐと口を動かしながら泉ちゃんが言った。そうなのか、と聞くと、たぶん、という答えが返ってきた。

「高校生の妹が父親に虐待されて家出したと言うと、みんな同情してくれました。母親は死んでいる。市役所と相談して、父親は追い出した。姉であるあたしがこれからは妹の面倒を見るつもりだと言うと、大変だよねえって。知り合いとかに聞いてみるよって、親身になって捜してくれました」

世の中はそういう話が好きなようだ。とはいえ、あっさり騙《だま》されるというのもいかがなものか。

「吉祥寺の街を歩いて、いろいろ聞いてみたんです。南口の店を何軒か回って、そこにいた女の子たちに話を聞いたら、見たことあるよっていう子が出てきて。特に、北町の辺りです。コンビニで買い物をしてた、飲み屋で見た、ファストフード店にいた、そんな感じですね」

「ほお」

「亜美ちゃんって子が美人で助かりました。覚えている女の子はいましたよ。はっきりとは言えないけど、着ているものなどの雰囲気からいって近くに住んでいるようだ、というのが彼女たちの印象でした」

「探偵の素質があるね……エビバーガー食べる？」

エビバーガーはいいです、と泉ちゃんが首を振った。

「男性と一緒にいたところを見られています。若い男だったそうです。見た子は何人かいましたが、聞いた感じで言うと同一人物のように思いました」

若い男。小夜子も見たと言っていた。同じ人物なのだろうか。

若いといっても幅が広いが、泉ちゃんに聞いた雰囲気でいうと二十歳前後らしい。大学生なのか、働いているのか。

亜美を高校生とわかっているのか。十七歳の女の子に何かすれば、都の淫行条例に引っ掛かるはずだが、理解しているのだろうか。

「ついさっきのことなんですけど」泉ちゃんが報告を続けた。「ゲームセンターで女子高生と知り合いました。四商の生徒だそうです。学校をさぼっているのは明らかで、まああんまり……」

「不良？」

「そうは言いませんけど、そういうことになるのかな？」泉ちゃんが首を傾げた。「二人組だったんですけど、亜美ちゃんのことをたまに見かけるかも、と言ってました。北町の外れにある、イエロービーンズというクラブに時々来るよって……」

泉ちゃんはクラブ、と語尾上がりで発音した。そういうものがあることは知っていたが、行ったことはない。

おれはおそらく最後のディスコ世代ということになると思うが、踊りは苦手で縁のない学生生活を送っていた。社会人になってからはますます関係ない。当然、今もない。

「クラブねえ」

「吉祥寺にはけっこうあるんですよ。知らないとは思いますけど」

「知らないです」

泉ちゃんによると、吉祥寺近辺にはおよそ二十軒のクラブがあるという。夜な夜な大学生や若いサラリーマン、場合によっては、高校生やヤンママなども集まってくるらしい。

風営法の関係で、夜の十二時ぐらいに終わる店がほとんどだそうだが、中には明け方まで営業しているところもあるという。イエロービーンズというのもそういう法律を無視している店のひとつだと泉ちゃんは言った。

「クラブはあたしもたまに行きますけど、うるさいし疲れるし、好んで行きたいとは思いませんね。誘われたら行くぐらいかなあ」

「泉ちゃんがクラブねえ……」

感心することばかりだった。しかし、女子大生なのだ。クラブぐらい行くだろう。

「でも……イエロービーンズは行ったことがありません。あんまり良くない噂《うわさ》を聞くんです。暴力団が経営してるとか、違法薬物の取引に使われているとか、レイプ事件があったとか……」

事実かどうかは別として、筋のいい店ではないようだ。そういう店に亜美は通っているということになると、あまりいい話ではない。

「周辺を捜していくか、イエロービーンズを張ってみるしかないと思うんですけど……北町といっても広いですからね。ちょっと一人じゃ無理かなあって……イエロービーンズに行ってみませんか?」

「張り込みですか」

「ゲーセンの女子高生は、週に一、二度、クラブに行くと言ってました。亜美ちゃんに似た子を見たのは週末だったような気がするって……ああいう店は、一度入ったらすぐ帰ったりはしません。長居するのが普通だし、店もそういう客を歓迎します。通っているとすれば、亜美ちゃんも長時間いるんじゃないでしょうか。いれば見つけられると思うんですけど……」

ううむ、とおれは唸った。だが仕方がない。泉ちゃんの言う通りにした方がよさそうだ。

三十八歳でクラブデビューというのも恥ずかしいが、行くしかないのだろう。一緒に行ってもらえますかと頼むと、泉ちゃんはあっさりオーケーしてくれた。

「チャチャハウスで飲むのは楽しいんですけど、たまにはそういうとこも行かないとね」

おっしゃる通りです。今日は木曜日だ、とおれは言った。

「良ければ、今夜から行ってみないか。週末が怪しいと女子高生は言ったみたいだが、来るかもしれない」

そうですね、と泉ちゃんがうなずいた。夜の十二時、吉祥寺駅の南口で待ち合わせることにしてロッテリアを出た。

じゃあ夜に、と言って別れた。人込みに消えていく泉ちゃんの背中を見送りながら、クラブ、と語尾上がりでつぶやいた。

12

深夜十二時、駅の南口へ行くと五分遅れで泉ちゃんが来た。二人で北町を目指した。

「クラブっていうのはやっぱり騒がしいもんかね」

「そうですね、音楽はずっと流れています。DJがいろいろ喋ったりして、うるさいといえばうるさいっていうことになるのかなあ。気にしなければ別に……そういうのは苦手ですか？」

「曲がやかましいのは我慢できる。ただ、踊れと言われても困るよねえ」

「立ってるしかないですね。たぶん椅子がないですから」

「昔のディスコにはソファがあった」欠伸《あくび》しながら言った。「休んだり寝たりできたんだ。本気で眠る奴もいた。最近の若い奴は元気だよなあ。ひと晩ずっと立ちっ放しってこと？」

おれの愚痴を泉ちゃんが笑って受け流す。二十分ほど歩くと、黄色いネオンが見えた。イエロービーンズというロゴがあった。

明らかにいかがわしい。そしておれのような人間を拒否している。ふん。

店の周りに十数人の若者がたむろしていた。男も女も、やけくそになったように煙草をふかしている。おれも愛煙家だが、あんなにマナーは悪くない。

泉ちゃんの案内で店に入った。受付のようなところがあり、三千円払うと手の甲にスタンプを押された。出入り自由になるということだったが、システムはよくわからない。

受付を抜けると、広い空間に出た。中央にバーカウンターがある。オシャレな茶のべストを着た若い男がシェーカーを振っていた。

音楽は聞こえてくるが、それほどうるさくはない。ウェイティングルームです、と泉ちゃんが説明した。

「店によっていろいろやり方はあるんですけど、あそこでドリンクを買うみたいですね」

辺りを見回すと、若い男女が二、三十人立っていた。皆一様に顔色が悪く、猫背だ。あまりお互い喋らないのは、そういうものなのか。

みんながおれを見ている。場違いなのは明らかだった。

やめてくれ。見ないでください。こう見えてぼくは大学生なんです。ちょっと老け顔なだけなんです。

とりあえず何か飲もう、と泉ちゃんに言った。酒でも飲まなければやってられない。ビールでいいですというので、ベストの男にビールとバーボンの水割りを頼んだ。一杯五百円というのは高いのか安いのか。

酒を飲んでいたら、ちょっと見てきますと泉ちゃんが奥へと続くドアの中に入っていった。勤労意欲のある助手と仕事をするのは楽だ。

中にはダンスフロアがあるのだろうが、行く気はしなかった。水割りを飲み、煙草を吸い、もう一杯水割りを飲んでいたら、泉ちゃんが戻ってきた。

「ひと回りしてみたんですけど、あの子はいませんね」

おれの耳元で囁いた。何時頃来るのだろうかね。

「店が一番盛り上がるのは、夜中の三時以降だと思いますけど、それまでに来るのか……」

待っているしかないということだった。仕方がない。酒を買ってきてほしい、と一万円札を渡した。

「水割りを飲んでも無駄っぽい。ロックを頼む。ダブルがいい」

わかりました、と泉ちゃんがバーカウンターに向かった。ため息をついて煙草をくわえると、肩をつつかれた。振り向くと、若い女の子が立っていた。

「煙草」

ぼそりと言った。意味がわからず黙っていると、手が伸びてきておれの煙草を箱ごと持っていった。

「火」

女の子がくわえ煙草で言った。気が利かなくてすいません、と詫びながらライターで火をつける。女の子が煙を吐いた。

「誰?」

もう少し長いセンテンスで話していただけないものか。短かすぎてよくわからないし、誰と言われても困る。人間同士の会話っていうのはそういうもんじゃないだろう。

「若い子は好き？」

女の子が煙草を床に捨てた。まだふた口ほどしか吸っていないのではなかろうか。もったいないとは思わないのか。

どうなの、という目で見ているので、好きじゃないと答えた。本当にあまり好きではないし、ようやく狙いもわかった。

「じゃあ人妻は？」

もう一本煙草をくわえた。仕方がないのでまた火をつける。

「人妻も熟女もいらない。女と来ている。恋人だ」

手にドリンクを持った泉ちゃんが戻ってきた。鼻を歪《ゆが》めて笑った女の子が足早に去っていった。

どうしましたか、と泉ちゃんが紙コップを差し出す。

「若い女の子のポン引きだ。年齢別に女を各種取り揃《そろ》えているらしい。便利なシステムだとは思うが、おれには合わない」

紙コップを受け取って、一息に飲んだ。妙な味だ。歯医者を思い出すのはなぜか。

「サービスのカクテルだそうです。ウオッカとテキーラと、後何だっけ」

何でもいい。アルコールには違いないだろう。もうひと口飲んで、胸ポケットを探ったが、そこに煙草はなかった。さっきの女ポン引きが持っていったままだ。煙草なしで待つことはできない。煙草ともう少しましな酒を手に入れるため、バーカウンターに向かった。

13

明け方まで待ったが空振りだった。亜美は現れなかった。

翌日と翌々日も行った。申し訳ないとは思ったが、泉ちゃんにつきあってもらった。泉ちゃんは時々ダンスフロアに行って踊ったりしていたが、おれはすることがない。煙草と酒の量がいつもの七割増しになったが、やむを得ないだろう。

三日連続でクラブに通い、少しだけ雰囲気にも慣れたが、亜美は来なかった。クラブの客に聞いてみましょうかと泉ちゃんが言ったが、それは止めた方がいいと答えた。根拠はなかったが、捜している人間がいると気づけば店には近づかなくなるだろうという読みがあった。

四日目の深夜一時、おれと泉ちゃんはイエロービーンズにいた。この店で亜美を見た、と言っていた女子高生の二人組も来ていた。

マユとユカというその二人は、揃って背が高く、発育が良かった。それなりに見た目はよく、卒業して進路に迷ったらまっすぐキャバクラ方面に進みなさい、と思った。

泉ちゃんはおれのことを、亜美の従兄弟だと二人に話した。マユもユカもうさんくさい目でおれを見ていたが、泉ちゃんを信用したということなのか、存在を許してくれた。

二人とも煙草は吸わなかったが、ビールは浴びるほど飲んだ。おれが支払い担当だとわかると、加速装置をつけたサイボーグ009のような凄まじい速さでお代わりした。泉ちゃんを含めた三人の女の子はフロアで踊ってはウェイティングルームに戻ってビールを飲み、またフロアにとって返して踊るという行動を繰り返した。元気なことだと感心しているうちに二時間が経過した。おれを見ている視線に気づいたのは深夜三時のことだった。

男だ。二十代後半ぐらいだろう。真っ白いスーツを着て、髪の毛をオールバックにしている。痩せていて、頬《ほお》が異常にこけていたが、頭の回転は悪くなさそうに見えた。

三人の女の子がダンスフロアへ向かったのを確認して近づいてきた。失礼ですが、と低い声で呼びかけてくる。この店でそんな常識ある言葉を聞くとは思っていなかった。

「あなたは？」

なかなか迫力のある声音だった。踊りにきた、と答えると、白スーツが薄く笑った。

「昨日もいらしてたし、一昨日もです。サラリーマンじゃないですよね」

「見事な推理だ。テレビにでも出たらどうだ？」

白スーツがおれを見つめた。感情のない目だった。

「出て行ってもらえますか」

低くつぶやく。金は払っている、と答えた。

「連れの分もだ。酒も飲んでいる。売り上げには貢献しているつもりだ。客を追い出す気か？」

「よそ者に来てほしくないんですよ。店の空気が悪くなる」

「おれは吉祥寺の人間だ。よそ者じゃない」

白スーツが内ポケットから長い財布を取り出した。一万円札を一枚抜き取っておれに押し付ける。これでいいでしょう、と囁いた。

 金は好きだが、年下に恵んでもらうのは心外だ。いらないと言って返そうとしたが、白スーツは首を振った。

「トラブルは避けたいんです。あなただって面倒事は嫌でしょう？ 帰ってもらえますか」

「そっちは何なんだ？」

「店長です」白スーツがもう一枚札を抜いた。「店にそぐわない客には帰ってもらう。それが営業方針でね。よその組の人間ならなおさらだ」

「よその組？」

「田島《たじま》さんとこの者だろう？　そんなに儲かるシノギじゃない。小銭拾いだよ。わざわざ見学に来てもらってありがたいとは思うが、参考にはならない。帰れ」

「あんたはアウトレイジの見過ぎだ」おれは言った。「おれはよその組のシマ荒らしじゃない。ブラックミュージックとダンスを愛するただの男だ。気にせず商売を続けてくれ。邪魔するつもりは……」

白スーツが片手を挙げて指を鳴らした。昔の東映映画にも出てこないような凶暴な顔の若い男が二人走ってきて、おれの両脇を抱える。ウェイティングルームにいた客たちがざわつき始めた。

「丁重に扱え。出て行っていただくだけだ」

白スーツが言った。二人がおれの腕を摑んで、出入り口へ引っ張っていく。

やめろよ、と言ったが、二人は聞く耳を持っていなかった。凄い力でおれを引きずる。とてもかなわない。ついこの間もコンビニで引きずられたばっかりだ。

「川庄。何でここに？」

声がした。顔を上げると、ストライプの入った紺色のイタリアンスーツを着こなしている背の高い細身の男が立っていた。

「佐久間《さくま》じゃないか」おれは叫んだ。「あんたこそ何をしている？」

佐久間はチャチャハウスの常連で、顔見知りだ。清風会という暴力団の組員だということは知っていたが、組内でのポジションは知らない。変わった男で、おれはヤクザという人種が好きではないのだが、佐久間は別だった。

酒を飲まず、店ではアイスミルクしか飲まない。変わった男で、おれはヤクザという

「放してやれよ」

佐久間が低い声で言った。二人の男が飛び下がる。

何をしている、とおれを見た。探偵の仕事だ、と答えると、そりゃご苦労、と言って笑った。

「佐久間さん」白スーツが小声で呼びかけた。「この男はいったい……」

「友達だ」

白いスーツが佐久間の答えに、しまった、という表情を浮かべる。そんな顔をすると意外と可愛げがあって、悪い奴ではないように見えた。

「まあ仕方がない。お前さんは堅気には見えないからな。佐伯《さえき》が勘違いしたようだが、勘弁してやってくれ」

佐伯という名前の白スーツが死ぬほど頭を下げる。全然問題ない、とおれは手を振った。

アイスミルクとメープルシロップを持ってきてくれ、と佐久間が命じた。ついでにウ

ーロンハイもと言うと、佐伯がバーカウンターへと駆け込んでいった。

「若い連中は間違うものだ。それでも育てていかなきゃならん。気にしないでくれ」

気にしてない、とうなずいた。佐久間がウェイティングルームの隅へ進む。あんたはこの店の何なんだ、と聞いた。

「経営者だよ」あっさりと答えた。「おれは若者文化に理解がある。ダンスミュージックに興味もあるし、好きだ。趣味と実益を兼ねてこの店をやってる」

なかなか面白いもんだよ、とつぶやいた。それはそれは、とおれが小さく拍手していたところに、佐伯が高級《たか》そうなグラスを二つ持ってきた。バカラか。

味を見ていた佐久間が、もう少しメープルシロップを、と言った。佐伯がまた走り出す。

「儲からないのが欠点だが、同業者はちょっかいを出してこない。ヤクザにこういう商売は理解できないんだな。おれは平和を愛する。トラブルは金にならない。暴力と犯罪で金を作るのはリーマンショックまでのことだ。そんなものは必要ない」

「経営方針はわかった。結構な考えだ」

「ただ、こういう店だ。余計なことをする奴が出てくる。つまらない話を聞いたんでね、ちょっと様子を見にきた」

おれはウーロンハイを飲んだ。いいウーロン茶を使っているらしく、なかなかうまかった。

「つまらない話？」

「学生がドラッグを売っているらしい」佐久間が顔をしかめた。「おれは酒とクスリが嫌いでね。商売にしたことはない。クラブだから酒は出さなきゃならんが、素人に勝手なことをされても困る。ドラッグと言っても合法ハーブらしいんだが覚醒剤を扱っているという話もないわけじゃない」

「そりゃ大変だ」

「百歩譲ってドラッグをやるのはいいとして、おれの店を使ってもらっちゃ困る。少し説教しようと思っていたが、お前さんの姿を見ることになるとはね。こういう店は嫌いだろ？」

「嫌いじゃないが、肌に合わない」

「古くないか？　新しいカルチャーにも目を向けた方がいい。生き残っていくコツはそれだ」

「とにかく助かった。恩に着るよ。今度チャチャハウスで一杯おごろう。アイスミルクを店で一番でかいグラスに入れてもらおう」

「氷はいらない。できれば紀伊国屋で売ってる特選ジャージー牛乳がいい」

わかった、とうなずいた。牛乳にそこまでこだわりがあるのかと思うとちょっと笑えたが、佐久間は大まじめだった。

「人捜しか?」

「そんなところだ」

「子供か」

佐久間がおれの目を見た。理解が早いのはありがたいことだ。詳しい事情を説明することはできなかったし、面倒だった。

「好きにしてくれ。お前さんのことは伝えておく。うるさいことを言われることはなくなる」

「申し訳ない」

佐伯がお代わりのアイスミルクとウーロンハイを持って近づいてきた。メープルシロップもだ。

受け取った佐久間が、おやおや、と言った。振り向くと、泉ちゃんがおれたちの方を見ていた。佐久間とはチャチャハウスで毎晩のように顔を合わせている。よく知った仲だった。

「彼女にも水割りを」佐久間が命じた。「山崎の二十五年がいい。おれの部屋にある」

泉ちゃんが佐久間に向かって頭を下げる。そのままおれのところに寄ってきた。

「川庄さん」

「どうした」

「あそこ」

指をさした。ウェイティングルームのカウンターで、女の子が紙コップを片手に立っている。頼みがある、と佐久間に囁いた。

「何だ」

「出入り口を押さえてくれないか。あの子が逃げようとしたら、捕まえてほしい」

何も聞かずに佐久間が出入り口へ向かった。退路を塞《ふさ》いだことを確認して、女の子に近づいた。

「酒井亜美ちゃん……だね？」

声をかけた。亜美がゆっくりと振り向く。

いきなり紙コップを投げ付けてきた。頭からビールをかぶったが、構わずに腕を摑《つか》んだ。

振りほどいた亜美が出入り口に突進する。だがそこには佐久間がいた。

「話がしたい」佐久間の前で動けなくなっていた亜美の背中に声をかけた。「それだけだ。逃げなくていい」

佐久間が細い肩に手を置いた。亜美が顔だけをおれに向ける。唇を歪めて、煙草をくわえた。

「わかった」

つぶやきが漏れた。おれは静かに近寄っていった。

Part2　子守り

1

後のことは佐久間に任せ、亜美を連れてイエロービーンズを出た。泉ちゃんは置いてきた。理解してくれるだろう。

深夜の井の頭通りに出て、五百メートルほど歩いた。亜美は黙ってついてくる。逃げれば余計面倒なことになるのはわかっているようだった。

デニーズに着いた時には四時を回っていた。お煙草はお吸いになりますかと聞かれ、うなずいた。

平日、深夜四時のデニーズはさすがに空いていた。ここに店舗があるのは知っていた。健人とも来るが、一人でもふらりと入る。煙草を吸いながら食事ができる店は今時貴重なのだ。

席に案内され、向かい合わせに座った。一応、万が一を考えて亜美を奥に座らせた。

あんたは、と言いかけて亜美が黙った。ユダヤ人がヒットラーを見る時でもそこまでではないだろうと思えるほど敵意に満ちた目をしている。

「川庄という」おれは宙に字を書いた。「三本川の川に庄屋の庄だ。頼まれて君を捜していた。君がどう思ってるのかはわからんでもないが、そんなに睨まないでくれないか。悪意があるわけじゃないんだ」

へえ、とつぶやいて横を向いた亜美の前に、メニューを開いて差し出した。

「とりあえず何か飲むなり食うなりしたらどうだ。さっきも言ったが、話が聞きたいだけだ。今のところ他には何も考えていない。何でも好きなものを注文していい」

用心深い小動物のような目でメニューを斜めに見た亜美が、パールミルクティー、と言った。腹は減ってないのかと聞くと、手が伸びてメニューをめくっていく。

グラタン、とつぶやいた。それだけでいいのかと言うと、ハンバーグも、と答えた。腹は空かせているらしい。

手を上げて店員を呼んだ。デニーズはかたくなに呼び出しボタンを置かないが、どういう理由があるのだろうか。

正面から亜美を見た。身長は百五十五センチぐらいだろう。やや痩せ気味で、まともな食生活を送ってないようだ。

どこで買ったのか知らないが、安っぽいブルーのTシャツを着ている。手に一枚茶色の薄いパーカーを持っていた。

今は下は見えないが、確かデニム地の短いパンツと銀色っぽいミュールを履いていたはずだ。ずいぶん露出過多に思うが、本人はそれでいいようだった。

顔が小さい。読者モデルとかいう輩が跋扈《ばっこ》している世の中だが、そんな連中とは比較の対象にならないぐらいスタイルがいい。手足が長いのは今時の若い女の子らしいことだった。

髪の毛はショートで、染めたりはしていない。メイクをしていて、それだけが浮いていた。

ファンデーションが濃すぎる。眉を剃っているのもおれとしては好みではないが、これだけの美少女が高校の教室にいたら目立つだろう。

父親である榊原浩之は整ったルックスの持ち主だし、母親も美人だったに違いない。メンデルの法則という言葉を思い出した。

コーヒーとパールミルクティーが運ばれてきた。煙草に火をつけて、コーヒーをひと口飲んだ。うまくない。ファミレスのコーヒーで美味しい店があったら教えてほしい。

「そこそこ捜したんだ」おれは口を開いた。「苦労したとまでは言わないが、忍耐を余儀なくされたことも事実だ。この二カ月、どこにいた？」

亜美がストローをくわえて、ドリンクに突っ込んだ。反抗的な態度ではなかったが、お世辞にも友好的とは言えない。

「話を聞きたいんだけどね……少しは喋ってくれないか。間がもたない」

「いろいろ」

答えはそれだけだった。おれは持っていたカルシウムのサプリメントを二粒水で飲んだ。冷静に、と自分に言い聞かせる。

「いろいろじゃわからない。頭が悪くてね。三歳児と話すつもりで喋ってくれると助かるんだが」

亜美がじっとおれを見つめた。聞いてどうするのか、とその目が語っている。

ポーチからセーラムライトを取り出して、百円ライターで火をつけた。深々と吸い込んで、一気に吐き出す。慣れた手つきだった。

おれは未成年者の喫煙についてコメントできる立場にない。初めて煙草を吸ったのは高校一年生の夏で、それ以来吸い続けている。とがめる気はなかった。

「心配してる人がいる。君のことを知らせてやらないとならない」

亜美は斜め上を見ながら煙草をふかしている。知らないよそんなこと、と顔に書いてあった。

「事情は聞いている。おれが君でも同じことをやらかしたかもしれない。だからそれをどうこう言うつもりはない。ただ、生きていることぐらいは言ってやってもよかったんじゃないか？　電話一本で済む話だろう」

乱暴に煙草を消した亜美が、話したくないし、とつぶやいた。榊原本人じゃなくていい、とおれは言った。

「前野さんでも弁護士でもいいじゃないか。君が十七歳というのは間違いない。大人が心配するのは当然だ」

グラタンとハンバーグが同時に届いた。フォークを取った亜美が皿を交互につついては、食べ物を口に運んでいく。ほとんど噛まずに飲み込んでいるところから見ても、相当空腹であることが窺えた。

女の子の食べるスピードというのはよくわからないが、かなり速いようだ。みるみるうちにグラタンとハンバーグがなくなっていく。もしかしたら今日初めての食事なのかもしれなかった。

「コーヒーとデザートがほしい」

一気に食べ終えた亜美が顔を上げた。どうぞどうぞ、とメニューを押しやる。

時間をかけて検討していたが、チョコパフェ、というわりと普通の結論を出した。コーヒーが来るのを待って、質問を再開した。

「それで、どこにいたかを話してもらえないか」

「いろいろだって」

面倒臭そうではあったが、食べさせてもらった恩義ということなのか、こっちを向いて答えた。

コーヒーにスティックシュガーを何本も入れている。だったら頼まなきゃいいのにと思ったが、それは言わなかった。

「そのいろいろが聞きたいんだ。例えばどこに？」

「友達んとこ」

「学校の？」

亜美がちょっと笑った。オヤジの考えそうなことだ、という笑いだった。

「知り合い」

「どこで知り合った？」

「いろいろ」

そりゃ結構と言って、コーヒーのお代わりを頼んだ。

「他は？」

「だからホント、いろいろだって。しつこいなあ。マンキツだって泊まったし、公園にいたこともあった」

「吉祥寺にいた？」

「金がないもん」コーヒーを口に含んだ亜美が、熱い、とつぶやいた。「電車賃がもったいないし。そんな簡単にこの町からは出られない」

「マンガ喫茶に泊まる金は?」

「少しは持ってたから。あいつにもらった金だと思うとむかついたけど、しょうがないじゃん。最初の何日かはマンキツにいた。その後は何とかしたよ」

「どうせあの男の金を使うんなら、キャッシュカードを持っていけばよかった。あの男は君がいなくなってからも、毎月預金口座に金を振り込み続けていたんだぞ」

それは違くてさ、と亜美がつぶやいた。言わんとすることはわかったので、深くは突っ込まなかった。

「食事はどうしてた?」

「テキトーに」

「友達か?」

「そういうこともある。いろいろだって。意外と何とかなるもんだよ。試してみれば?」

嫌だね、と言った。おれは食事にはうるさい。三食食わないとヒステリーを起こす。他のことはそうでもないが、食事に関してだけは計画性があった。意外と何とかなる食事なんて、そんなバクチみたいなことはしたくない。

「金はどうした? 確かに手持ちはいくらかあったんだろう。だが、二カ月ももつとは思えない。クラブに通っていたんだよな? どこから出てきた金だ?」

亜美がチョコパフェを食べながらにやにや笑った。四十のオバサンのような笑い方だった。

「服はどうした？　それは買ったのか？　パンツは替えてるのか？」

「これ？」Tシャツをつまんだ。「これは頂き物。服はくれる人多いよ」

フリーマーケット世代の発言だ。パンツもかと聞くと、だからオヤジは嫌だ、と舌打ちした。

「下着の話に興味あるわけ？　欲しいの？」

「物に興奮するタイプじゃない。衛生面の話をしている」

「うち、そんな体臭きつくないし」

「そりゃ良かった。腹の調子はどうだ？　まだ食べるか？」

ちょっと待って、と亜美が言った。ゆっくり考えてくれ。おれは煙草に火をつけた。

2

結局、ワタリガニのパスタとマルゲリータピザを追加でオーダーした。やはり空腹なのだろう。

顔色や肌の艶、全体の雰囲気から言っても、この間の食生活が想像できた。

友達のところを渡り歩いていたと言う。そういうこともあったのかもしれないが、実際には野宿したことも多かったのではないか。

町で知り合った連中は少なくないのだろうが、そいつらにも親がいる年齢だ。一泊二泊ならともかく、何日も泊まることになればどういう子なのかと親だって不審に思うだろう。

年上の男と一緒にいたという話も聞いていたから、男の家にいたのかもしれないが、様子を見る限り、そういうわけでもなさそうだった。

「榊原浩之氏に依頼されて、君を捜していた」

だろうね、と亜美がパスタを口に運んだ。わかりきったことを言うな、という顔だった。

「君を見つけたら、彼の所へ連れていくのが仕事だ。簡単な話に見えるが、意外と複雑でもある。それで聞きたいのだが、一緒に行ってくれるつもりはあるか?」

亜美がピザを齧る。別に、とつぶやいた。

意味するところがはっきりしないが、行ってもいいということのようだ。おれを見ながら、薄い笑みを浮かべる。浩之のところへ行くことは行くが、またすぐいなくなるという意味だとわかった。

今、おれの手を振り切ってどこかへ消えることは難しいとわかっている。だから一緒に行くのはいいが、それだけのことで何も事態は変わらないということだ。それはちょっとよろしくない、とおれは顔をしかめた。

「普通なら放ってはおけないが、君の抱えている事情はわかるつもりだ。奴の臭いのする場所にはいたくないだろう。だからそれはいいとして、もうひとつ聞きたい。君は自分と奴の関係を誰かに話すつもりか？」

亜美がピザを飲み込みながら、煙草に火をつけた。物を食いながら煙草を吸うというのは寂しい人間のやることだと聞いたことがあるが、亜美はどうなのだろう。

派手に煙を吐き散らす。言葉にはしないが、言う気満々なのがわかった。

この子は自分を裏切った父親のことを許していない。古い表現だと、落とし前をつけさせる気だ。

榊原浩之が政治家であることの意味を亜美はわかっている。大きなダメージを与える力が自分にあることも知っているのだろう。今まで二カ月間沈黙していたのは、タイミングを待っていたのだ。

浩之は市長選出馬を表明している。極端に言えば投票日前日まで待って、自分と浩之の関係をぶちまけるつもりなのではないか。

浩之は落選する。それどころか、政治家として再起することも難しくなるだろう。それを狙っているのだ。

それはそれで結構なことだ。個人的な意見だが、おれは榊原浩之のした事、あるいはしている事を正しいと思っていない。はっきり言えば気に入らない。

浩之は亜美の母親を一時は愛した。若かったと本人は言うかもしれないが、大学を卒業後につきあったというのだから二十歳は過ぎていたことになる。分別がつかない歳ではないだろう。

もちろん愛は永遠のものではないから、別れようが何をしようが自由だが、理由がよくない。女が韓国人だから別れたとはっきり言ったわけじゃないが、要するにそういうことだろう。

おれだって女を捨てたことはある。振ったり振られたりは人生につきものの話で、仕方がない部分はある。だが、国籍が違うから別れたというのは理由としてクソだ。

そしてその女との間にできた子供に対して、自分が父親であることを隠していたというのも最低だ。そんな男は大嫌いだ。

だから、亜美が家を飛び出したのは理解できたし、浩之との関係をぶちまけるつもりでいることもいいんじゃないかと思っている。そんな奴におれの住む町の市長になってもらいたくないし、ましてや総理大臣になるつもりでいるのなら、大きな勘違いだ。

ただ、浩之の考えていることはわかる。何があっても、どんなことをしてでも、亜美の口を封じなければならない。

それは奴にとって絶対だ。そのために何をするか。

実の娘を東京湾に沈めるとか、そんなことはしないだろうが、脅迫行為に訴える可能性はないとは言えない。

十七歳の少女には耐えられないことをする気があるのではないか。そしてそれは、おれに対しても同様に対処するかもしれないということだった。

浩之はおれを選び、娘を捜してほしいと依頼してきた。おれを選んだ理由はいくつもあるだろうが、結局のところ、おれを黙らせることができると判断したからだろう。

おれに詳しい事情を話すと決めた時点で、もしおれが依頼を拒否したらどうするかも決めていたはずだ。金か暴力でおれを沈黙させる。おれのことは調べていたようだから、健人に何かするつもりだったのかもしれない。

その上で次の誰かに依頼し、娘を捜させる。いつかは誰かが見つけるだろう。そいつが亜美を浩之のところへ連れていくと思うと、その後のことは考えたくなかった。

話を聞いた時、それぐらいの筋は読めた。おれが引き受けるしかないとわかった。自分の身の安全も含め、亜美のことを考えるとおれがやるしかなかったのだ。

ただ、黙って従うつもりはなかった。自分のキャリアのために恋人と娘を捨てるような奴は気に入らないし、そんなにおれは素直じゃない。

亜美を捜すし、見つけるが、そのまま奴のところに連れていくつもりはなかった。亜美と浩之の間に入ろうと考えていた。

浩之の立場はわからなくもない。亜美の感情もだ。話を聞き、二人が話し合う場をセッティングするつもりだった。父と娘で話し合うべきだろう。

浩之は率直に何があったかを話せばいい。それでも亜美が理解できないというのであれば、新聞でもテレビでも引っ張ってきてやる。真実を話せばいい。

それぐらいのことは、あの時ホテルの地下で浩之と会った段階で考えていた。金が大好きなのは事実だが、金のためなら何でもやるというわけではないのだ。

現段階で、お互いに冷静ではないだろう。話し合いどころか感情的になって余計にこじれることが考えられる。クールダウンする時間が必要だった。

「もう一度だけ聞く。ちゃんと飯は食っているのか？　屋根のあるところで寝ているのか？」

「ぼちぼち」

「男といるところを見ている者がいる。年上らしいな。そいつのところにいるのか？」

この歳でこのルックスだ。そういうこともあるのだろう。お嬢様学校の生徒だって、真面目に勉強しているだけではない。

ただ、反応を見ると男と一緒に暮らしているというわけではないようだった。今日もクラブには一人で来ていた。

「危険なことはしてないか。犯罪に関係していたりはしないか」

答えはなかった。何をしてきたか知らないが、すれすれのことはしているだろう。うまくすり抜けているのかもしれないが、いつまでも続きはしない。まずい事態になってしまう恐れはある。

「これから暑くなる」おれは言った。「屋根のあるところで、エアコン完備の部屋で、ベッドで寝たいとは思わないか」

唇を曲げた。そりゃあね、ということのようだ。面倒臭そうにパスタの皿を押しやる。三分の一ほど残っていた。

「今まで何とかなってきたのは運がよかったからだ。ずっと続くかどうかはわからない。襲われたって文句は言えないことをしている。飯だって温かいものを食べたいだろう。どうだ?」

更に強く唇を曲げた。当たり前だ、と言いたいらしい。衣食住を保証してやろうと言った。

「一緒に来い。おれのマンションで暮らすんだ。十一歳の子供とトイプードルがいるが、君の部屋は用意する。飯も食わせてやる。金もいくらか渡そう。何をしても構わないし、学校へ行くこともない。出掛けたっていい。ただ、夜は帰ってきて、そこで寝るんだ。どう思う?」

「……何がしたいの?」亜美が目を細くしておれを見た。「高校生がいいの? ロリコン？」

「君がきれいな女の子だということは認める。ももクロでも何でも入ればいい。ＡＫＢのセンターを目指したっていいさ。だが、おれのタイプじゃない。十七歳の少女に恋をする日が来るかもしれないが、相手は君じゃない」

ちょっと傷ついたようだった。悪いとは思うが、事実だから仕方がない。

「君の気持ちはわかる。受けたショックはでかいだろう。榊原浩之は間違いを犯した。最初からすべて正直に話すべきだった。自分の娘だと認めて、きちんとした関係を作るべきだった。その通りなんだが、親父の立場を理解してやろうとは思わないか。そうせざるを得ないポジションにいたのは本当だ。せめて話を聞いてやることはできないか」

「聞きたくない」

はっきりとした声で答えた。煙草を強く灰皿に押し付ける。指がかすかに震えていた。

「そう言うだろうと思っていた。君がどれだけ傷ついたかはおれにもわからん。想像もつかない。何パーセントかはわかるつもりだが、本当のところは何とも言えない。すべてをぶちまけるというのならそれもいいだろう。だが、少しだけ考えてみないか。奴の立場を理解しろとは言わない。許してやれと言うつもりもない。ただ、話をしてもいいんじゃないか。君には奴の話を聞く義務があると思えるところもある。娘であることは事実なんだ」

「そっちを信用しろって?」

「そりゃ無理だろう。信用しなくていい。利用すればいい」

亜美が黙った。考えているらしい。

「借りでも貸しでもない。住む場所や食事を提供する。その代償として、奴の話を聞くかどうか考えてみてくれればいい。条件はそれだけだ」

亜美が新しい煙草に火をつけた。提案を検討する顔になっていた。

二カ月間何とかやってきたが、これ以上続けていけるかどうかわからないという現実的な思いはあるようだ。何が正解なのかを探っている目をしていた。

「十一歳の子供がいると言ったが、息子だ」おれはコーヒーを飲んだ。「君は借りを作りたくない年頃だ。おれもそうだった。大人の世話になんかなりたくなかった。見も知らない男の家になど行きたくないだろう」

亜美が肩をすくめる。おれは話を続けた。

「だから、こういうことではどうか。息子の勉強を見てやってくれないか。ここだけの話、あいつは勉強ができない。それはそれでいいと思っているが、何とかしたいという気持ちもある。金は払えないが、家庭教師になってくれ。ついでに犬の世話もしてほしい。それだけやってもらえば、借りも何もないんじゃないのか?」

「……どれぐらい勉強ができないの？」

「鈴木奈々と同じぐらいだ」

それは、と絶望的な表情で亜美が目をつぶった。

「やっても無駄なんじゃない？」

「そうかもしれないが、まだ五年生だ。間に合うかもしれないじゃないか。君は成績が良いと聞いている。何とかしてやってくれ」

「……あの男のところに連れていかない？」

「約束する。少なくとも君が納得するまで、無理に連れていったりはしない」

「納得なんてしない」

「それを考えてみてはどうかと言っている。ゆっくり、落ち着いて冷静に考えてみろ。時間はあるんだ」

わかった、と亜美が目をこすった。

「少し寝たいし」

行こうか、とおれは立ち上がった。亜美が後をついてくる。子犬のような歩き方だった。

3

朝六時、マンションに着いた。

亜美を、別れた妻の由子《ゆうこ》の部屋に連れていき、クローゼットに残っている服はどれでも着ていいと伝えた。由子は処分しておいてほしいと言って部屋着の類を置いていったが、捨て切れずそのままにしていた。サイズは違うかもしれないが、着られないこともないだろう。

亜美が無言でベッドに座った。シーツを手で撫でている。まともな布団で寝ていなかったらしい。好きに寝て好きに起きろと言った。

デニーズからの帰り道、おれがバイトしているコンビニに寄って歯ブラシやタオルなどを買って来た。いろいろ他に揃えるものもあるだろうが、今日のところはどうにかなるだろう。

「何で奥さんと別れたの？」

ベッドの真ん中にあぐらをかいて座り込んだ亜美が言った。そういうことに興味を持つ年頃なのだ。

「浮気？　若い子とやっちゃった？」

「していない。女房が男を作って出て行った」

「未練ありそうだね」

「まったくない」

亜美がにやにや笑った。うるさい、と買ってきたタオルを投げ付けた。

「トイレはどこ？」

「そんなに広い家じゃないから、すぐわかる」

ふうん、とうなずいた亜美がベッドから飛び降りて部屋を出た。トイレは右だと言ったが、違うドアを開ける。何？と言いながら健人が出て来た。

「これが馬鹿小学生？」

「誰、このブス」

健人が指さした。朝六時にいきなり起こされて、馬鹿呼ばわりされたのだ。ブスと言い返すのは当然だろう。むしろ、起きぬけによくそこまで頭が回ったものだと感心した。

「今日から住み込みでお前の家庭教師になる酒井亜美先生だ」おれは紹介した。「藤枝女子の高校二年生で、成績もトップクラスだ。何でも教えてくれる」

「聞いてないよ」健人が泣きそうな顔になった。「朝六時じゃないか。勝手に人の部屋に入ってきて子供を起こすなんて何を考えてるの？　家庭教師なんていらない。勉強のことは放っといてよ。パパだって……」

「キャー！」

亜美が頭のてっぺんから声を出した。会ってから数時間、初めて年相応の女の子らしい顔になっていた。

部屋の隅にあったケージに駆け寄る。何すか、という顔をしている犬をじっと見つめた。

「チョーカワイイんですけど」亜美が振り向いた。「トイプー？　何歳？」

「一歳半ってところかな。プリンという名だ」

亜美がプリンを撫でた。どんなものかと思っているのだが、プリンには警戒心というものがない。

人見知りをしないというと聞こえはいいが、誰が相手でも関係なくお腹を見せるというのはいかがなものか。プライドはないのか。犬としての矜持《きょうじ》はないのだろうか。

「プリンに触らないでくれ」健人がいらついた声を上げた。「ぼくの犬だ。勝手なことをするな」

「君、ホントに小五？　生意気じゃない？」

十七歳には見えない少女が言った。プリンは後で紹介すると言うと、待ってよ、触らせてよ、と亜美が体を振ったが、まだ六時だ、と強引に引き離した。

「子供も犬も寝るのが仕事だ。七時まで寝かせてやれ。トイレに行くんじゃなかったのか？」

そうだった、と亜美が左右を見た。ここでするな、と言って廊下に連れ出す。

「トイレは右のドアだ。ウォシュレットもついている。用が済んだら手を洗ってくれ。すぐ右に洗面所がある」

亜美がトイレに入った。部屋の外にいた健人がおれを見上げる。

「……いったい、どういうこと？」

「後で説明する。今は寝ろ」

「眠れるわけないでしょうに。何なの、あれ。高二？　どういうつもり？　高二の女の子を住まわせるなんて、マズいんじゃないの？　親は何て言ってるの？　ぼくに相談もなしに……」

ストップ、と健人の口を塞《ふさ》いだ。

「言いたいことはわかる。だが、これには事情がある。非常事態だと思ってくれ。しばらく一緒に暮らすことになるが、気にしなくていい。とにかく勉強を教えてくれることは確かだ。お前はブスと言ったが、そうでもないぞ。お姉ちゃんができたと思って……」

「あいつはぼくを馬鹿小学生って言った」健人がおれの手を振り払った。「そんな失礼な奴をお姉ちゃんだなんて思うことはできない。十七？　ババアじゃないか。勘弁してよ」

ババアと呼ばれるのは心外だろうが、亜美もおれのことをジジイだと思っているだろうから、ここは我慢してもらおう。仲良くしろとは言わない、と健人の頭に手を置いた。

「かわいそうな子なんだ。両親がいない。独りぼっちで、住む家も金もない。誰かが世話してやる必要がある」

「何でパパなのさ」

「袖振り合うも多生の縁というだろう。成り行きだが、そうせざるを得なくなった。わかってくれないか。お姉ちゃんが嫌なら家政婦だと思えばいい。うまくやってくれ」

「ママに話す」健人が地団駄を踏んだ。「いくらパパだってこれはやり過ぎだ。パパがちょっとおかしいのはわかってるつもりだったけど、今回はひどい。無茶苦茶にもほどがある。ママに話して、抗議してもらう。あんな女には出ていって……」

「ママには言わないでくれ。心配する。怒られる」

「よその子のことは心配で、ぼくのことは心配じゃないわけ？」

「そうじゃない。お前は馬鹿じゃない。つまらないことは言わない男だ。だがママは女だ。小さなことで騒ぎ立てるのは女の特性で、どうにもならない。今はごちゃごちゃ言われたくないんだ」

「人間不信になりそうだ」健人が壁に額を押し付けた。「とにかく、ぼくにはぼくの生活がある。誰にも邪魔されたくない。あんな女に入ってこられたら困る。デリカシーのかけらも感じられない。ぼくに近づけないでくれ」

「悪い子じゃないんだ。話せばわかる。年上の女はいいぞ。世の中は熟女ブームだ。流行には乗った方がいい」

「本当に……父親としての自覚がないんだね」

呆れたように健人が言う。そんなことはない、と首を振った。

「おれはお前の父親だ。そんなことは百も承知で、お前のことはちゃんと考えている。だが、いつも言っているように、おれはお前を一人の人間、一人の男として扱いたい。お前とおれは対等の立場だ。親子ではあるが、人間同士でもある。そこは理解してもらいたい」

亜美がトイレから出てきた。健人がくるりと回って自分の部屋に入り、凄い勢いでドアを閉めた。

「どうしたの？」

「ヒステリーだ」おれは答えた。「そっちがきれいなんで照れているんだろう。しばらく放っといてくれ。すぐ慣れる」

「変わってない？」

「普通の子だ。ただ、感受性が強い。いきなり近寄らないで、少しずつ話すようにしてもらえれば受け入れるから、面白がって構ったりするな」

とりあえず寝ろ、と命じた。無表情で部屋に戻っていく。亜美、と声をかけた。

「勉強を教えてくれとは言った。だが保健体育はいい。性教育の話はするなよ。まだ小五なんだ」

「十一歳でも男だからね」無愛想な声で亜美が言った。「興味はあるんじゃない？」

「童貞なんだ」おそらく間違いない、と言った。「まだ早い。避妊の心配はしなくていい」

どうだか、と言って亜美が部屋に戻っていった。どういう意味なのだろう。わからないまま大きく一つ息を吐いて、リビングへ向かった。

4

そのまま起きていて、健人と亜美のために朝食を作った。スクランブルエッグと、クロワッサンにブルーベリージャムを塗ったものを用意する。そんなに手間のかかることではなかった。

七時過ぎ、健人が入ってきた。おれの様子を見て、小さな唸り声を上げる。ついさっきのことが夢ではなかったとわかったらしい。

座った健人の前に皿を並べた。あいつは？　と低い声で言う。亜美という名前だ、とおれは宙に字を書いた。

「年上の女に、あいつとか言うもんじゃない。紳士らしくふるまえ」

「何をしてるわけ？」

「知らない。寝てるんじゃないか」

「藤枝女子って言ったよね。学校は？　行かないの？　高校中退？」

「いつも言ってることだが、学校より大事なことは世の中にいくらでもある」

「じゃあぼくも学校行かなくていい？」

「それもいつも言っている。そんなことはお前の自由だ。行きたくなければ行かなくていい。好きにしろ。だが、おれは昼になったら仕事に行く。この家にお前と亜美だけが残る。それでもよかったら……」

行く、と健人がスクランブルエッグを食べ始めた。よほど亜美のことを恐れているようだった。

健人を学校に送り出してからシャワーを浴び、しばらく寝た。十一時過ぎに起き出してリビングへ行くと、亜美がテレビを見ていた。由子の服を着ていたが、それほど違和感はなかった。

「何か食ったか」

牛乳をもらった、と答えた。テレビからは目を離さない。

レンジで温めたスクランブルエッグと、トースターで焼いたクロワッサンを並べると、いいの？　というようにおれを見てから手を伸ばした。クロワッサンはこれで終わりだが、食パンがある、と戸棚を指さした。

「トーストの焼き方はわかるだろう。腹が減ったら焼いて食え。もう少し経ったらおれは出掛ける。仕事があるんだ。お前は好きにしろ。どこへ行こうが勝手だ。ただし、この家の夕食は六時半と決まっているから、それまでに帰ってこなければ飯はないと思ってくれ」

これを持っていけ、とスペアキーを渡した。戻ってくると思う？　と真顔で聞く。わからないと答えた。

「今朝も言ったが、食事とベッドは保証する。親父のところに無理やり連れていったりもしない。それで不満があるのならどこへでも行けばいい。だが、今夜の食事の当てはあるのか？　眠る場所は？　街に出れば親父の手下がお前を捜しているかもしれない。損得がわかる人間なら戻ってくるだろう。そんなに頭が悪いとは思っていない」

「考えてみる」

「ごゆっくり」

「仕事って何をしてるの?」

「コンビニで働いている。今朝、ここへ来る途中で寄っただろう。井の頭通り沿いのQ&Rという店だ」

「ずいぶん近いね」

「職住隣接はおれのモットーなんだ」

千円札を二枚取り出して、テーブルに置いた。高校二年生には多すぎる額だろう。これで何とかしろと言うと、うなずいて札をしまった。

「いいテレビだね」

金をもらったからなのか、お世辞らしい台詞を言った。大画面なのは本当だ。いつの間にかリモコンを見つけて、ザッピングしている。十七歳の環境適応能力は侮れない。

「煙草だけは気をつけろ。この家は禁煙だ。別れた女房の最後の命令でね。吸っていいのはおれの部屋だけだ。灰皿は二つある。ちゃんと消すと約束するなら吸っていい」

ふうん、と亜美がつぶやいた。妙なことを言うジジイだと思ったようだ。後は何でも好きにしろ、と言った。

「健人の部屋以外は何をどう使ってもいい。おれの部屋にパソコンがあるが、それも使いたければ使え。冷蔵庫の中の物を飲むのも食うのも自由だ。たいしたものは入ってないがね」

じゃあな、と手を振った。亜美が不安そうな目になる。何をしてもいいと言われると、かえってそんな目になるものだ。

「コンビニで何してるわけ？　レジとか？」

「レジにも立つし品出しもやる。掃除だって仕事だ。おれはアルバイトだからな。言われたことは何でもやる」

「アルバイト？」

「フリーターなんだ」

「オヤジなのに？」

「そういう人生もある。『ヒルナンデス！』でも見てろ。おれは出掛ける。どうぞご自由に」

玄関に向かった。振り返ったが、亜美は出てこなかった。戸締まりはちゃんとしろよ、と声をかけて部屋を出た。

5

いきなり出てこられても困りますよ、と芝田が言った。おれはしばらく休むと店には伝えていたが、いつまでとはっきり言った覚えはない。働けるようになったから出てきたのだと主張した。こう見えても店長代理だ。

まあいいんですけど、としぶしぶながら芝田が許可してくれたので、制服に着替えた。いつも人手は足りないのだ。一人ぐらい急に来ても仕事はある。そこがこの店のいいところだった。

六時まで働き、時間通りさっさと上がった。何しろアルバイトなので、周りに気を使う必要はない。正社員と違って気楽な身分だ。

家に帰ると、健人が玄関に立っていた。何をしていると言うと、あいつが、とだけ言って無言になった。

「どこにいる？」

「……部屋」健人が言った。「ぼくが悪いんじゃないんだ。さっき帰ってきて、そのまま風呂場に行った。公園でサッカーしてたら足が汚れちゃって、洗おうと思ったんだ」

「それで？」

「風呂場のドアを開けたら、あいつが……あの人がシャワーを浴びてて……」

お前は毎度おさわがせしますか、とつぶやきながらスニーカーを脱いだ。それでどうなったと聞くと、水をかけられたと言う。ますますドラマだ。言われてみると健人の頭はびしょ濡れだった。

「キャーって物凄い声で叫んで、出ていけって……もちろん謝ったし、すぐ出たし、そりゃ悪いことをしたとは思うけど、ぼくは五年生だよ。そんなに大騒ぎしなくたって……」

「女の子なんだ。男に見られたら恥ずかしいさ。それから?」

「バタバタって音がして、ママの部屋に飛び込んでいったみたいだけど、よくわからない。何て言っていいのかもわからなくて、とりあえずパパを待ってた」

「おれだってわからない。どうする?」

とりあえず部屋の前まで行った。静かだった。物音ひとつしない。生きてるか、と声をかけた。

「びっくりしたかもしれないが、子供のしたことだ。許してやってくれ。一瞬のことで、健人も何も見なかったと言っているし、事故みたいなものだ。わざとじゃないことは間違いない。ここは広い心で……」

見ちゃったよ、と健人がおれをつついた。何をだと聞くと、うーんオッパイ、と訳のわからないことを言った。オッパイはいいが、うーん、っていうのは何だ。

「あの人、痩せてるけど、けっこう胸はあるね」

冷静に指摘する。さすがはおれの息子だ。血は争えない。後で詳しく報告しろと命じてドアをノックすると、着替えた亜美が出てきた。不機嫌極まりない、という顔をしている。

「気にするな。子供だ。何も見ちゃいない」

「マナーぐらい教えといて」亜美がぶっきらぼうに言った。「失礼過ぎる」

健人がおれの後ろに隠れた。真剣にびびったらしい。とにかく飯にしよう、とリビングへ向かった。

健人はいつもの席に座る。亜美は由子の指定席に腰を下ろした。

コンビニで適当に買ってきた材料を並べて、料理の準備を始めた。女の子の食いたいものがよくわからないので目に付いたものを買ったのだが、さて何を作ればいいか。

「プリンにご飯をあげてこい」おれは言った。「お姉さんにやり方を教えてやれ。今後は頼むことになる」

立ち上がった健人がキッチンの奥に行き、棚からドッグフードを取り出した。亜美がそれを見ている。

プリンのご飯皿にドッグフードを盛って、量はこれぐらい、と説明した。うん、と亜美がうなずく。犬に興味はあるようだ。

プリンのご飯は一日二回なんだ、と健人が言っている。水とトイレはご飯のたびに取り替える。おやつは犬用のフードを十粒まで。人間の食べ物をあげてはいけない。

「ご飯……うちがあげてもいい？」

亜美が言った。健人がご飯皿を渡す。二人がリビングを出ていった。

その間に豚肉を豆板醬で炒め、スモークサーモンとレタスとアボカドでサラダを作った。コンビニには何でも置いてある。そういう世の中なのだ。

しばらくすると二人が戻ってきた。風呂場の件で揉めていたはずだが、そんなことは忘れたらしく、楽しそうに話している。

すごい食べるの速いね、と亜美が言い、プリンはがっつき犬なんだ、と健人が答えた。何だか仲のいい姉弟に見えた。

犬というのは便利なもので、おれと健人がコミュニケーション不足にならないのは、プリンがいるからでもあった。おれたちは親子だから、たまにはケンカもする。だがプリンを間に挟むことによって、何となく関係を修復することができた。

亜美と健人にも同じ現象が起きているようだった。お互いに不愉快な存在だと思っていたようだが、ご飯をやり、水やトイレを取り替え、ウンチの処理をするという一連の共同作業をしているうちに、それぞれを認めようという気になったのだろう。

話してみると、お互いにそれほど悪い人間ではないとわかったらしい。仲良きことは美しきかなだ。放っといても大丈夫だろう。

皿を並べながら、プリンの様子はどうだと聞いた。元気だよ、と健人が言った。

「ウンチはしてたか?」

「長いのを一本」

亜美が顔をしかめた。食事時にふさわしくない話題だが、許してほしい。

「今日の夕飯はこんなもんだ」ご飯をよそい、みそ汁と共に出した。「味が気に入らなかったら好きなようにしろ。調味料はキッチンの棚にあるし冷蔵庫にも入っているから、適当に使え」

健人が無言で箸を取り、豚肉を口にほうり込んだ。おそるおそるといった風に亜美がサラダをひと口食べる。

どうだと聞くと、マヨネーズある? と言った。冷蔵庫を指さすと、取ってきてサラダに大量にかける。今時の若い奴だ。

「学校はどうだった」

おれも食いながら健人に声をかけた。別に、という答えが返ってくる。おれたちはアットホームな家族ではない。会話に乏しいのはいつものことだ。

「友達とはうまくやってるか」

「まあまあ」

そりゃよかった、とおれは亜美の方を向いた。豚肉には手をつけていない。辛いのは嫌いだったかと聞くと、得意じゃないと言う。今後は気をつけよう、とうなずいた。

「どこか出掛けたのか？」

「ううん」

「昼飯は？　ちゃんと食ったのか？」

「まあね」

それだけ言って黙った。サラダはきれいに食べている。味付けはともかくとして、素材は気に入ったらしい。アボカドが好物、と頭の中にメモした。

健人は自分でお代わりをして、みそ汁も追加した。亜美はご飯を半分ほど残している。もっと食えと言うと、太るから、と首を振った。

「どう見たってお前は痩せている。ダイエットの必要があるとは思えない」

「ヤバいんだって、マジで」亜美が低い声で言った。「デブにはなりたくない」

「気持ちはわかるが、まだ成長期だろう。食いすぎるのはまずいが、必要な栄養は摂るべきじゃないのか」

反応はなかった。女はわからない。

「何のためにダイエットするのか。結局、男にもてたいからだろ？　だが女はみんなそうだが、男のことがわかっていない。男はガリガリの女に興味はない。デブは困るがぽっちゃりぐらいでちょうどいいんだ。どちらか選べと言われたら、モデルみたいに棒みたいな体をした女より、デブの方が百倍いい。お前たちは男を誤解している」

「それは建前よ」亜美がぼそりと言った。「何だかんだ言ったって、スタイルがいい女を選ぶって」

「そんなことはない。デブ専という言葉もある。少なくとも、お前の歳でそんなことを考える必要はない。デブが嫌なら運動すればいい。簡単に体重は落ちる年齢だろう」

米を食えと言ったが、亜美はうなずかなかった。まあしょうがない。食事が終わり、後片付けを済ますと八時になっていた。ちょっと寝る、とおれは宣言した。

「それがおれのライフスタイルだ。ひとつだけやってもらいたいことがある。頼んだはずだが、健人に勉強を教えてやってくれないか」

マジで？　と健人が叫んだ。

「家で勉強なんかするなってパパはいつも言ってるじゃないか。一生遊んで暮らせって。何で突然勉強しろなんて言うのさ」

「考え直した。成績が悪くたっていいが、限度がある。最低限の常識はあった方がいい。坂口杏里みたいになりたいか」

「だけど」

「いい機会だ。教えてもらえ。年上の女家庭教師というのはアニメでも人気のシチュエーションだ。しかもかなりの美人だぞ。友達に話せば羨《うらや》ましがられる」

「ババアじゃないか」

亜美が健人を目にも止まらない速さで殴った。それはそうだろう。確かに今のはお前が悪い。

「六つ上だが、高校二年生だ。ババア呼ばわりは失礼だろう」

「ぼくはパパの教育方針に賛同している。勉強ばっかりして成績が良くなっても、友達の一人もいないんじゃ生きてる意味がないっていうのはその通りだ。イジメや引きこもりが社会問題になっている今、新しい子育てのモデルだと思う。教育界に革命を起こそう。勉強なんか……」

「七の段」亜美がぶっきらぼうに言った。「七の段の掛け算だよ。七×六は？」

「……四十」

「七×七」

「四十五ぐらい？」

後は任せた、と言っておれは自分の部屋に入った。九九ぐらい教えてくれればそれでいい。誰も二次方程式の解き方を教えろとは言ってないのだ。

ベッドに引っ繰り返った。すぐに安らかな眠りが訪れた。

6

亜美が家で暮らすことになっても、おれは生活を変えなかった。変えるつもりもなかった。

朝、子供のために家事全般をこなし、買い物やクリーニング屋に行ったりする。昼からはコンビニでアルバイトに勤しみ、帰ったら子供と一緒に飯を食う。それからしばらく寝て、夜の十二時になったら起きて吉祥寺の町へ繰り出す。そういう暮らしが好きだったし、止《や》めるつもりもなかった。

亜美が何をしようが、いちいち詮索《せんさく》する気はなかった。親父のところへ行った方がいいとか、今後も黙っていた方がいいとか、学校へは戻るべきだとか、そういうことも一切言わなかった。

人生は長い。一年や二年失ったところで、何とでもなる。自分で納得いくまで考えればいい。そう思っていた。

亜美がどういう毎日を送っているのかはよくわからない。毎日家に籠もってプリンと遊んでいるらしい。昼飯はありあわせで食べているようだ。熟年主婦のようにテレビを見続けているのを健人が何度も見ていた。

食事とベッドを提供されているという恩義は感じているようで、家事を手伝ったり、プリンに餌をやってくれたりもしたが、それだけのことだ。健人によると、家庭教師としての仕事は真面目にやっているらしく、どうやらかなりのスパルタ教育らしい。結構なことだ。

前野のジイさんからは、相変わらず毎日一度電話があった。見つかりましたか、としわがれた声で言う。悪いと思ったが、まだ見つからないと答えた。

仕方ありませんな、とジイさんはため息をついて電話を切る。それが毎回のことだった。

亜美と健人は顔を合わせれば口げんかをしていたが、それは一種のじゃれ合いのようなもので、少なくとも健人は亜美を嫌っていないことがわかった。というより、はっきりと気に入っているようで、いつもまとわりつくようになっていた。

亜美がどう思っていたのかはわからないが、嫌ではないのだろう。放っておけばいつまでも相手をしていたから、間違いないと思う。

二人で部屋にこもって何かひそひそと話している場合も少なくなかった。不純異性交遊ではないかと思ったが、妬《や》いてるのとか言われるとむかつくので黙って見ていることにしていた。

亜美がおれと話すことはほとんどなかった。同じ家に住んでいるのだから、最小限の会話はあるが、それ以上のことはない。

ただ、米の研ぎ方も知らないことがわかって、料理を少し教えた。基本的なことだけで、おれもそんなにテクニックがあるわけじゃない。男にもてたいなら飯を作れた方が絶対に有利だと言うと、おとなしく言うことを聞いた。

料理の時以外は不機嫌で愛想がなくて、笑顔を浮かべてもシニカルな笑みしか見せない女の子だったが、とりあえず一緒に住むことについて不満はないようだった。

おれの方から話しかけるのは料理の時だけだったから、うざがられることもなかった。だらだらとした生活が続いていた。

7

七月中旬のある晩、おれはいつものようにチャチャハウスで飲んでいた。真夜中の四時を過ぎ、おれとしては絶好調の時間帯を迎えていたのだが、佐久間に肩を叩かれた。こっちへ来てくれと言う。

カウンター席から佐久間のボックス席へ行った。いつものようにキャバクラの呼び込みの源ちゃんがいたが、気にしないでくれと佐久間が言うのでそのまま座った。

「いつも済まないな」

佐久間が馬鹿でかいグラスを指さした。亜美のことで迷惑をかけて以来、この店で顔を合わせるたび、アイスミルクを特大サイズのグラスでおごることにしていた。年内までだ、とおれは言った。

「意外とアイスミルクは高くつく。紀伊国屋で買ってくる手間も馬鹿にならない」

了解、と佐久間が笑った。渋い笑顔だ。乾杯、とおれたちはグラスを合わせた。

「少し話したい。あの女の子のことだ」

佐久間が慎重な手つきでメープルシロップをグラスに注ぐ。亜美のことかと聞くと、そんな名前だったとうなずいた。

「店に時々来ていた。子供なのはわかっているが、そんなことはいい。音楽とダンスを愛する者なら野暮なことは聞かない」

「そりゃどうも」

「ただ、男がいる」佐久間がアイスミルクをすすった。「聖亜大の四年で、時政一樹《ときまさかずき》という」

「大学生？」

男がいることは知っていたが、何をしている奴なのかを亜美に聞いたことはなかった。時政というその男は、亜美が高校二年生だということをわかっているのだろうか。

佐久間が数枚の写真を取り出して、テーブルに放った。体格のいい、整ったルックスの男が写っている。

「ボンボン大学の学生だ。遊ぼうが何をしようが知ったことじゃない。夜中に子供を連れ歩いていたって、咎《とが》めるつもりはない」

「まあそうだ。遊び人でも何でも、好きなように生きていけばいい」

チャラ男《お》っすよ、と源ちゃんが笑う。調べてもらったんだ、と佐久間が指さした。

「おれも何度か店で見かけたが、今時のイケメンだな。背も高いし、ガタイもいい。テニスサークルに入っていて女にもてたらしい。親父は大学教授、母親は女だてらに、商社の営業部長だという。由緒正しいおぼっちゃまくんだ」

「羨ましい」

「付属から大学に上がり、経済部に進んだ。成績はたいしたことはないようだが、もう就職は決まっている。来年の春からダイカク商事の新入社員だ」

芝田が聞いたら泣くだろう。世の中、何でもうまくいく奴はいるのだ。

「大学にはほとんど行かずバイトもしてない。吉祥寺の北町にある高級マンションで優雅に暮らしている。女出入りはなかなか激しい」

「何人も同時進行でつきあっているんす」源ちゃんが補足した。「女子大生、クラブで知り合ったモデルの卵、キャバ嬢……川庄さんの……お知り合いの女の子もそのうちの一人ということになります」

「ずいぶん詳しく調べているようだが、どういうわけだ?」おれは首を傾げた。「時政とかいうその男がもててもてて困っちゃうのは本人の問題だろう。あんたとは関係のないことだ。それとも悔しいことでもあるのか?」

「おれはもっともてた」佐久間がつまらなそうに言った。「比べてほしくない」

「じゃあ何でだ。なぜそいつのことを探る?」

「ドラッグを扱っている奴がいると言ったのは覚えてるか? 時政なんだ」佐久間がストローを噛み潰す。「合法ドラッグが専門のようだが、覚醒剤をさばいているという噂も聞いている」

「そんなことを言ってたな」

「バイトなどはしていないと言ったが、そういうものを売っているんで働く必要がないんだろう。そんなことをするのもいいさ。おれはおまわりじゃない。ただ、取引の場所におれの店を使っているのは問題だ」

おれは煙草をくわえた。源ちゃんが素早く火をつけてくれる。そういうことが好きなのだ。

「間違いないのか?」

「確証はない」あれば、とっくに締め上げている、と佐久間が微笑んだ。「だが怪しいことは確かだ」

「それはそれは」

「やっていることのケツは拭いてもらわなければならない。話し合いが必要だ」

おれのグラスが空になったのに目ざとく気づいた源ちゃんが、ウーロンハイでいいすか、と言った。申し訳ないと頭を下げると、いいんすよお、と嬉しそうに笑ってカウンターに向かった。

「だが、はっきりした証拠が欲しいことも確かでね」佐久間がおれの煙草から流れる副流煙を手で払った。「奴がうまくやってるのは事実だ。自分で売りさばいているわけじゃなく、どうも女にやらせているようだ」

「女？」

「奴は女にもてる。そいつらを使っているらしい。売っている相手も女に限っているようだな。女子トイレで売ったり買ったりをやられたらこっちはお手上げだ。打つ手はない」

「ごもっとも」

「お前と話せばいいと思いついた。例の女の子はお前が押さえているんだろう？　時政を手伝っている可能性がある。話をしてみたい」

「亜美も……売り子をやっているということか？」

「それはわからん。さっきも言ったが、絶対じゃないんだ。まだ時政じゃない可能性だって残っている。つきあっている女の子たち全員が使われているかどうかもわからない。時政という男が臭いとわかったのはつい最近で、調べたといってもざっと洗っただけだ」

「それが事実だとして、亜美や女の子たちは自分が何を売っているのかわかっているのか？」

そんなことは知らん、と佐久間が肩をすくめた。

「わかってないいんじゃないか？　派手な商売をしているわけじゃないんだ。その辺はスマートというか、学生なんだな。そこそこ稼いでそこそこ遊べればいいぐらいのつもりなんだろう」

「なるほどね」

「調べ始めたばかりで、わかっていないことも多い。おれの店だけで何かしているようだが、それにしては羽振りが良すぎるようにも思える。よそで何をしているかまではわからん。どうでもいいことだしな。おれの店で商売をしていることが問題なんだ」

源ちゃんがウーロンハイを持って戻ってきた。どうぞ、と差し出すのでひと口いただく。うちで執事でもやってくれないだろうか。

「イエロービーンズは風営法を無視している」佐久間がジャイアントコーンをひと粒口にほうり込んだ。「おれがそうしろと言った。いつの時代も遊び場は必要なんだ。お偉方はそういう場所が不良の温床になるとか言うが、なくなったらもっと面倒なことになるのをわかっていない。町には遊び場がなきゃいけないんだ」

「だが、法は法だ」

おっしゃる通りだ、と佐久間が肩をすくめた。

「おまわりは店に目をつけている。いつ何をされても文句は言えない。風営法破りだけなら何とかなるが、ヤクの売買があったとわかれば営業停止は免れない。時政のような奴は早いうちに処理しなきゃならないんだ」

「ちょっと探りを入れてみよう」おれはうなずいた。「亜美がどこまで知っているのかはわからんが、トラブルに巻き込むわけにはいかない。高校二年生なんだ」

「そりゃずいぶん若いな。もうちょっと上だと思っていた」

「ただ、話をするかどうかはわからん」ウーロンハイをもうひと口飲んだ。「おれともまともな会話をしたことはない。扱いの難しい年頃でね。素直に話すとは思えないが、聞くだけ聞いてみよう」

よろしく、と佐久間が手を振った。じゃあな、と言って席を立つ。川庄、と佐久間がおれを見上げた。

「いったいどういうわけでそんな女の子と絡んでるんだ?」

「探偵の仕事だ」

「理由は言えないか」

「そうだ」

「忠告するが、あまり妙なことに首を突っ込まない方がいい。お前の手には負えないこともある。余計なことはするな」

「優しいことを言ってくれるね」

「アイスミルクをおごってくれる奴は貴重だ。これからも世話になりたい」

「年内までだと言っただろう。来年からは自分で飲んでくれ」

カウンターに戻ると、京子ちゃんがじっとおれを見つめた。何かあった？　と聞く。何もないと答えると、おれの手を握った。肩に頭をもたせかけてくる。

「どうした？」

「ちょっとね」京子ちゃんがつぶやいた。「何となく、気になっただけ」

飲み直そう、と言った。イエス！　と京子ちゃんが右手を上げた。

8

夜明けに家に帰り、そのまま寝た。朝食は亜美が作ってくれることになっていたので、健人のことは任せて熟睡した。

十一時に起きると、亜美はリビングにいなかった。部屋に籠もっているようだ。寝ているのかもしれない。

リビングのテーブルにヴィシソワーズとブロッコリーのサラダ、ベーコンエッグが載っていたのでありがたくいただいた。亜美もなかなか頑張っているようだ。

食べ終わるのを見計らっていたように、インターフォンが鳴った。前野です、としわがれた声がした。

知り合いに前野は一人しかいない。出てみると、車椅子のしなびた老人が玄関先に佇んでいた。

「お仕事前ならいらっしゃると思いましてね」前野のジイさんがにこやかに言った。「突然で申し訳ありませんが、ちょっとお話を伺いたくなりまして」

亜美は家にいる。まずいと思ったが断ると面倒なことになりそうだ。

どうぞ、と車椅子を押して中に入れてやった。ジイさんが物珍しそうに辺りを見回しながらリビングへ進んだ。

おれのマンションは中古で、バリアフリーじゃない。車椅子で入れるのはリビングまでだ。

ちょっと失礼とジイさんに言って、亜美のいる部屋に行った。ついてこれないことはわかっていたし、その気もないだろう。

「出てくるな」ドアを開けて囁いた。「ジジイが来てる」

床に座り込んで爪を磨いていた亜美が、うん、とうなずいた。静かにしていろとだけ言ってリビングに戻る。

「そんなに時間はない」お茶でいいかな、と言った。「仕事は十二時からなんでね」

「承知しております。手間は取らせません」紅茶がよろしいのですが、とのたまった。紅茶なんかあったっけ？「なかなかいいお住まいですな。息子さんと二人で暮らしておられる？」

食器棚の隅にかろうじてあったラスイチのティーバッグで紅茶をいれ、ジイさんの前に置いた。申し訳ございません、と言ってひと口飲む。眉を顰《ひそ》めたところをみると、口に合わなかったようだ。

「そういうことになる。女房が出て行ったのは知っているんだろう？　クレーマークレーマーだ。そんな話がしたくて来たのか？　酒井亜美のことだな？」

「さようで。もう七月も半ばとなりました。依頼してから半月ほど経ちます。いかがなものかと思いまして」

「あんたもあの子を捜しただろ？　出来る限りのことをしたはずだ。それでも見つけられなかった。理由はわかっているか」

「ジェネレーションの問題ですな」ジイさんがネイティブばりの発音で答えた。「七十歳の年寄りが、十七歳の女の子がどこにいるかを捜すのは難しゅうございます」

「おっしゃる通りだ。それは、七十でも三十八でも変わらん。あいつらが何を考えているかは本当にわからないんだ。もう少し時間をくれ。いずれ見つけだしてみせるが、今じゃない」

「わたくしは選挙対策部長も担っておりまして……秋になると市長選の準備が本格化しますが、後顧の憂いなく選挙を戦いたいのです。勝つのはもちろんですが、圧勝したいと考えております。榊原の願いです」

「圧勝するさ」おれはうなずいた。「心配しなくていい。対立候補はみんな降りてるっていうじゃないか。共産党はさすがにそんなことはしないだろうが、実質的には一人旅だ。投票の必要があるのかどうかも疑わしい」

「それでも、選挙です」ジイさんがわずかに顔を伏せた。「何があるかはわかりません」

「とにかく捜す。毎日の調査状況は今までもそうしていたように、メールで知らせる」

おれは嘘八百を並べた報告書を榊原浩之の事務所にメールで送っていた。「金が足りなくなったらあんたに言う。しばらくは様子を見てくれ。任せてほしい」

「もちろんです」ジイさんが微笑んだ。「川庄さんを信頼しておりますよ」

「問題がなければ帰ってくれ。仕事に行かなきゃならない」

紅茶をごちそうさまでした、と言ってジイさんが車椅子の車輪に手をかけた。これは、と右手でソファを指さす。

「カーディガンですか」

白いニットのカーディガンがソファの背にかけられていた。亜美が脱いでいったのだろう。

「女物に見えますな」

「女房のものだ」

それは本当だ。亜美は由子の服を着ている。

「奥様とは……離婚されたのではありませんか？」

「女房は男を作って出て行った。それで離婚した。だがおれは未練がある。由子を忘れたことはない。毎晩、由子の服を出して匂いを嗅いでいる。女々しいと思うか？」

とんでもない、とジイさんが手を振る。わたくしも一昨年連れ合いを亡くしまして、とつぶやいた。

「いい女でした……なかなか忘れられるものではありません」

「いい女とつきあうと後が大変だよな。次の相手を捜すのが難しくなる」

玄関まで車椅子を押して送った。よろしくお願いします、と深く頭を下げて、ジイさんが出て行った。

いろいろヤバいかもしれない、と鍵を閉めながら考えた。前野のジイさんは馬鹿ではない。鋭い男だ。

おれが亜美を既に見つけていることや、この家で一緒に暮らしていることも気づいているのかもしれない。

佐久間に頼まれていた件もある。一度話さなければならないということなのだろう。夜にでも話そうと決めて、ジジイが帰ったのを知らせるために亜美のいる部屋へ行った。

9

コンビニから帰ると、キッチンで亜美が料理を作っていた。昨日おれが買って来ていた豚肉を使って、何か作っているらしい。エプロン姿がなかなか様になっている。主婦かよとツッコんだが、亜美はそっぽを向くだけだった。

すぐに健人も帰って来たので、そのまま三人でテーブルを囲んだ。亜美がおれのパソコンを使ってレシピを研究していることは知っていたが、ポークピカタとコンソメのジュレの冷製スープと水菜と梅のサラダと青梗菜のクリーム煮という四皿を作っていた。

食べてみるとめちゃめちゃ美味しかった。

ポークピカタをゆっくりと味わいながら食べていた健人が、ヒロキの誕生日のことなんだけど、と口を開いた。七月二十八日は健人の友達、中根ヒロキの誕生日だという話は聞いていた。それがどうしたと聞くと、ヒロキがこの家で誕生日会をやりたいって言っているんだ、とフォークを振り回した。

「去年もそうだったでしょ？　ヒロキんちはちょっと狭いし、お母さんしかいないし……」

「事情はわかってる。前に聞いた」

「面白かったから今年もやりたいって。どう思う？」

「お前たちは後片付けができない。食ったり飲んだりするのはいいが、食べ散らかしたゴミはその辺に捨ててそのままだ。はっきり覚えているが、ジュースをこぼした奴が二人いた。カーペットに染みがまだ残っている。皿洗いも全部おれがした。正直に言うが、面倒なんだ」

「去年は四年生だった」健人がフォークをなめた。「十歳の子供のすることに、いちいちめくじらを立てちゃいけないよ。一年経って、ぼくたちだって成長している。同じ過ちは繰り返さない」

「十歳も十一歳も同じような気がするんだが」

「後片付けは自分たちでやる」健人がテーブルを叩いた。「自分の皿は自分で洗う。迷惑はかけない。どうかな」

「何人ぐらい来るんだ？」

「十人ってとこかな」

簡単に言うが、小学校五年生が十人来るというのは、自衛隊の一個大隊を家に入れるのと同じようなものだ。混乱は免れない。どうなるかわかっていたが、それもいいだろうと思った。

「好きにしろ」おれはうなずいた。「ケツは拭いてやる。十人でも二十人でも連れてこい」

サンキュー、と笑った健人がおれを上目遣いで見た。

「それで……もうひとつあるんだけど」

「クラッカーは駄目だぞ。あれを片付けるのは二週間かかる。火薬の匂いが残って臭いし……」

そんなことじゃない、と首を振った。

「誕生日会に……亜美ちゃんを招待したいんだ」

いつから亜美ちゃんと呼ぶようになったのか知らないが、そういうことになっているらしい。それはそれは、とおれは言った。

「おれは構わないが、本人はどう思ってるんだ？」

「亜美ちゃん」健人が身を乗り出した。「ヒロキのバースデイパーティに来てくれない？　退屈はさせない。約束する。友達はみんないい奴ばかりだ。みんなも亜美ちゃんに会いたがっている」

コーヒーカップの縁を指で撫でていた亜美が、いいよと言った。

「友達の誕生日に招待してくれるなんて、彼女っぽいよね……。君がエスコートしてくれるの？」

「レディの扱いはうまいんだ」健人がうなずいた。「でも、煙草は吸わないで欲しい。それでもいい？」

「小学生の誕生日だもんね。我慢する」

決まり、と健人が指を鳴らした。

「じゃあそういうことでよろしく。プリンにご飯あげてくる。勉強もしますって。やることはやりますよ」

リビングを出て行く健人の背中を見送りながら、いいのか、と聞いた。誕生日会なんて小学校二年の時以来かも、と亜美がつぶやいた。

「子供のやることだわ」

「そうだな」

「だけど、あんな目をされたら」亜美がコーヒーを飲んだ。「嫌とは言えない」

「いつからそんなに仲良くなった？」

さあ、と亜美が首を振った。ちょっと笑っている。苦笑ではなかった。

「どうやらあいつはお前を友達だと認めたらしい。友達を大切にしようとするのはいいところだ。そのつもりでつきあってやってくれないか」

亜美は何も言わなかった。後で少し話がしたい、と言った。

「健人の勉強を教えてからでいいが、時間をくれないか。話し合いが必要な時が来たようだ」

いいよ、と少しかすれた声で亜美が答える。プリンと遊んでこい、と言うと素直に席を立って出ていった。

10

夜十時、水割りを飲みながら自分のベッドに寝転がっていたら、ドアが軽くノックされた。返事を待たずに亜美が入ってきた。

「勉強は終わったのか」

椅子を勧める。亜美が腰を下ろして、おれを見つめた。

「小一からやり直した方がいいと思う。うちならそうする」

そうか、と天井を見上げながら煙草をくわえた。どうやら健人はとんでもないことになっているらしい。

「君の力で何とかならないか」

「さあねえ」

「健人は？」

「お風呂入って寝るって」

小さく笑った。相手をするのが嫌なわけではないようだった。

「話さなければならないことが二つある。ひとつめは、前野のジイさんがここへ来た件だ」

「うん」

亜美が煙草に火をつけた。見慣れていたが、似合っていなかった。

「自分の考えで来たようだ。あの様子だと、お前がこの家にいることに薄々感づいているな。早めに片をつけたいと思っているらしい。ジイさんは選挙対策部長だか何だかで、親父さんを市長にすることが最優先される。選挙自体に問題はない。楽勝もいいところだ。素っ裸で町を一周しても市民は不思議に思ったりせず、親父さんに投票する。ジイさんは家で盆栽の世話をするぐらいしかやることはない。小さな心配事さえなければの話だが」

亜美が煙を吐く。どうするつもりだ、と聞いた。

「お前が親父を憎むのは当然で、奴のために弁護する言葉はない。榊原浩之は人として最低だ。お前には奴の今の地位をぶっつぶす力がある。それを使うというのなら止めるつもりはない」

亜美は無言だった。ただじっとおれを見つめている。

「これは忠告だが、すべてを暴露する気なら本気でやった方がいい。ツイッターでつぶやくようなレベルの話じゃない。堂々とテレビや新聞なんかと向き合って話をしろ。お前の親父には力がある。中途半端なことをしたら、間違いなく潰されるぞ。これは戦いだ。お前の全人格を懸けて勝負しろ」

「煽《あお》るね」

亜美が薄く笑った。他人のケンカは好きなんだ、とうなずいた。

「ただし、今のは個人的な意見だ。おれも大人になった。面白いからという理由だけで、煽りたてる歳じゃない。それで言うのだが、親父と会ってみたらどうだ」

反応はない。話を続けた。

「お前がどういう経緯で、いつ榊原浩之が自分の父親だと気づいたのかは知らない。ただ、その事実を知ってすぐ、住んでいたマンションを出たことはわかっている。親父とはほとんど話してないんだろ？　直接会って、話を聞いてやってもいいんじゃないか？親父には親父の立場があったことも確かだ。事情をもっと詳しく聞くべきじゃないか？

それでも許せないというのなら、何でもすればいい。そういう考え方はできないか？」

「あの男と会ったら、何をされるかわからない」亜美が首を振った。「あたしの口を封じるためなら何でもする。そういう人間だってわかってるでしょ？」

「古い大映ドラマじゃないんだ。いきなり実の娘を殺したりはしない。もうそういうのは流行《はや》らないんだ。脅してくるようなことはあるかもしれない。だが、事前に準備をしておけば対応できる。早い話、証拠になるようなものを揃えて、おれに預けておけばいい。何かあったとわかれば、おれがマスコミに流す」

「あの男は口がうまい」亜美が口を曲げた。「政治家だもん。喋るのは得意よ。あることないこと話して、説得しようとする。会ったら終わりだよ」

「どうやって奴が父親だと知った？」

亜美が新しい煙草に火をつけた。

「ママの遺品を整理してたら、日記が出てきた。弁護士に渡して処分してもらうつもりだったみたいだけど、できなかったっぽい。病気になってすぐ入院したから、それどころじゃなかったのかもしれない。それを読んだの。相手の名前は書いてなかったけど、調べることはできた」

「インターネットの時代だな」

「そういうこと」

「父親が榊原浩之だとわかり、騙されていたことに気づいた。わかりやすく不良少女になったか?」

さあね、と亜美が横を向いた。それはそれとして、とグラスにバーボンを注いだ。

「おれの意見をどう思う? 親父と直接会ってみないか? 話し合いが必要だと思わないか?」

「……わからない」

「おれはお前の親父が気に食わない。それは変わらない意見だが、夢を持っていたことは本当なんだろう。総理大臣を目指すような家に生まれたのは奴の責任じゃない。そういう環境に生まれ、育った。周りもそういう目で見ていた。夢をかなえるだけの能力もあった。そのために惚れた女を捨ててもいいとは思わないが、わかるところはある。親父にも言いたいことがあるだろう。聞いてやって、それから判断したらどうだ? おれは十七歳は立派な大人だと思っている。お前の判断は尊重する」

「……考えてみる」

「もちろんだ。今すぐ結論を出せという話じゃない。じっくり考えろ」

「二つ話があるって言った」亜美が顔を上げた。「もう一つは何?」

「考えようによってはこっちの方が面倒臭い」おれは写真を取り出して、亜美に見せた。「知ってるな。時政一樹だ」

写真は佐久間から預かったものだった。亜美が何度かまばたきを繰り返す。父親の話の時より、よほど驚いたようだ。

「つきあってるのか」

何も言わず、亜美が顔を背《そむ》けた。

「大学四年ということは、二十一、二だろう。深い関係のようだが、こいつは高校生の女の子とそういうことをするのを何とも思っていないのか」

亜美が壁を見つめている。動く気配はなかった。

「いつからつきあってる?」

「……半年ぐらい前」

つぶやきが漏れた。どこで知り合ったと聞いたが、答えはなかった。

「まともな男じゃないようだ。いい女がろくでもない男に引っ掛かるのは世の常だから、それは仕方がないが、わかっていて深みにはまるのは馬鹿な女のすることだ。何人もの女と同時につきあってるのは知ってたか?　お前だけじゃないんだぞ」

亜美が目を逸らす。話を続けた。

「そんな男は止めた方がいいというのは大人の知恵だが、無理なのはわかってる。男と女だ。計算に合わないこともするさ。だからどうしろとは言わない。ただ、時政は厄介なことをしていると思われる節がある」

厄介なこと？ と亜美がつぶやいた。

「そうだ。時政はドラッグを売っているらしい。睡眠薬、抗鬱剤、精神安定剤のような薬、そしてもっとまずいのは覚醒剤まで手を出している疑いがある」

「……知らないよ」

「時政は自分で売りさばいたりはしていない。それはわかっている。女を使っているようだ。つきあってる女たちだな。その一人がお前だ。時政に何か命じられていないか。薬を客に渡すための売り子として使われてはいないか？」

「……知らない」

「お前にすべて話しているとは思えない。この覚醒剤をあの女にいくらで売ってこい、と言うほどの馬鹿じゃないだろう。だが、ダイエットの薬だとかサプリメントだから売ってこいとか、そういうふうに言われてはいないか。はっきり言うが、そいつはまずい。警察だっていつかは気づく。逮捕されたりしたら、一生の問題だ。しかもこの件にはヤクザが絡んでいる。奴らに関わってこられたら、どれだけ面倒な話になると思う？ おとなしく逮捕された方がまだましだ。そういうトラブルに今お前は直面している。おれの言ってることがわかるか」

「……知らない」亜美が吐き捨てた。「あたしは何もしていない」

「これは忠告でもアドバイスでも何でもない。今すぐ時政との関係を断て。まだ間に合う。時政が何をしているか、はっきりと確証を持っている者はいない。だから泳がされている。だが、いずれは誰かが気づく。時政だけじゃない。関わっている人間をすべて巻き込む。一度そうなったら逃げられない。誰も助けることはできない。すぐに止めるんだ」

「何もしてないって言ってるじゃない」亜美が立ち上がった。「カズくんは知ってる。つきあってるよ。いけない？　高校生はつきあっちゃいけないの？」

「そんなことは言ってない」おれは首を振った。「恋するのに年齢は関係ない。どうしようもないことだ。問題にしているのは時政という男だ。カズくんと呼んでいるのか？」

亜美は答えなかった。呼び名はどうでもいい、と言った。

「馬鹿な女たらしというだけならいいが、それだけじゃなさそうだ。頭は悪くないんだろうが、余計に危険だ。そんな奴からは逃げるしかない。とんでもないことになる」

「カズくんはそんな人じゃない」亜美が叫んだ。「聖亜の四年だよ。就職も決まってる。お父さんとお母さんもちゃんとした人だし、常識もある。覚醒剤なんて関係ない。何の話？　わけわかんない。馬鹿じゃないの？」

「亜美」

「証拠はあるの？　カズくんがそんなことをしてるって、証拠はあるわけ？　あるなら見せてよ。どうなの？」

証拠と呼べるものは何もない。あるのは佐久間が言っていたことだけだ。

だが、奴の話は信じられる。嘘をつくような男ではないし、いいかげんなことを言ったりはしない。でなきゃ、だてにチャチャハウスでアイスミルクばかり飲んでないだろう。勘で言っているのは確かだが、大きく外してはいないとおれにはわかっていた。

「怪しいことは事実だ。関わるべきじゃない。せめて……」

亜美が部屋を飛び出していった。追いかけようと一瞬思ったが、放っておくしかなさそうだった。おれは水割りのグラスに手を伸ばして、一気に飲んだ。

11

そのまま眠ってしまったらしい。物音に気づいて目を覚ました。枕元の時計を見ると、朝六時だった。

ドアが開いた。眠そうな顔をした健人が立っていた。

「プリンが鳴いて起こされた」健人が言った。「ウンチしてて、ちょっと柔らかい。下痢っぽい」

「ご飯はあげたのか」

「まだ。量を減らそうとは思ってる。どうしたらいいかな」

「朝飯を食ったら、土井《どい》先生のところへ連れていけ。あそこは早朝診療をやっている。八時から開いているはずだ」

わかった、とうなずいた健人が横を見た。ドアの陰から亜美が出て来た。

「亜美ちゃんに相談したんだ……リビングにいたから」

「寝てないのか」

「まあね」

亜美が低い声で言った。元気ないよね、と健人が肩に触れる。そうでもない、と亜美が微笑んだ。

「まあいいけど」健人がおれに顔を向けた。「じゃあ、やっぱり病院に連れてくよ」

「それがいい。金は後で渡す。ついでだ、飯にしよう。そんなに時間はない。おれは十二時から仕事だ」

そうだね、と健人が部屋を出て行った。ため息をついた亜美が後に続く。

牛乳とオレンジジュースをやってくれと声をかけると、わかってる、と返事があった。

そのままリビングへ向かおうと、よいしょと勢いをつけて起き上がった。そういう歳なのだ。

12

早い朝飯を済ませて、健人と土井先生の動物病院にプリンを連れていった。一緒に行くかと亜美を誘ったが、留守番していると言われた。

よく考えてみると、亜美はここへ来てからほとんど外出していないのではないか。引きこもり的な性格なのかもしれない。

土井先生は老人だが、腕がいいことで知られている。動物と話ができるんだってさ、と健人は言ったが、それがうなずけるほどの名医だった。

プリンを逆さにして診《み》ていた先生が、神経ですなと言った。

「ストレスからくる下痢でしょう。薬を出しておきます。水分は多めに。ご飯は控えめに」

それから先生はしばらくプリンを相手に手を動かしていたが、それが何を意味しているのかはよくわからなかった。

家に帰ると亜美はいなかった。部屋にいるはずだ。おれも中途半端に起こされたので眠かった。

健人を送り出してからソファで仮眠を取った。起きると十二時五分前で、慌ててコンビニまで走った。職場が近いとこういう時に助かる。

ぎりぎり間に合って、誰にも怒られなかった。

一時間ほど働くと、また眠くなってきたのでバックヤードで隠れて煙草を吸った。川庄さん、と声がした。

「何をしてるんですか？」芝田だった。「ちゃんと働いてくださいよ。時給払ってるんですからね」

「お前が払っているわけじゃない」

答えたおれの手から煙草を取り上げた芝田が、お客さんですよ、と暗い声で言った。

「いつものオカマと、背の高い男が来てます。今すぐ話したいって。仕事中だって言ったんですが……」

脇にあったモップを芝田に押し付けて、レジへ向かった。京子ちゃんと佐久間が立っていた。

「あら、川庄さん。ちゃんと働いてる？」

京子ちゃんが手を振る。夜まで待てないのかと言うと、あたしじゃないのよ、と佐久間を指さした。

「少しだけ話せるか」

ストライプのスーツを着た佐久間が渋い声で言った。表情が固いのはいつものことだ。まあどうぞと、二人をバックヤードに連れていった。

「出張でな」パイプ椅子に座るなり佐久間が言った。「関西に行かなきゃならん。夕方の新幹線なんだ」

「出張？　ヤクザにそんなものがあるのか？」

バックヤードにいたバイトの主婦が、不安そうな表情を浮かべて席を外した。ヤクザって言うな、と佐久間が苦笑した。

「ニュータイプのビジネスマンと言ってほしい。おれたちは会社組織になっていて、出張だって住宅手当だってある。行く用事がちょっと普通じゃないだけで、出張であることは本当だ」

「時間がないんじゃないの？」

京子ちゃんが横から言った。そうだった、と佐久間が口臭消しを口に吹きかけた。

「時政という大学生の話をしたな。あの女の子には事情を聞いてくれたか」

「聞いた。本人は知らないと言っている。時政がドラッグを売買しているようなことはないとさ。本当かどうかはわからん。どっちにしても証拠はない」

「そうか」

「そんなことを聞きにきたのか？」

「少し突っ込んで調べてみた。売ってるかどうかはわからんが、ドラッグ類を持っているのは確かだとわかった。ただ、入手ルートがどうもはっきりしない。どこから仕入れているのかわからないと、うかつに締め上げることはできない」佐久間が唇をすぼめた。「取引の現場を押さえたわけじゃないんだ。単なるヤク中の大学生を脅かしたりすれば、おれたちがヤバくなる。喜ぶのはおまわりだけだ」

「まったくわからないのか？」

「怪しい線はある。砥川組だ」憂鬱そうに佐久間が言った。「この町にはおれたち清風会と砥川組が共存している。知ってたか」

「何となくね」

「それぞれ、大きな組織の下にいる。言ってみれば、子会社だよ。子会社の立場はお互いによくわかっている。共存共栄でやってきたし、仲が悪いわけじゃない。吉祥寺はいい町で、平和に暮らしたい。現場の意見もそうだし、親もそう思っている。双方の親と、そのまた上の偉い人たちが了承した上で、おれたちもあいつらも平穏無事にやっている」

「お互いに干渉はしないと？」

「そういうことだ。世の中は何でもそうだよ。何でもかんでも対前年比二十パーセントアップを目指す時代は終わったんだ。縄張りを大きくして利益を拡大させたいという気持ちはわからんでもないが、そのためにリスクが増すんじゃ話にならん。今ある利権を守り、現状維持を目指す。欲張らなければそれで十分やっていける」

「アベノミクスとは真逆だな」

「あの総理大臣は頭が悪い」佐久間がつぶやいた。「外では言うなよ。日本のトップが低能だと知られたくない」

「下らない話はいいから、本題に入りなさいよ」

京子ちゃんが言った。おれの悪い癖だ、と佐久間が苦笑した。

「だが、拡大主義を取りたがる奴もいる。利権を握り、金を儲けて上に行こうというんだな。砥川組の下部組織にそういう奴がいる。高岡《たかおか》といって、おれもよく知っている。確かに切れる男だが、バランスってものがわからん奴でな」

「それで？」

「おれたち清風会も砥川組も覚醒剤は扱わない。二十年以上前に親同士が取り決めたことだ。吉祥寺が住みたい町ナンバーワンの座について、ヤバい物件に手を出す理由がなくなった。はっきりと損なんだ。せっかく人が集まり、金が流れるようになっているのに、ダーティなイメージがつけば客はみんなよそへ行く。細く長くしのぎをしたいんだよ」

「金の卵を産むニワトリの首を絞めることはないってか」

「そういうことだ。だが、高岡は覚醒剤を扱っているという噂がある。妙な動きをしているのは確かだし、大学生を相手に何か商売していることもわかっている。時政とどういう関係なのかはまだ調べがついていないが、薬を流しているのかもしれん」

「そうなのか」

「高岡は高岡組を作り、孫会社として独立しているが、砥川組の直の子供だ。当然、覚醒剤をいじったりするのはタブーだ。その辺がよくわからんが、下手に時政をいじると高岡がどう動くか予測がつかない。もし何もしていなければ、こっちが因縁をつけたことになる。それは避けたい。というか、おれのレベルでどうにかなる話じゃなくなるんだ」

「それで手を出せないと？」

「怪しいというだけでは動けないということだ。時政が何をどこまでやっているのかはまだわかってない。高岡との関係もだ。はっきりとした証拠があれば大義名分も立って、揉めても勝てる。大きなトラブルにはならん。何なら親同士で決着をつけてもらったっていい。だが、今は無理だ。考えていたより、ちょっと込み入った話になっていてな。きっちりやらないと面倒なことになる」

「どうしたい？」

「関西へ行くのは外せない用事だ。一週間留守にするが、その間にやるべきことについては手を打った。お前に頼みたいのは、例の女の子と時政の関係を調べることだ。どんなつきあいでもいいが、その子に何をやらせているかを知りたい」

「おれが聞いて話すとも思えないが、あんたの話はだいたい合っていると思っている。勘だがね。時政という男と関わらせたくない。話をしてみよう」

「これから半年間、お前の飲み代はおれが払う。それでいいか」

「あたしの分もよ」京子ちゃんが佐久間の肩をついた。「あたしと川庄さんはいつだって……」

「言わなくていい」佐久間が時計を見た。「好きにしろ」

行かなきゃならん、と立ち上がった。よろしく頼む、とおれを見ていたが、かすかに顔を歪めた。

「あの女の子は何なんだ？　どういう関係がある？」

コメントできない、とおれは首を振った。

「依頼人の秘密は守らなければならない。昔からのルールらしい」

「おれは鼻が利く」佐久間がまっすぐおれの目を見つめた。「落ちている金は拾う主義だ。あの子には金の匂いがする。指一本で大金が動くんじゃないか？　興味津々だよ」

「あんたの勘は外れてる。そんな子じゃない。放っておいてくれ」

佐久間が鼻の周りを指でこすって、静かにバックヤードを出て行った。よかったのかしら、と京子ちゃんがつぶやいた。

「頼まれて、ここまで連れてきたんだけど……まずかった？」

「仕方ないだろう。佐久間は悪い男じゃないが、ヤクザはヤクザだ。最後に何をするかはその時になってみないとわからん。様子を見るしかない。京子ちゃんこそ何しに来た？　場所だけ教えてやれば良かったんじゃないのか？」

「あたしは川庄さんの顔が見られるなら、チャンスは逃さない」腕を絡めてきた。「働いてるあなたはいい感じよ。制服も似合ってる。男の汗の匂いって好き」

おれは足元にあった段ボール箱から缶コーヒーを取り出して渡した。

「今日のところはこれで帰ってくれませんかね。まだ仕事中なんです。働かなければ食っていけない」

「見ててもいい？」

「頼むから帰ってください」

「じゃあ、客として店をうろつくわ。客を追い出したりはしないでしょ？」

後でね、と言い残して京子ちゃんもバックヤードを出た。疲れる展開だと思いながら、おれは煙草をくわえた。

13

数日が過ぎた。何もなかった。おれは日々の暮らしをこなし、健人は学校へ行き、それだけだった。

亜美は一切外出しなかった。その方がいいかもしれないと思っていた。

佐久間に頼まれた件について、亜美に聞く機会を窺っていたが、なかなかうまくいかなかった。ストレートに切り出したところで、本当のことを言うはずはない。下手に刺激すれば藪蛇《やぶへび》だろう。様子を見るしかない。

代わりに、アルバイトを休んで時政一樹という男について少し調べた。源ちゃんに聞いて住所はわかっていたし、聖亜大の学生だということも知っていたので、難しい仕事ではなかった。

ひと言で言って、今風の男の子だ。背が高いのと意味なく手足が長いのは、ゆとり世代ということなのか。大学には行かず、毎晩違う女を連れて遊び歩いている。吉祥寺をホームにしていて、外へ出ようとしない。六本木だ青山だという趣味はないようだ。

地元ででかい顔をしている方が楽しいのだろう。バブルは遠い昔の話なのだ。

遊び方は精力的で、その意味では今風と言えない。超肉食もいいところだ。三時間おきに別の女をホテルに連れ込むようなこともあった。

酒と深夜営業の飲み屋が好きなようで、ひと晩に何軒もハシゴする。バー、クラブ、居酒屋、ラウンジ、キャバクラ、あらゆる店に顔を出し、元気よくはっちゃけていた。

そういう奴は子分や取り巻きを集めたがるものだが、時政は常に一人だった。連れ歩くのは女だけだ。

四日間張ったが、十三人の女と取っ替え引っ替え会っていた。とても真似できない。たいしたものだと感心した。

不思議なのは、自宅マンションには女を連れ込まないところだったが、そういうふうに決めているのだろう。猫とでも一緒に暮らしているのかもしれない。

おれが見ていた範囲で言えば、薬などを売っている様子はなかった。ヤクザやチンピラと会ったりもしていない。

佐久間が言うようによほどうまくやっているのか、それともシロということなのか。ただ、日常的にヤクザと接触する必要はないのだから、四日見張っていたぐらいでは本当のところはわからなかった。

雨が降ったのは、七月二十六日の昼だった。すぐに止んだが、天気予報によると台風が近づいていて、数日は荒れ模様らしい。

吉祥寺の町は相変わらず賑わっていた。夏休みということで、学生っぽい連中が増えている。

例年より暑い気がしていたが、町を訪れる彼らには関係ないのだろう。楽しそうに行き交う人々で溢《あふ》れかえっていた。

毎年こんなものだが、今年は特に多くないかとちょっと不安になった。日本経済も今がピークなのかもしれない。

健人は明後日のヒロキの誕生日会の準備に夢中になっていた。亜美もつきあいで手伝っている。いてくれて助かった、と思った。

14

七月二十八日。健人は午前中から出たり入ったりを繰り返し、六時から始まる誕生日会の準備をしていた。

ケンタッキーに行って予約しておいたチキンの受け渡し時間を確認したり、ケーキ屋で注文していたバースデーケーキの状況を見てきたり、リビングに飾り付けるためのモールや電飾を買いに行ったり、友達一人一人に電話をかけて出欠を確かめたりと、やたらとテンションは高かった。

おれ個人としては、やることはなかった。金は渡してあったし、飲み物は既に買ってあった。食べ物は午後に健人が亜美と一緒に買いに行くことになっていたから、黙って見ていればよかった。

だいたい、おれは仕事に行かなければならない。今日もコンビニでシフトが入っている。

実際にはおれがいる必要もないのだ。子供は子供だけで遊んだ方が楽しいに決まっている。

誕生日会でかけるCDを買うと言って、健人が出て行こうとした。十一時半だぞ、とその背中に声をかけた。

「もうおれは出る。少しは落ち着け。何でも買えばいいってもんじゃない。予算には限りがあるんだ」

健人はおれの言葉など聞いていなかった。取り憑《つ》かれたような形相で、CDがなきゃダメなんだ、と言いながら飛び出していく。

諦めて、由子の部屋へ行った。ドアをノックする。

「起きてるか？　おれは仕事だ。出なきゃならない。健人とプリンのことをよろしく頼む。今日だけ、つきあってやってくれ」

ドアが静かに開いた。白いワンピース姿の亜美が立っていた。由子の服だが、サイズはぴったりだった。

「どうかな」怯えたような声で言った。「おかしい？」

たっぷり一分間上から下までチェックして、大変素晴らしい、と答えた。実際、亜美にその服はよく似合っていた。大人びた印象を与えながら、清楚な佇まいだ。

「とてもいい。センスがある」

「今日着る服を選んでたの。これがいいかなあって……」

「百点だ。百二十点かもしれない」

お世辞でも嬉しい、と亜美がにっこり笑った。お世辞どころか言葉が足りないぐらいだったがどう誉め称えていいのかわからなかったので、おれは出掛ける、と繰り返した。

「後は任せる。構わないな」

亜美が小首を傾げるようにして微笑んだ。女らしい仕草だった。

どうも息が詰まるので、ヨロシク、と矢沢永吉風に言ってその場を離れた。気圧されていたのかもしれない。女の子というのはよくわからん。

コンビニに行って仕事を始めた。主婦バイトとむさ苦しい大学生の男と一緒に働き、いつものように届いた雑誌を見たりしてだらだらと過ごした。三時の休憩時間にバックヤードで煙草を吸っていると、芝田が近づいてきた。

「お疲れさまでーす」

芝田が上機嫌で言った。店に入った時から気がついていたのだが、芝田はやたらとハイテンションだった。

声もむやみに大きいし、とにかく笑っている。だいたいおれに向かって、お疲れさまと言うこと自体、あり得ない話だった。

「明るいじゃないか」

「雨が降ってきましたよ」

芝田がこらえきれないように微笑みながら外を指さした。一時間ほど前から雨が降りだしていたのは気づいていたが、何がそんなに嬉しいのか。

「勘弁してくれ。雨だと床が汚れる。拭くのはおれなんだ」

「台風が予報より早く通過しているようです」芝田が満足そうにうなずいた。「明日は晴れるでしょう。素晴らしい」

ボキャブラリーにない単語を発した。豪雨にでもなるのではないか。

「デートなんです。ここまでこぎつけるのは大変でした。三カ月かかりましたよ」

「頑張ってくれ」

「知佳《ちか》ちゃんなんです、相手は」

芝田が声をひそめた。聞きもしないのによく喋る。知佳ちゃんというのは四月から入った高校生バイトで、とんでもなく可愛いと評判の子だったが、彼女はおれが帰ってからのシフトなので、ほとんど顔をあわせたことはなかった。

「ずっと誘っていたんですけど、ついこの前、ＯＫをもらいました。とにかくそういうことになりまして」

それはそれは、と肩をすくめた。知佳ちゃんが先週彼氏にフラれた話を、おれは同じ歳の主婦バイトから聞いていた。同じクラスのイケメンで、高校に入った直後からつきあっていたそうだ。

ベストカップルと言われていたようだが、それでも別れる時は別れる。かなり落ち込んでいるようで心配なのよ、と主婦バイトは言っていた。

どうやら知佳ちゃんは、やけになって芝田からのデートの誘いにうなずいたようだ。女子高生なんてそんなものかもしれない。

「紳士的にふるまえよ」ももいろクローバーZの記事を読みながら言った。「身勝手なことはするな。相手にしてもらえるだけでありがたいと思え。次はないだろうが、思い出にはなる」

「何を言ってるんですか。もう気持ちは通じ合ってる。お互いに好意を持ってるんです。わかりませんか?」

わからん、と首を振った時、電話が鳴った。健人、と表示があった。

「もしもし?」

「ぼくだけど」焦った声がした。「どうしよう」

「何かあったのか」

「亜美ちゃんが……」

「亜美がどうした？」

「二人で買い物に行こうとして家を出たんだ。ついさっき……井の頭通りを歩いていたら……」

健人がすすり上げた。泣くな、と電話を耳に押し当てて立ち上がった。

「ちゃんと話せ。歩いていたら、どうした？」

「車が突っ込んできて……ぼくたちの前に停まった。男が一人出てきて……亜美ちゃんの腕を摑んで、無理やり乗せた。そのまま猛スピードで走っていった」

「いつだ？」

「二、三分前。走って追いかけたけど、とても追いつけなくて……見失った。あの男は何なの？　何で亜美ちゃんをさらっていったの？　どうすればいい？」

「どこにいる？」

「ここは……家から四、五百メートル離れたところ。井の頭通り沿い。ファッツピザの店が見える」

「そこにいろ。動くな。すぐ行く」

電話を切って制服を脱いだ。そのまま放り投げる。キャッチした芝田が、どうしたんですか、と言った。

「早退する。そうしたかったら、時給を下げろ」

芝田が一歩退く。おれはバックヤードを飛び出した。

Part3　トラブル

1

雨が激しく降る道を走った。足元が滑るようなことはなかったが、びしょ濡れになった。

通りの反対側に宅配ピザ屋の店舗が見えてきたと思ったら、健人が駆けてきた。泣きそうな、というよりはっきり泣きながら、おれの胸に飛び込んでくる。

「怪我はないか」

「ない」

健人が腰の辺りにしがみついている。しっかりしろ、と両肩を摑んだ。健人は傘を持っていたが、骨が折れて布地が裏になっていた。

「どこだ。どこで亜美はさらわれた？」

一歩下がった健人が、こっち、と歩きだした。数十メートル行ったところで立ち止まる。

「この辺」

周りを見渡した。井の頭通りは一車線で、幅も広いとは言えない。車は後ろから来た、と健人が荻窪方面を指さした。

「わかんなかった……いきなり大きな音がして、振り返ったらもう目の前にいた。歩いてたぼくたちの前を塞ぐようにして停まった。それで、ドアがバーンッて開いて、男が出てきた……亜美ちゃんの腕を摑んで、中に引っ張り込んで……そのままあっちへものすごいスピードで走っていった」

吉祥寺の方向だ。そうか、とうなずいた。

「どんな車だった?」

「……普通の……そんなに大きくなかった」

健人は子供らしくないところがあって、乗り物全般に興味を持たない子だ。ミニカーさえも持っていない。電車の運転手や飛行機のパイロットになりたいと言ったこともなかった。

そんな子供に車種を聞いてもわからないだろう。何色だったと聞くと、よく覚えていないと首を振る。突然のことに、頭が追いついていないようだ。

「紺色? 黒かなあ……」

答えは曖昧《あいまい》だった。どんな男だったかと聞いた。

「背は高かったか？　デブだった？　若い奴か？」

「……パパぐらい？　太ってなかったよ。むしろ痩せてた。眼鏡をかけていて、ちょっと大谷《おおたに》先生に似てた」

おれが百七十五センチだから、男もそれぐらいなのだろう。大谷先生というのは健人の担任で、おれも顔は知っていた。先生は三十歳ぐらいではなかったか。

「もう一回顔を見たらわかるか」

自信がない、と健人はうつむいた。まあそうだろう。十一歳がどうとかではなく、人間の記憶なんてそんなものだ。むろん、ナンバーなんか聞いたりはしなかった。

「男は一人だったか？」

「それは……そうじゃないかな」

「自分で運転して、自分で亜美を捕まえて、そのまま走っていった？」

「そう言われると……よくわかんないよ。そうかもしれないし……違うのかもしれない」

「誰か近くにいたか？　見ていた大人は？」

わからない、と健人がまた首を振った。

「ホントにいきなりだったから……車がバーって走っていって、跡を追いかけた。誰かいたかな。いなかったかも……車が他にも走っていたような気はするけど……」

歩道を見た。人がいないわけではないが、多いとはとても言えない。しかもこの雨だ。散歩に出る気にはなれないだろう。

「あいつは誰なの？　何で亜美ちゃんをさらっていったの？　亜美ちゃんはどこに？」

「まだわからない」

「だいたい、亜美ちゃんは何なの？　何でうちに来たわけ？　聞かなかったけど、パパとどういう関係なの？」

「そのうちちゃんと話す。複雑な事情があって、今は言えないんだ」

健人が黙った。唇が青くなっている。

「それよりお前に言いたいことがひとつある」おれは健人を正面から見下ろした。「突然だったのはわかる。どうしていいのかわからなかったかもしれない。だが、お前は男だ。そして亜美はお前の友達だ。なぜ守ろうとしなかった？」

それは、と健人が下を向いた。

「そんなことできないよ……いきなりで、何が起きたのかもわからなかった。あっと言う間のことで、ヤバいって思った時にはもう亜美ちゃんは車に乗せられていた。ぼくは……」

「いきなりでも何でも、お前は亜美を守るべきだった。そういう時は考えるな。ヤバいと思ったんだったら、そのまま飛びかかっていけ。男にはそうしなきゃならない時がある」

「無茶言わないでよ。相手は大人だよ？　かなうわけないじゃん」

口を尖らせた健人の頭に手を置いた。

「かなわない相手だから何もしなかった？　そういうことは言うな。男なら、やる時はやれ」

「……何を言ってるかわかってる？　ぼくが怪我をしてもいいって言うの？　場合によったら殺されてもいいって？」

「よくはない。お前が怪我をしたり死んだりしたら、おれはめちゃくちゃに泣く。だが、守るべきものがあることは知っておいた方がいい。命より大事なものはあるんだ」

「そんな……そんなものないよ」

「ある。誇りだ」

「……何を言ってるのかわかんない」

「まだわからなくていい。おれはたいした男じゃない。子供に物を教えたり、正しい方向に導くことができる柄でもない。ただ、ひとつだけ教えておきたいことがある。人間には誇りってものがあるんだ」

健人がうつむいた。雨が降り続けている。

「かなうわけがないから何もしなかったと言ったな。賢い選択だ。勝ち目のない勝負は避けた方がいい。だが、友達のためなら話は別だ。絶対勝てないと百パーセントわかっていても、友達を守るためなら戦え。怪我をしたり死んだりしても仕方ない。守れるかどうかは結果だ。守ろうとする姿勢が重要なんだ」

「……説教してるつもり？」

「そうじゃない。男同士の話をしている」

「……この状況で？　そんなことより、亜美ちゃんを見つけないと。警察に行く？」

健人は現実的だった。警察は駄目だ、と言った。

「いろいろあって、当てにできない」

「……何かあるわけ？」

それには答えず、一度帰ろうと言った。雨が、勢いを増していた。

2

家に帰って着替えた。どうしようか、と健人がおれの部屋に入ってきた。

「何がだ？」

「……誕生日会を止めようかと思って……」

うつむきながらつぶやいた。止めてどうすると聞くと、亜美ちゃんを捜すと言う。そりゃ難しいだろうと首を振った。

「手掛かりはあるのか？　お前は男の顔を覚えていないと言ったな。どこへ行ったのかわからないのに、どうやって捜すんだ？」

「そりゃあ……わかんないけど」健人がおれを見上げた。「だけど、放ってはおけないよ」

「おれに任せておけ。お前は誕生日会でも何でもしろ。おれがいなくても大丈夫だろ？」

「まあ、そうだけど……パパは何か知ってるの？　捜す当てはあるの？」

「まあそうだ。とにかくお前はやるべきことをやれ。友達は大事だ。当日になっていきなり中止っていうのはまずいだろう」

うーん、とか何とかつぶやきながら、健人が部屋を出て行った。ドライヤーで髪の毛を乾かしてから、携帯電話を取り上げる。番号を押すと、十回ほど呼び出し音が鳴ったところで相手が出た。

「はい、前野です」

「台風だぞ」おれは言った。「どうお過ごしかと思ってね」

「特には……部屋で音楽を聴いておりました」

「都はるみとか？」

「ガンズアンドローゼズです」

ジイさんがぽつりとつぶやいた。なかなか結構な趣味をお持ちだ。

「至急、榊原浩之氏に会いたい。連絡を取ってほしい」

「……至急、でございますか？」

「今すぐってことだ。一時間待とう。どこへ行けば会える？」

「台風でございますよ」ジイさんが呆れたように言った。「今すぐとおっしゃられても……」

「話を聞きたいだけだ。時間は取らせない」

「何の話でしょう？」

「それは自分の胸に聞け。あんたが知らないわけがない」

「何の話でしょう？」

同じ言葉を繰り返した。食えないジジイだ。思わずちょっと笑ってしまった。

「とにかくアポを取ってくれ。頼んだぞ」

「難しいと思います」ジイさんが真面目な声になった。「いきなりそうおっしゃられても……予定というものもございます」

「話ができないというのなら、すべてをマスコミにぶちまける」おれは言った。「確かに、具体的な証拠は何もない。コンビニのアルバイトの言うことを信じる者は少ないだろうが、ゼロじゃない。世の中には物好きがいるもんだ。詳しく聞きたいという人間が出てくるかもしれない。それでも構わないか？」

「脅迫ですか？　そんなことをおっしゃる方だとは思っておりませんでしたが……」

「必要なら何でもするタイプの男だ」

「さようでございますか……ということは、契約は終了ということに？」

「そうなるんだろう。前金は返そうか？」

「亜美様は見つかったのでしょうか」

答えずにジイさんが言った。芝居がうまい、と言った。

「その話がしたい。連絡を待っている」

電話を切ったが、必ずかかってくるという確信があった。亜美をさらっていったのは浩之に指示された人間だろう。前野のジイさんは、おれが亜美を見つけたことに気づいていた。放ってはおけなかったはずだ。

おれとこの家を見張ったのではないか。亜美がいるとわかるまで時間はかからなかっただろう。様子を見ていたが、おれから何の連絡もないので強硬手段に出た。そういうことではないか。

亜美をさらったのは説得するつもりなのだろう。市長選が本格化するのはもうすぐだ。早い内にすべてを片付けたいと考えるのは無理もない。

親子で話し合うことに反対するつもりはない。むしろ、そうするべきだと思っている。それぞれがそれぞれの言い分を言い合い、主張するべきことは主張し、譲れるところは譲ればいい。

だが、無理やり引っ張っていくのは違う。それは話し合いじゃなく、暴力だ。そんなことは認められない。

きちんとした話し合いをセッティングするのがおれの役目で、そのためには浩之と話さなければならない。説得する材料はあった。おれも事情を知っているのだ。マスコミなり何なりに知っている情報を流すと言えば、浩之もおれの話を聞かざるを得ないだろう。

もちろん、おれ自身にとってヤバい状態になるかもしれなかった。脅迫されるかもしれない。暴力を行使されることもあるだろう。

だが、殺されはしない。その辺は高をくくっていた。とはいえ、念を押しておく必要はある。パソコンを開き、書きかけのメモを引っ張り出した。

ざっとではあるが、榊原浩之と会った日時、その場にいた人間、依頼の内容などが書いてある。浩之と会った直後に作ったものだ。

それに今日起きたことを付け加え、添付ファイルにした。メール本文には、おれと直接連絡が取れなくなったらこれを読んで好きなマスコミ媒体に送ってくれと書いて送信した。相手は夏川だった。

浩之に娘を捜せと依頼された時から、事情を知ったおれを放っておくことがないのは承知していた。すべてが丸く収まるまでは終わらない話だし、もしもうまくまとまらなければ、亜美と同様におれに対しても何らかの制裁を加えてくることは十分に予測出来た。

前に会った時、夏川にこういう依頼があったと話したのは、今回のような事態が起きるかもしれないと、漠然とだが思っていたからだ。輪郭ぐらいしか話していないが、夏川なら理解してくれるだろう。口が軽いからぺらぺら喋ったというわけではないのだ。

もっとも、夏川にとってはいきなりこんなメールが届くというのは迷惑な話だろうが、まあ勘弁してほしい。

きっかり一時間後、電話が鳴った。着信表示に前野の名前があった。

3

指定されたのは、ホテル・シャングリラのスイートルームだった。たいしたものだと思った。

面会を要求したのは一時間前だ。とりあえずおれと会うことを決めたところまではいいが、ホテルを手配するのは難しかったはずだ。なかなかできることではない。

スーツを着て、家を出た。一流ホテルに行くのだ。ジーンズとTシャツというわけにはいかないだろう。ただ、傘は折り畳みだ。ビニール傘と迷ったが、黒い方が格好はつくだろう。

ホテルに着いたのは午後三時だった。フロントで車椅子のジイさんが待っていた。

「ご案内します」

そう言ったジイさんと一緒にエレベーターに乗った。

「一応お伺いしますが、録音機などはお持ちですかな」

ジイさんが言った。持っていない、と首を振った。

「信用しておりますよ。わたくしはあなたが嫌いじゃない」

「奇遇だ。おれもあんたが好きでね」

エレベーターが最上階に着いた。一番奥の部屋まで行って、ジイさんがカードキーでドアを開けた。

部屋は広いなんてものじゃなかった。テーブルが二つ、椅子が八脚、ソファセットやテレビなどがある。

これなら会議だって開けるだろう。男が二人立っていた。見た顔だ。

その二人が無言で部屋を横切り、奥にあった扉を開いた。いちいち面倒臭いが、そういうシステムなのだろう。

寝室だった。大きなベッドが二つ並んでいる。ジイさんがおれの方を見てから、中に入った。男たちはついてこなかった。

「歩かせて申し訳ございません」ジイさんが更に奥へと進んだ。「どうぞ、お入りください」

なんだ。まだあるのか。扉を開くと、また部屋があった。どういう構造になっているのかよくわからない。十数人が座れるだけの大きなガラス製のテーブルがあった。椅子はすべて革製だ。中央の席に茶のスーツ姿の榊原浩之が座っていた。足を組んだまま、おれに向かって右手を上げる。その顔は不機嫌そうだった。

「どうぞ。お座りください」

ジイさんがそう言って車椅子で右に動いた。バーカウンターがあった。

「何かお飲みになりますか。ウーロンハイも作れますが」

浩之は手にグラスを持っている。

何を飲んでいるのかと聞くと、水だよ、と答えがあった。同じものを、と言った。

「突然呼び出すというのはどうだろうか」浩之がグラスを口に当てた。「みんなそれぞれ予定がある。私もね」

ジイさんがおれの前に金属製のコースターと氷の詰まったグラスを置いた。どうもこういうことに慣れておりませんので、と言いながらミネラルウォーターを注ぐ。確かに不器用な手つきだった。浩之がグラスをテーブルに置く。

「どうしても会いたいと君が言ったそうだな。用件は？」

「娘さんを……酒井亜美を返していただきたい」おれは煙草をくわえた。「話はそれだけです。これは、あなたのために言っている。強引なやり方ではあの子は納得しない。意地になるだけです。あなたにとって損になるだけだ」

煙草に火をつけた。ジイさんが嫌な顔になる。禁煙なのですがと言うが、構わず煙を吐いた。

「返してほしいというのはどういう意味かな」浩之が首を傾げた。「よくわからない」

「つまらない腹の探り合いは止めませんか。どこへ隠しているかわかりませんが、すぐに解放するべきです。無理に口を封じようとしても、黙って従うような子じゃない。あなたの娘なんだ。それぐらいのことはわかっているでしょう」

「前野さん」浩之が足を組み替えた。「何の話だ？」

「川庄さんは亜美様を見つけております」ジイさんはコーヒーを飲んでいた。いい香りだ。「二週間以上前のことです。それについてはお話し致しました」

「うん、わかってる」浩之が子供っぽい返事をした。「それはそれでいいと言ったはずだ。違ったかな？」

「その通りでございます」

「そんなに前からわかっていたか」おれは言った。「よかったら、こっちにもコーヒーをくれないか。人が飲んでるのを見ると欲しくなる性分でね」

「今、ご用意致します」ジイさんがカウンターの奥へ入った。「そうですね、あなたが亜美様をよく訳のわからない店で発見したことはわかっておりました。その後、ご自分の家へ連れ帰ったこともです」

「何で放っておいた？」

「今ご自分でおっしゃったではありませんか。無理やりなことをしても、得なことはないと。おっしゃる通りです。何をしても、どう説得しても態度を硬化させるだけだということは予想しておりました。我々が第一に考えていたのは、亜美様の無事を確認することと、保護でした。あなたが見つけてくれて、ご自分の家に住まわしている以上、その問題はクリアされたと考えておりました」

「チェスのようなものだ」浩之が頭の後ろで手を組んだ。「君のことは調べたと言ったはずだ。わからないだろうが、我々政治に携わる者はやる時はすべての力を結集してやる。徹底的にやるということだ。単純ではあるが馬鹿ではない、というのが君についての結論だった。私と亜美の関係を知ることの意味を理解できる男だ。私が圧力をかけ可能性についてもわかっていただろう。それは避けたかったはずだ。となれば、どうするかは想像がついた」

「誉めているのか貶《けな》しているのか、それをはっきりさせていただきたい」おれはジイさんが置いたコーヒーをひと口飲んだ。「何をするかはわかっていたと？」

「亜美様に時間を与えようとしていることは予想がつきました」ジイさんが微笑んだ。「家を飛び出し、一人で暮らしている間はともかく、衣食住の備わった落ち着いた暮らしに戻れば冷静になるでしょう。時間が必要だと我々も考えていました。きちんと聞いていただける心の準備が整った上で、こちらとしては亜美様に正確な情報を伝えたかったのです」

「本心から理解し、納得してもらわなければならないからね」浩之が空のグラスを振った。「一時的に押さえつけることはできるかもしれないが、どんな手段を使っても完全に口を封じることはできない。強制すれば余計にこじれる。安全な場所で落ち着いて考えてもらいたかった」

「おれが亜美を説得すると読んだ？」

「そういうことだ。君ならそうする。説得という言葉が合っているかどうかは別だが、私と話し合うことを勧めてくれるだろうと考えた。それが私と亜美のためになると判断するとね」

おれが何を考えて亜美と向き合っていたかについて、率直に言うと浩之もジイさんも認識不足だったが、説明するのは面倒臭かったし、言っても理解してもらえないとわかっていたので、おっしゃる通りですとだけ言った。浩之は満足したようで、楽しそうに笑った。

「いつまでも待つというわけにはいかない。市長選までには片付ける必要がある。だが、ぎりぎりというタイミングではない」

さようでございます、とジイさんがうなずく。

「あなたは亜美様を返せと言うが、意味がわかりません。我々は何もしておりません。逆に伺いたいのですが、亜美様に何があったのでしょうか？」

「……今日の一時過ぎ、あの子はさらわれた」おれは時計を見た。「家の近くの路上でだ。車に乗せて、つれ去られたのを息子が見ている。そっちが命じたことだと思っていたんだが……」

浩之と前野が目を見交わした。僅かにではあったが、動揺しているようだった。

「状況は？」

「警察には知らせましたか？」

二人が同時に言った。警察には連絡していません、とジイさんの問いにだけ答えた。

「なぜ通報しない？」

「言った通り、あなたが指示したことだと思っていました。そうであれば、警察と話しても意味はないでしょう。くどいようですが、本当ですか？　本当にあなたたちは何もしていないんですか？」

「信じるか信じないかは知らんが、そんなことはしていない」浩之が断言した。「君の言う損得勘定は理解している。あの子は暴力や脅迫で黙る子ではない。時間をかけて説得するつもりだった」

「車で、とおっしゃいましたが、亜美様の事情を存じているのはわたくしだけです」ジイさんが落ち着いた声で言った。「わたくしにそんなことはできません。この足ですから」

「誰なんだ？　誰が亜美を？　何のために？」

浩之が立ち上がった。おれもゆっくりと立つ。

「捜してみましょう」

「当てはあるのか」

「ないわけではありません。任せてほしいとは言いませんが、前野さんに来てもらっても、正直足手まといです。ぼくが捜しましょう。見つけだして、保護します。その後のことはまた相談ですね」

「任せると言うと思うか？」

浩之がかすかに汗で額をにじませた。

「そうはおっしゃりたくないでしょうが、では誰に捜させるおつもりですか？　あなたの秘書？　警察？」

浩之が額に手をやった。秘書にも警察にも話せるわけがない。

また連絡します、と言って部屋を出た。ジイさんは送ってくれなかった。

4

そのままホテルの前からタクシーを拾い、五日市街道を十分ほど西へ走った。目指していたのは本多町にある時政一樹のマンションだ。

榊原浩之は亜美の件について関係ないと断言した。それを信用したわけではなかったが、さらったりはしないというその言葉には説得力があった。

確かに、もう少しうまいやり方があるだろう。人さらいみたいな真似をする必要はないのだ。

そうなると浮かび上がってくるのは時政だった。時政には亜美の口を封じる理由がある。

時政が亜美を薬の売り子の一人として利用していた可能性は高い。自分が何をしているのか亜美はわかっていなかったのかもしれないが、まったく気がつかなかったということもないのではないか。そんなに頭の悪い子ではない。佐久間も、亜美は時政のしていることを知っていると考えていた。

時政も自分の周りがきな臭くなっていることは感じていただろうし、そのバックにいる高岡というヤクザだってわからずにいたとは思えない。勘の悪いヤクザは偉くなれないものだ。

時政の考えか、高岡の指図か、亜美を押さえなければならなくなった。さらった亜美を自分のマンションに閉じ込めているかどうかはわからない。おれが時政なら、砥川組の連中に預ける。だが、確認する必要はあった。

タクシーを降りて、歩き始めた。雨が横から強い勢いで吹き付けてくる。

建物を見上げた。七階建ての高級そうなマンションだ。今までにも何度か来ている。ここにいるか、それとも他の場所か。部屋に女を連れ込むことはおれが見ていた限りなかったが、今日はどうなのだろうか。

マンションはオートロックで、住人以外は出入りできない。三十分ほど足踏みしながら待っていたら、ようやく一人の女が出てきてくれた。

すれ違うようにして中に入る。女はおれをちらりと見たが、別に怪しんだ風ではなかった。

広々とした空間に来客用のソファが二つある。ジャケットを脱いで、濡れていた襟元を拭った。

部屋番号は知っている。エレベーターに乗り、六階の602号室を目指した。

佐久間によれば、吉祥寺の町に覚醒剤を入れないというのは上部組織が了解している方針で、合意事項だという。そうであれば、高岡は親に隠れて商売をしていることになる。一種の裏切りだ。

組内だけの問題ならともかく、二つの組が吉祥寺を分割統治している以上、揉め事は避けたいだろう。高岡のやっていることを親である砥川組が黙認することは考えにくい。

高岡が保身を図るなら、関係している人間の口を塞ぐ必要がある。時政はもちろんだが、現場で売り子として働いている女たちもだ。何をするだろうか。

政治家である榊原浩之には、いわゆる社会常識が通用するだろうが、ヤクザの高岡が何をするかはわからない。高岡本人はともかく、程度の低い子分がいたりすれば無茶苦茶なことをしかねなかった。最悪の事態も考えられる。

高岡が時政に何をしようと知ったことではないが、亜美のことは放っておけなかった。無事な姿で救い出さなければならない。

マンションにいればそれでいいし、いなければ時政から亜美の居場所を聞き出し、救出するつもりだった。佐久間に救援を要請してもいいし、夏川に緊急事態だとSOSを打ってもいい。

おれはハードボイルド小説の探偵ではない。正確な意味での探偵ですらなかった。この二十年、暴力とは無縁に生きてきた。ヤクザと正面からぶつかって、どうにかなるものではないとわかっている。必要であれば誰にでも助けてくれと泣いてすがるスタンスの男なのだ。

エレベーターを降り、602号室の前に進んだ。廊下の広さが家賃の高さを物語っている。その割に照明が暗いが、省エネということなのか。

ドアに耳を当て、中の様子を窺った。人のいる気配はしなかったが、ドアが厚いということなのかもしれない。とりあえずは何も聞こえなかった。

チャイムを鳴らした。ピザ屋と名乗るべきか新聞の集金と言うべきか。頼んでいないピザが届いたというのは嘘臭くないか。

かといって台風の日に集金に来る新聞屋ってどうよ。チャイムが鳴り終わるまでの数秒の間に四回考え、ピザ屋の誤配達ということにしようと決めた。

だが、意味はなかった。応答はない。もう一度チャイムを押したが同じだった。時政はいないのだ。

まあ、そうだろう。奴の行動パターンから言って、台風とはいえこんな時間に部屋に閉じこもっているとは思えない。どこか外の店で、女の一人もしくは何人かと会っているのだろう。

店ならいいが、ラブホテルとかだとちょっと困る。ラブホテルの部屋に籠もっているとしたら、場所を探し当てることは難しい。

時計を見ると五時だった。まだセックスには早すぎないか。とりあえず食事なり酒なり楽しんでいていただきたい時間帯だ。

時政が行きそうな店には何軒か心当たりがあった。エッチの場所にはこだわらないが、こじゃれた店へ行きたがる。どこかバブルの匂いのする男だった。

念のためにドアの前から亜美の携帯に電話をしたが、留守番電話につながるだけだった。仕方がない。町に戻って店を当たるしかなさそうだった。

頼むからわかりやすいところにいてくれと、世界中の神様に祈りを捧げながら、マンションを後にした。

5

タクシーが捕まらなかったので、雨の中を駅へ向かって走った。

三十分かかって吉祥寺駅にたどり着いた。だが、そこがゴールではない。

南口へ回り、二軒の店へ行った。一軒は時政が毎日顔を出しているスペイン風のバーで、もう一軒は昔からあるオープンカフェだ。

どちらも小ぎれいで、女と行くのにふさわしい。情報誌で紹介されているのは読んだことがあった。

六時を過ぎたばかりだったが、店は両方とも賑わっていた。というか、気持ち悪いほどべたついたカップルの巣窟だった。どうやら天気は関係ないらしい。

二軒とも時政は常連で、金も使っていたからＶＩＰだ。店員を捕まえて聞くと、時政は来ていないということだった。

北町まで歩いて、三軒の店を覗いた。その内一軒はイエロービーンズという例のクラブだったが、まだ営業していなかった。

他の二軒でも話を聞いたが、同じように今日は来ていないと返事があった。おれの勘が悪いということなのか、この辺ではないのかもしれない。

来た道を戻り、駅を抜けて北口に入った。時政は基本的なテリトリーとして南口を好むが、北口にも馴染みの店はある。すべて当たってみるしかなさそうだった。

それでも見つからなければどうしようもない。佐久間に連絡しよう。事情を話せば力を貸してくれるだろう。

だが、とりあえずその前に自分でできることはしなければならない。ヤクザに借りは作りたくなかった。

サンロードの創作イタリアン、東急横の隠れ家的バー、五日市街道沿いの個室フレンチと回ったがいずれも外れだった。まだオープン前ですから、という店もあった。そういう時間なのだ。

あと二軒ある、と雨の中を進んだ。後回しにしていたのは、場所がちょっと離れていたからだ。おれの折り畳み傘では雨をしのぎきれなかったが、行くしかないだろう。

そのうちの一軒、バッティングセンター近くにあるタイ料理屋に行ったが、そこにもいなかった。残るはヨドバシカメラの裏にあるショットバーだけだ。

時政がよく行く店であることは間違いないが、飲むだけの店でそんなにオシャレなわけではない。オープンしているかどうかもわからなかった。

とはいえ、もう他に当てはない。十分ほど歩き、目的の場所に着いた。

アウトリガーというその店の看板が派手に光っていた。とりあえず営業はしているらしい。

店のドアになぜか季節外れのクリスマスオーナメントがひとつだけ飾られている。あまりにも時期が違い過ぎてちょっと笑えた。

店内はそこそこ広い。何組かの客がいた。いずれもカップルだ。行く店がないまま、ここへたどり着いてしまったということなのだろう。それでも、彼らは幸せそうだったので、文句を言ったりはしなかった。

いらっしゃいませ、と中年の黒服が声をかけてきた。待ち合わせでと答えると、どうぞ、と体を脇に寄せた。

一歩踏み込む。店の奥のスペースで、ダーツをやっている男が目に飛び込んできた。時政だった。若い女が横に立っている。ここにいたか。

息をひとつ吐いてから、大股で歩み寄った。気づいたのか、ダーツの矢を構えていた時政の動きが止まった。おれに視線を向ける。

時政、と呼びかけようとした時、おれの携帯が鳴った。目を逸らさずに、電話に出る。どこにいるの、という健人の声が聞こえてきた。

「……北口だ。そんなに遠くない」

「帰ってくる？　ヒロキの誕生日会、とっくに始まってるんだけど」

バックに子供たちの騒ぐ声が流れている。破裂音が続けざまに聞こえてきた。あれほど言ったのにクラッカーを鳴らしているのだ。片付けてくれるんだろうな。

「もう少しだ。何時になるとは約束できないが、必ず帰る。亜美から連絡はあったか？」

「ていうか、いるし」健人が落ち着いた声で言った。「ここにいるよ。間に合ったんだ」

「……替わってくれ」

「今、ケーキを切り分けてる。ちょっと手が離せないっぽい」

「亜美は帰ってきているんだな？　様子はどうだ？　何か聞いたのか？」

「別に……」健人の声が遠くなった。「いつもと変わらないよ。何にも聞いてない。みんなもいるし……」

すぐ帰る、と言って電話を切った。時政が見ている。表情が引きつっているように見えたのは、何か後ろ暗いことがあるからなのか。

「……何か？」

ダーツの矢を握ったまま時政が言った。にっこり笑っておれは右手を上げた。

「ハレルヤ！　神の御加護がありますように！」

何だお前は、というように時政が一歩踏み出したが、おれの方が早かった。くるりと回れ右をして、ドアに向かう。

無用なトラブルは避けることにしている。亜美が戻ってきた以上、時政と事を構える理由はなかった。

そのまま店を出た。いつの間にか雨は止んでいた。

6

八時過ぎ、家に帰った。玄関に出迎えてくれたのは亜美だったが、何も言わなかった。ちょっとブルーな表情をしていて、おれの目を見ようともしない。

事情を聞いたりはしなかった。今ではないだろう。

リビングを覗くと、十数人の子供たちが暴れまわっていた。そんなに広くはない空間を、全員で走り回っている。

その先頭にプリンがいた。プリンも興奮しているようだ。

隅に押しやられたテーブルの上に、食べ物が散乱している。モールやリボンなどが床に落ち、ジュースはこぼれ、椅子は引っ繰り返り、凶暴な阪神タイガースファンとワールドカップ出場を決めた直後の日本人サポーター百人が集まってもこうはならないだろうという有り様だった。何も言う気になれず、自分の部屋に入った。

誕生日会が終わり、子供たちが帰ったのは十時過ぎのことだった。それを告げに来た健人に、約束は守れよとだけ言った。はーい、とお気楽な返事をして出て行った。

三十分後、ドアをノックした亜美が入って来た。部屋着に着替えている。話す必要があることはわかっているようだった。座れと椅子を指し、おれはベッドに腰を下ろした。

「……何があったか、話してくれないか」

あの男の立場はわからなくもない、と亜美が話し出した。榊原浩之のことだ。

「考えてみたけど……関係を断ち切りたい。あのマンションを出て、一生会わない。ママのことは誰にも話さないしあの男が父親だなんて言わない。そうしてほしいわけでしょ？　それでいいんでしょ？」

一気に言って、視線を床に落とす。風向きが変わったようだ。

「それはそれで、あの男も安心するだろう。関係を暴露されることが、奴にとっては一番避けたい事態だろうからな。だが、それでいいのか？　許せるのか？」

「……あいつがママをどうして捨てたのか、よくわからないところもあるけど……それなりに理由もあったんじゃない？　男と女のことだから、それは誰にもどうしようもなかったんじゃないかって……」

「伯父だと言って、お前を騙していたことについては？」

「そういう立場にいたってことでしょ？」

伝えておこう、とおれは言った。

「二度と会わない、関係を持たないという条件で、一生父親のことは口にしないと言っていると話す。納得するかどうかはわからん。君が約束を守るという保証は何もないからな。奴としては不安だろうから一度は会って話したいと言うと思うが、それでよければ伝えることにする」

「どうしてもって言うんなら……一度ぐらい会ってもいい」亜美がうなずいた。「仮にも父娘《おやこ》だもんね……そういうこともあるかもしれない」

「それはそれでいいが、お前はおれの質問に答えていない」おれは亜美を見つめた。「何があったんだ？　お前をさらっていったのは誰だ？　何を言われた？」

「何もないよ」亜美がぼそりと言った。「誰でもない。友達」

「友達にしてはずいぶん乱暴な奴だな」

「ちょっとびっくりさせようぐらいのつもりだったのよ。サプライズってこと。それぐらいの演出があってもいいんじゃない？」

「軽口はよせ。誰なんだ？」

亜美が横を向いた。答えたくない、という意思表示だった。

「教えてくれないか？　時政の関係している連中なのか？　わかっているかどうか知らないが、そいつらはヤクザだ。関わるべきじゃない」

「……カズくんとは関係ない」

つぶやきが漏れた。じゃあ誰なんだ、とおれは言った。無意識だったが、少し声が大きくなっていた。

「何があった？　何をされた？　時政は何を考えてる？　話してくれ」

別に、と亜美が硬い声で言った。初めて会った時もそんな声だったのを思い出した。

「何もない。何もされてない」

「そうは見えない」

「とにかく、関係ない人に何か言われたくない。放っておいて」

「放ってはおけない」

「あたしはもう、子供じゃない」

「子供でも大人でも同じだ。放ってはおけない」

「どうして?」

「お前は健人の友達だからだ」おれは言った。「健人の友達はおれの友達だ。友達が何か面倒なことに巻き込まれているなら、放っておくことはしない。ずっと昔から決めているルールだ」

「……何言ってんの?」

「人がどう思おうと知ったことじゃない。おれが決めたことだ。それに従って生きるのはおれの勝手だろう。余計なことでも迷惑であっても、必要があると信じればやるべきことをやる。それだけの話だ」

亜美が立ち上がった。どうでもいい、というような表情になっていた。

「とにかく……感謝してる。ベッドと食べ物をくれたのは、マジありがたいって思ってる。悪い人じゃないっていうのもわかってるつもりだよ。もう少しだけお世話になるけど、すぐに出て行く。もう面倒はかけない」

「どこへ行くつもりだ?」

「わかんないけど、心配しないで」亜美が微笑んだ。「健人にはちゃんとした家庭教師をつけた方がいいよ。運がよければ、まだ間に合うかもしれない」

「あいつはお前がいいんだ」おれは言った。「お前に勉強を教えてもらいたがっている。教えてやってくれないか」

ゴメン、と頭を下げた。女の子らしい仕草だった。

「あの男と話してくれる？　わかってくれればそれでいいし、会わなきゃならないって言うんなら一度だけ会う。その話が終わるまでここにいさせてもらうけど、済んだら出て行く。これ以上迷惑はかけられない」

「何があったのかを話さなければ、この家から一歩も外には出さない」

おれも立ち上がった。亜美が無言で首を振る。これ以上話すつもりはない、ということだった。そのまま猫のようなしなやかな動きで部屋から出て行った。

7

翌日前野に電話して、亜美の話を伝えた。少し時間をいただきたい、とジイさんが言った。まあそうだろう。

急ぐ必要はないようだと言うと、申し訳ありません、ととぼけた声で返事があった。

昼前、夏川から電話があった。妙なメールを送ってきましたけど、何ですかと言う。どうにもならないと判断するまで開くなと書いておいたので、言われた通り読んでいないようだった。

「深い意味はない。最悪の場合に備えての保険だ。気にしないでくれ」

「気になりますよ」夏川が低い声で言った。「何かあったんですか?」

何もないと答えると、それ以上問いただしてくるようなことはなかった。言うつもりがないとわかったのだろう。

最近はどうしていると聞くと、忙しいですね、と言った。

「一課の仕事だけならともかく、よそが絡んでいる件も手伝わされていて……そんなに長くはかからないと思うんですけど」

「じゃあ、もろもろ片付いたら会おう。たまには仕事を忘れて飲むべきだ」

喜んで、と夏川が笑う声がした。久しぶりに聞く女の明るい声だった。

それから仕事に行った。夕方、前野のジイさんから電話があった。亜美と話がしたいと言う。

「ちょっと困っております」ジイさんが言った。「個人的には亜美様のおっしゃっていることを信じたいのですが、一切関係を絶つというのはさすがに抵抗があります。正直、不安もある。本当にそういうつもりでおられるのかどうか確認したいのですが、話すことはできますでしょうか」

とにかく亜美と相談すると答えた。おれの一存で決められることではない。亜美の考えというものもあるだろう。

あまり長くは待てません、とジイさんがため息をついた。今後どうするか榊原浩之の了解を取らなければならないと言う。

仕えるる者にも立場があるのだ。同情する気持ちはあったが、なるべく早く結論を出すとしか答えようがなかった。

仕事を六時に終えて、家に帰った。亜美は部屋にいるようだが出てこなかった。話は夕食が済んでからだと決めて、着替えのために部屋に入った。

8

食事の後、前野のジイさんが会いたがっていると亜美に伝えた。いいよ、とあっさりした答えが返ってきた。ジイさんの言っていることは理解できるし、父親には会わず、それで済ませたいと言う。

前野に電話をして、亜美の意向を伝えた。ジイさんはありがとうございますと言った上で、明日にでもそちらへお伺いしたいと申し出てきた。他に都合のいい場所がないと言う。

内密な話をするのに、ふさわしい場所というのはなかなかない。喫茶店などでできる話ではないし、亜美をホテルの一室に呼ぶというのもちょっと抵抗があるというのはわかった。

喜んで場所をお貸しするというと、午前十時に伺いますと言って話は終わった。亜美に伝えると、それでいいよと言った。

何だかおれは使いっ走りのようで、ちょっと情けなかったがこれも役割だ。そのままそれぞれの部屋に戻り、他に話はしなかった。

二時間後、チャイムが鳴った。約束通り、ジイさんだった。車椅子に行儀よく座って、ドアを開けたおれを見ている。

前にここへ来た時と同じ背広を着ていた。どうぞと言うと、申し訳ございません、と言いながらリビングへ入ってきた。

テーブルには亜美が座っていた。ブルーのブラウスに明るい茶のレギンスという姿だった。

落ち着いた表情で爪をいじっていたが、ジイさんの顔を見ると静かに頭を下げた。

「おはようございます。体調はいかがですか」ジイさんが微笑みかけて車椅子を寄せた。「お元気そうに見えますが」

「元気です」亜美が答えた。「少し太ったかもしれません」

「亜美様がマンションを出られたのは……五月の半ば頃でございました。二カ月ほどが経ちます。何か不自由はございませんでしたか」

「特には」

亜美が首を振った。お茶でもどうだ、とおれは声をかけた。結構ですな、とジイさんがうなずいたが、いらない、と亜美は指を一本だけ振った。

「こちらから話すことはありません。まずそちらからお話ししていただけますか。すべて伺った上で、結論だけお伝えしたいのですが」

タフな交渉事に臨む商社マンのような口調で言った。よろしゅうございます、とジイさんがにっこり笑った。

「お父上から、亜美様にいくつかお願いがございます。公平な目で見て、それほど無理なことではないと考えておりますが、まずはお聞きになっていただきたい」

「どうぞ」

亜美がまっすぐジイさんを見つめた。二人の前に日本茶を出す。ひと口飲んだジイさんが、まずはマンションにお戻りいただきたい、と言った。

「高校生の女の子が家も保護する者もないまま暮らしているというのは、ひどく危険なことでしょう。何があるかわかりません。早急に戻っていただきたいのですが」

亜美は無言だった。すべてを聞くまで返事はしないということなのだろう。ジイさんもそれは理解しているらしく、答えを要求したりはしなかった。

「次に、復学していただきたい。今後卒業してからどうするかは別にして、高校までは出ておくべきでしょう。学校にはこちらから話をします。二学期から戻れば卒業させてくれるように話をつけようと考えております」

亜美が小さくうなずく。ジイさんが指を一本立てた。

「もうひとつございます。今まで通り、毎月の生活費を払わせていただきたい。どのようにお考えいただいても構いませんが、父親としての義務だと思えば当然のことではないでしょうか。いかがでしょう」

ジイさんがまたお茶を飲んだ。亜美は何も言わず、ただ静かに座っている。

「以上三点を踏まえて、今後のことを考えていただければというのがお父上の希望です。もちろん、細かい話はいくらでもあります。例えばですが、進学の問題がございます。大学へ進学していただきたいとお父上は願っておられます。あるいは、お金の話もあります。生活費だけでよいのか。私立大へ行くとすれば、学費も必要でしょう。お父上はそれも払う意向がございます。また、連絡についても希望はあります。最低でも、月に一度以上連絡を取っていただきたい。弁護士の堤先生にもです。先生は亜美様の保護者となっておりますから、義務と言えるはずです」

「いろいろあるな」

からかうように言った。ジイさんが頭を掻いた。

「ですが、今はそういうことには触れません。先程申し上げた三点について、了解いただければ結構です。合意があれば、お父上は亜美様に会って、正式に謝罪したいと申しております」

「……謝罪？」

亜美が低い声で言った。お父上は後悔なされております、とジイさんがうなずいた。

「亜美様に対して、亜美様のお母様に対して、自分が何をしたかを反省し、後悔されております。やむを得ない事情があったことも確かですが、言い訳にはならないとおっしゃるのであればその通りでしょう。謝罪させていただきたいということです」

「頭を下げるから、あたしたちの関係について黙っていろと？　お金を払い、今後も面倒を見るから沈黙を守れと？」

亜美が硬い声で言った。ジイさんが顎に手をやった。

「お金の話をそのように捉えていただきたくはありませんな。口止め料というつもりはございません。あくまでも父親として当たり前のことをするつもりだということです」

「謝ればそれで済むと？」

「それだけで済むことかどうかはわたくしにもわかりません。ですが、こう申し上げることはできます。納得のいくまで話し合われてはいかがでしょう。お父上が本気で後悔し、謝罪するつもりなのはわたくしが保証致します。駆け引きや計算ではありません。

亜美様を傷つけてしまったことを悔いておられます。それは理解していただけないでしょうか。お父上の立場を考慮してもらえませんか。無用な騒ぎを起こしていただきたくないのです。亜美様のためにも、その方がよろしいかと思うのですが」

亜美がうつむいた。急いで結論を出す必要はないぞ、とおれは横から口を挟んだ。

「親父さんの申し出は、前野さんが言った通りそんなにおかしなことではないと思う。親としては当然のことと言っていいだろう。誠意を尽くして謝りたいというのなら、それは受け入れてやってもいいんじゃないか。許せと言ってるんじゃない。言う通りにしろと言うつもりもない。どうしても許せなければ公の場に出て話せばいい」

ジイさんが横を向いた。何も言わないのは、言っても無駄だとわかっているからなのか。

「ただ、お前にもその後の人生というものがある。嫌な言い方に聞こえるかもしれないが、感情的になってすべてを暴露しても、それだけのことだ。世間は喜ぶだろうが、お前には何の得もない。長い時間、面倒な立場に立たされる。騒ぎに巻き込まれることがいいとは思わない。だが、これは第三者の参考意見だ。常識で感情を納得させることができないのはわかる。自分で選べ。好きなように動くんだ」

「……わかりました」亜美が顔を上げた。「言われた通りにします」

「亜美様」

ジイさんの呼びかけに首を振る。さっぱりした表情になっていた。

「しばらくしたら、マンションに戻ります。あのマンションは母が購入したもので、亡くなった今はあたしのものです。遠慮する必要は感じません。あそこで暮らします」

「さようですか」

「学校にも戻ります」亜美が言葉を続けた。「現実問題として、高校は出たいと思います。そういうことで学校と話していただけるんですね？」

「そのようにいたしましょう」ジイさんがうなずいた。「おっしゃる通りに手配します」

「堤弁護士とは連絡を定期的に取ります。先生に保護者になっていただくのは、母の希望でもありました。毎月お会いして、話をさせてもらえればと」

「そうしていただけますか」

「ですが、父と会うことはお断りします」亜美が言った。「謝罪の必要はありません。今のお話だけで十分です。はっきり言いますが、父とは無関係に生きていきたいんです。お金を受け取ることはできません。関わりを持ちたくないんです。連絡を取るつもりもありません。縁を切りたいんです」

「それは……お父上に伝えますが……わたくしの一存では何とも……」

「それでいいのなら、言われた通りにします」亜美が力強く言い切った。「あたしとあの人の間には何の関係もない。父親でもないし、娘でもない。赤の他人です」

「なるほど」

「誰にも言いません。一生です。約束します」亜美がおれに目を向けた。「それから川庄さん、誓ってください。あたしのために、知った事実を他言はしないと。秘密を守ると言ってください」

超有能な弁護士のような口調で畳み掛けてきた。騒ぎに巻き込まれたくない、とおれは言った。

「可能な限りトラブルは避けて生きたいと思っている。静かで平和な暮らしが望みだ。余計なことは言わない。安心しろ。約束する」

「お金を払ってもらえませんか」亜美が前野のジイさんに囁いた。「妥当と思われる金額であれば秘密を守ってくれます。そういう人です」

十七歳の女の子にそんなことは言われたくなかったが、当たっていなくもないので黙っていた。亜美の仕切りは見事としか言いようがなく、高校生とは思えない手際の良さだったが、父親譲りということなのか。

「川庄さんにはきちんとした報酬をお支払いするつもりでした」ジイさんがおれを見て、片目をつぶった。「はっきりと申し上げますが、口止め料としてです。他言してはなりません。もし約束を破れば……お互い、大変不愉快な思いをすることになるでしょう」

「脅かしか？」

「とんでもない。事実を述べているのです」ジイさんがしかめっ面になった。「仮にあなたが喋ったことによって、榊原浩之の夢と理想が潰《つい》えたとしましょう。そうなったら我々には守るべきものがなくなります。何をしてもいい立場になる。総理大臣になってこの国を正しい方向に導けないのであれば、生きている意味はなくなりますな。あなたにはもちろんですが、息子さんにも償ってもらうことになるでしょう。したいことではありませんが、我々にはそこまでする覚悟がございます」

静かな口調だった。面倒臭いジジイだ。

「凄まなくていい。老人の覚悟は尊重する。あんたの言いたいことはわかった。すべて忘れる」

「お金で片をつけましょう」ジイさんが慈悲深い僧侶のような笑みを浮かべた。「お金というのは便利なものです。こういう時に使うためにあります。金額をおっしゃってください。お支払いします」

任せるよ、と言った。無茶苦茶な金額を要求するつもりはない。金を払うことで安心するというのなら、そうすればいい。

「これでこの件について知る者たちとの約束が成立したことになります」ジイさんが亜美の方を向いた。「亜美様も沈黙を守る。川庄さんも、そしてわたくしもです。そのように考えてよろしいですね？」

「結構です」亜美がうなずいた。「安心してほしいと伝えていただけますか。死ぬまで誰にも話したりはしません。その代わり、そちらも近づこうとしないでください。お互い、無縁な人間として生きていければと」

「少しだけ、時間をいただきたい」ジイさんが立ち上がった。「個人的な考えですが、亜美様はお金を受け取られた方がよろしいかと存じます。あの方はあなたの父親で、養育する義務があります。金を受け取ることを負担に思う必要はないのです」

「もらえば関係ができます。それが嫌なんです」

「金を支払うことで、お父上はあなたを信じることができます」低い声になった。「金には、そういう機能があるのです」

「……では、あたしも少し考えます」亜美が言った。「おっしゃっていることはわかります。何か別のやり方があるかもしれません。考える時間をください」

「明日、もう一度連絡致します」ジイさんがおれに目をやった。「この時間でよろしいですね？　それまでに結論を出しましょう」

では、とジイさんが車椅子を動かしてリビングを出て行った。残されたおれは亜美を見た。表情のない顔で座っている。

「……いいのか」声をかけた。「許すつもりか」

「争っても意味はないって、自分で言ったことでしょ。あの男と縁が切れるのなら何でもいいの。関わりたくない」

かすかに頬に赤みが差した。気持ちはわかるようでわからなかったが、これ以上傷つきたくないということなのだろう。

「……お茶でもいれようか」

二人きりで何を話せばいいのかわからなかったが、何もないのも気詰まりだったので誘ってみた。意外なことに、いいよ、と言って亜美が立ち上がった。

「ちょっと……プリンの様子を見てくる」

「わかった」

そのまま出て行く。おれは椅子に座って、戻ってくるのを待つことにした。

9

三十分ほど二人でお茶を飲んだが、会話は弾まなかった。

プリンの話で間を持たせ、しばらく時間を潰してから、コンビニへ行くと言って家を出た。仕事はつつがなく終わり、六時過ぎに帰った。健人が亜美と一緒に台所にいた。

グラタンを作っているという。ぼくがリクエストしたんだ、と健人が言った。

「ママが得意だったよね、グラタン。よく作ってくれた。パパはどうして作らないの?」

「面倒だからだ」

実際はそうではない。由子の作るグラタンは本当に美味しくて、おれも大好物だった。一番好きな料理のひとつだと言い切れる。

だから作りたくなかった。作れば、由子のことを思い出すからだ。おれのハートはガラス製で、ちょっとしたことでもすぐ傷つくのだ。

一時間後、あれも入れてこれも入れて、という健人のワガママを聞き入れながら亜美はグラタンを完成させた。驚くべきことに、それは非常に美味しかった。由子の作ったものと比べても遜色のない出来栄えと言えた。

健人とおれは無言になり、皿をなめんばかりの勢いで食べ終えた。美味しいよ、と健人がVサインを出した。

「ママほどじゃないけどね」

それは仕方ないでしょ、と微笑みながら亜美が後片付けを始めた。感謝を表したいのか、何も言われないのに健人もそれを手伝った。

落ち着いたところで、三人でソファに座り、ついていたテレビを眺めた。よくあるトーク中心のバラエティ番組だったが、健人も亜美も笑いながら見ていた。おれももちろん笑った。

テレビに飽きたところで、健人がプリンをリビングに連れてきた。走り回るプリンを健人と亜美が追いかける。仲のいい姉弟のようで、それなりにいい光景だった。

十時になったところで、終わりだとおれは手を叩いた。

「健人は風呂に入れ。プリンは寝かせてやるんだ。おれもちょっと寝る。亜美は好きにしろ」

「また飲みに行くの？」

健人が不満げに言ったが、おれにも自由な時間をくれと言うと、まあそうだねとうなずいた。理解は早い子なのだ。

亜美が部屋に戻り、健人がプリンを抱き上げてリビングを出ていくのを見送ってから、おれも自分の部屋に行った。ちょっと疲れを感じているのは、そういう年齢になったということなのだろう。

煙草を一本吸ってから、トレーナーに着替えてベッドに横になった。明かりはつけたままだ。真っ暗な部屋で寝るのはあまり好きじゃなかった。

目をつぶったかつぶらないかのタイミングで眠りに落ちた。寝付きの良さは母親譲りだ。

それからどれぐらい時間が経ったのかはわからない。ふと目が覚めた。

寝起きが悪いのは父親の血で、よくわからないまま首だけをベッドサイドに向けた。

小柄なシルエットが立っていた。

健人？　と呼んだ。かすかな咳払いが聞こえた。

照明が消えていることに気づいた。黄色い小さな電球の明かりしかない。いつ消したのか。つけたまま寝たはずだったが、どういうことか。

影が近づいてきて、ベッドに潜り込んできた。柑橘性の香り。夢を見ているのだろうか。柔らかい感触がした。

「……何をしている？」

おれは上半身を起こした。亜美が寄り添うようにして横になっていた。

「……嫌？」つぶやく声が聞こえた。「一緒にいたい」

闇を透かして亜美を見た。下着しか身につけていないのがわかった。おれは小さく悲鳴を上げ、ベッドの隅で体を縮めた。

「……どうしたの？」

「……どうもしない。お前……よくわからんが、いったい何なんだ。どういうつもりだ」

正直、びびっていた。由子と別れて三年経つが、その間こんな近距離で女の体を感じたことはない。しかも下着姿だ。何をどうすればいいのか。パニックだ。

ゆっくりと亜美が体を寄せてきた。そっと小さな手をおれの腕に載せる。熱かった。

「怖い？」

「……怖くなんかない」

男の意地を見せるつもりだったが、声が震えていた。亜美が優しく笑う。

「感謝してる……訳のわからないことに巻き込まれて、嫌な思いもしたでしょ？　ごめんね。あたしのために……」

「とにかく、とにかくちょっと……離れてもらえないですか？」なぜかおれは丁寧語になっていた。「これは……違うと思うんですよ。こっちも感謝している。健人の面倒を見てくれた。いってこいでチャラだ。そうでしょう？」

「うん」首を振った亜美が、頬をおれの胸に当てた。「ただ……こうしたかった」

「よしなさいって」往年のビートきよしのように言った。「そういうのはよしなさいって。言っておくが、おれは少しロリコンの気がある。女の子のことは大好きで、はっきり言えばスケベな中年男だ。そんなことをされたら、ちょっとその……」

いいよ、と亜美がおれの体に腕を回した。

「いいから……気にしないで。あたし、初めてじゃないし……責任とか、考えなくていい」

顔を寄せてきた。息を感じたと思った瞬間、おれは頭から床に転がり落ちていた。

「止めましょうって」毛布で体をガードしながら叫んだ。「ヤバいって」

亜美がベッドから下りて、おれの前に立った。均整の取れた体つきだった。

「……子供だと思ってる？」

「思ってない思ってない」

「……そうでもないんだよ」

「おっしゃる通りだ。認める。だけど、違うと思うんですよお。そんなことをするわけにはいかないですってば」

「いいの……今だけだから。その代わり、全部忘れてくれる？　何もなかったことにしてくれるよね？」

毛布を体にしっかり巻き付けながら、おれは立ち上がった。防衛態勢を整えるしかない。

「駄目だ。部屋に戻れ。ここはおれの部屋だ。勝手に入ってもらっちゃ困る。お前は健人の友達で、ということはおれの友達でもある。友達とそういうことはしない。それがルールだ」

「あたしじゃ……嫌？」

正直に言うと、嫌ではなかった。それどころか、はっきりと魅力的だった。

未成年者を相手に淫らな行為をしてはいけないということはわかっていたが、誘惑は強烈だった。おれは煩悩《ぼんのう》だらけの男なのだ。

「だが駄目だ」亜美の剝き出しの肩を摑んで、ドアの方へ押しやった。「そういうことはできない。お前は今、おれの保護下にある。そういう立場にある者は守られるべきで、何をしてもいいというもんじゃない」

「……つまらないことを言うのね」

亜美がおれの腕を外して、くるりと回った。体のラインがはっきりわかって、いや、その、あの。

「そりゃ言うよ。つまらない男だもの。人間だものわかってるだろう？　止めてください。心臓に悪い。寿命が縮む」

あたしはいいんだけど、と言いかけた亜美を無理やり追い出してドアを閉めた。尻から床に座り込む。

久々に女の体を見てしまった。手に感触が残っている。いかんいかん、と首を振り続けた。

10

モラリストというわけでは決してない。亜美の肉体はその辺のグラビアアイドルよりよほど蠱惑《こわく》的で、美しかった。高校生ということを外して考えると、大変立派なものと言えるだろう。

本人も言っていたが、それなりに経験もあるのかもしれない。十七歳なのだから、何をしていてもおかしくはない。いい悪いの話ではなく、そういうことが普通になっているのだ。

とはいえ、もちろん何をしてもいいというものではない。おれは鬼畜ではない。変態のチャイルドポルノ愛好家というわけでもない。まともな大人で、きちんとした対処もできる。

ただ、と思う。おれも男だ。心の弱い生き物だ。そりゃちょっとばかし不埒《ふらち》なことも考えてしまうだろう。

わかってる。間違っているのは承知している。だからちゃんと断ったし、相手にしなかった。少々焦ったりはしたが、まともな人間のすることをした。常識ある対応をした。非難されるいわれはない。

だが、亜美の体は圧倒的にリアルだった。いろんなことを考えてしまうのは、やむを得ないところだろう。許してほしい。童貞の高校一年生のような妄想を頭に描きながら横になっていたら、朝方になってようやく眠りについた。

男というのは俗なものだ。煩悩のかたまりだ。早く老人になって、そういうことから解放されたい。

うつらうつらしていたら、ドアがそっと開いた。もういいだろう。勘弁してくれ。静かに寝かせてくれないか。

「出て行け」枕を頭からかぶって叫んだ。「おれの前に現れる時はちゃんと服を着てこい。子供がどんな馬鹿なことをしてきても、その手には乗らない。見損なうな」

「どうしたの？」声がした。「何を言ってるの？」

顔を上げた。パジャマ姿の健人が立っていた。

「……お前こそどうした」おれは上半身を起こした。「一人でトイレに行くのが怖い歳じゃないだろう。今、何時だ？」

「九時半」健人が答えた。「亜美ちゃんがいない」

どういうことか。ベッドから下りて健人を見た。

「たぶん……出て行ったと思う」

「どうしてわかる？」

健人がおれの手を引いてリビングへと向かった。テーブルにサラダとプレーンのオムレツを載せた皿が置かれていた。スライスしたパンとバター、ジャムもある。コーヒーの香りがした。

「今朝早く……何時かよくわかんないけど、亜美ちゃんがぼくの部屋に来た」健人が口を開いた。「何となく目を開けたら、亜美ちゃんが立ってた。ぼくのことを見て、ちょっと笑ってた」

コーヒーメーカーからポットを取って、カップに注いだ。ひと口飲む。熱かった。

「何だか亜美ちゃんは……ママに見えた。そっとぼくの頭に手をやって、何度も撫でてくれた」

「ママはそういうことはしない」由子のことを思い浮かべた。「そんなわかりやすい愛情表現をする女じゃない。そこがいいところなんだ」

「イメージの話だよ」健人が口を尖らせた。「母親っぽいってこと。それから顔を近づけてきて……キスしてきた……ヤバいよ」

「何がだ?」

「十一歳でファーストキスは早くない? しかも年上の女に奪われるなんて……」

「そうでもない。おれの初キスの相手も一個上だった。年上というのは、悪くないものだ」

「……何歳の時?」

「親子の間にも秘密はある。何でも喋ると思ったら大間違いだ。それからどうした?」

「亜美ちゃんが小さく手を振った。何か言ったような気もするけど、よくわからない。最後にプリンのところに行って、後はよろしくねって言った。そのまま部屋の外に出て行った」

「声はかけなかったのか?」

「……何か、そんな感じじゃなくて……でも気になったから、しばらくして亜美ちゃんの部屋に行った。自分の服や持ち物がなくなってた。ママの服とかはきれいに畳んであったよ。ベッドもきちんと毛布とかかけてあった。たぶん……亜美ちゃんは出ていったんだ」

そうか、と言った。無言のまま健人が椅子に座る。おれはトースターにパンを入れた。

「……亜美ちゃんがいないと、つまんないよ」

「そうか」

「……戻ってくる? 最初はさ、嫌な奴だなって思ってたよ。態度悪いし、無愛想だし、ぼくのこと子供扱いするし……だけど、慣れてみるとそうでもなかった。話すと面白いしね。パパは亜美ちゃんのことどう思ってる? 嫌い?」

「そうでもない」

「夏休みにキャンプに一緒に行く約束をしてたんだけどなあ」健人がフォークでサラダをつついた。「友達みんなも、いい奴じゃんって言ってたんだよ。年上だけど、仲間にしてもいいって……どこへ行ったの? 帰ってくる?」

「そりゃわからん。だが、会うことはできるんじゃないか? また勉強でも教えてもらえよ」

「それは遠慮する」健人が首を振った。「亜美ちゃんは暴力的過ぎる。どうかと思うよ。できないからって、グーパンチや蹴りを入れたりするのは……」

まあ食え、とおれは言った。肩をすくめた健人がオムレツを小さく切って、口の中に入れる。

「男同士っていうのも気楽でいいけどさ」パンを食べながら言った。「女の人がいなくなると……何か寂しいね」

「確かに」おれはうなずいた。「男二人だと、何を話したらいいのかわからん。前は何を喋ってたっけ？」

さあ、と言ったきり、健人が目の前のサラダとオムレツをぱくぱくと食べ始めた。トーストをもう一枚と言うので、焼くことにした。

「まあ、うまくやっていこう」おれも腰を下ろして、トーストにバターを塗った。「ちょっとイレギュラーなことがあったが、元通りになった。それだけのことだ」

テーブルの端に目をやった。プリンのご飯皿にドッグフードが盛られている。いつもより多めだった。

二人で黙々とトーストを食べていたら、携帯が鳴った。何となく嫌な予感がしたが、出なければならない義務感に抗えず携帯を取った。

「あたし」

テーブルから離れてキッチンに入った。

「……どうした」

「どうもしないけど。電話しちゃいけなかった?」

「いけなくないけど……」

「別れた妻の電話に出られないようなことをしてた?」

「してません」

「本当に?」

由子が言った。昔から勘の鋭い女だった。

「何もしてないって……そんな下らないことを言うために電話してきたのか?」

「あなた、この時間以外は寝てるじゃない。仕事中だと申し訳ないと思って、朝早くから電話してるのよ」

「ご配慮、申し訳ない」

「健人からこの前メールがあったの。中学受験について担任の先生があたしたち親と話し合いたいって言ってるそうね……あなた、行かないって言ったんだって?」

「そうじゃない。ただ、五年生じゃ早すぎないかって言ったんだ。来年になってからでも十分だろ? 今はまだ……」

何にもわかってないのね、と吐き捨てた。

「もう受験は始まってるのよ。どうするの、認めたくないけど、あの子は成績が悪いのよ。これからのことを考えるべきだと思わない？」

「別に……それはその……」

「いい中学へ行ってほしいとかそんなんじゃない。だけど、少なくとも環境は整えてあげなきゃ。それが親の義務よ」

「あいつは勉強が嫌いなんだ。それは仕方ないじゃ……」

「あたしが学校に行きます」由子が宣言した。「あなたには任せられない。あたしが先生と話すわ」

「おれだって努力してる」携帯を手で覆った。「家庭教師だって見つけた。勉強を教えてもらってる。少しずつでも前に進もうと……」

「どこでその女を見つけてきたの？」

「女？」

「女でしょ？　女子大生？　女子高生？」

「……健人が言ったのか？」

「あなたのやりそうなことよ。わかるのよ。家庭教師とかそんな言い訳をつけて、若い女の子を家に上げてる？　家はキャバクラじゃないのよ。若ければ何でもいい？」

勘違いだ、とおれは言った。

「東大の理Ⅲの男だ。紹介してくれた奴がいて、バリバリに勉強を教えている。将来はあいつも医者にしたい。整形外科がいいんじゃないか？　あいつの稼ぎで老後を暮らしたい」

何言ってるのよと言って由子が電話を切った。携帯をしまって健人を見る。知らん顔でトーストを食べていた。

11

亜美は出て行った。念のためにと思い、前野のジイさんにもらった資料の中にあった堤という弁護士に電話をかけて、亜美がマンションに戻っていないだろうかと聞いてみた。

亜美と同じマンションに事務所を構えているという堤は様子を見に行ってくれた上で、戻ってはいないと教えてくれた。どうもすいませんでしたと言って電話を切ってから、煙草をくわえた。

どこへ行ったかは見当がついている。時政のところだ。

前野のジイさんに対して、マンションに戻り学校にも行くと約束していたが、口先だけのことだったようだ。素直過ぎるとは思っていた。そんなに何でも要求を飲むというのもおかしな話だ。

榊原浩之との関係を断ちたいというのは本心だっただろう。複雑な事情の下に生まれ育った女の子が、何をどう考えるかはわからなかったが、自分を捨てた父親に対していい感情を抱いているはずがない。

傷つけられたと思っていることは確かで、父親の顔も見たくないというのは理解出来る。関わりたくない。そのひと言に尽きるのだろう。

当初は怒りもあったし、父親の地位を脅かしてやろうという気持ちもあったかもしれないが、そんなことをしたら逆に一生関係を断つことなどできなくなる。それがわかって、何も言わないと決めた。

姿を消し、二度と現れない。父親とは無関係に生きていく。亜美らしい決断だった。

その姿勢を尊重したいという思いはあったが、時政のところに行くというのはどうかと思った。亜美を車でつれ去っていったのは時政が関係している連中なのだろうし、亜美は時政と会っていたはずだ。

どういう話し合いがあったのかはわからないが、要するに今まで何をしていたかを誰にも話すなと言い含められたのだろう。ヤクザと言ったかどうかはともかく、佐久間が亜美を追っているとも話したに違いない。何か喋れば危険だと脅かしたのかもしれなかった。

亜美はその話を受け入れた。不思議でも何でもなく、亜美にとって時政は交際相手の大学生で、ヤバいことは何もないと信じている。

おれはもちろん、父親などよりよっぽど信頼できる相手だ。時政に恋をしているわけだし、どんなことを言われても飲み込むだろう。

父親のこともあり、時政の言葉に従って姿を消すことにした。一石二鳥だ。おれも含めすべての人間関係を断ち、何でも時政の言う通りにすると決めたのだろう。

それはそれでロマンチックな話だが、世の中そんなに甘くない。時政には、というより時政のバックにいる高岡にはというべきだろうが、別の思惑があったはずだ。

単純に亜美の身柄を隠すというだけならいいが、それ以上のことを考えていないだろうか。奴らにとって亜美は邪魔な存在であり、もっと言えば危険でさえある。

亜美は本心から何も言わないと誓ったかもしれないが、連中にしてみればそんなことは信じられないだろう。何か手を打つ必要があると考えてもおかしくはない。

どこか地方の小都市にでも亜美を隠すというくらいならいいが、もっと極端な措置を取るかもしれなかった。そう考えると、成り行きを見ていようとか、そんな悠長なことを言っている場合ではない。

亜美を取り返さなければならない。警察なり何なりに相談すべきだった。夏川に事情を話せば、悪いようにはしないはずだ。

警察という組織の力が必要なのだ。個人の協力を頼る段階ではなくなっていた。

ただ、亜美がどこにいるかを調べ、軟禁されているというようなはっきりとした違法行為があることを伝えなければ、警察は動いてくれない。証拠がなければ何もしてはくれないのだ。

そのためには時政を押さえればいい。今、鍵を握っているのは亜美ではなく、むしろ時政なのだ。

そこまで考えて、コンビニに電話をして休むと伝えた。芝田が何か怒鳴っていたが、聞かずに切った。

それから時政のマンションに向かった。昼の十二時過ぎだったが、いる可能性は十分にあった。

時政は昼と夜が逆転していて、明け方まで遊び、それから帰って寝るという生活習慣を持っている。十二時というのは奴の睡眠のゴールデンタイムだった。

三十分ほど歩いてマンションに着いた。中に入れないので待っていると、宅配便の車が駐車場に駐まり、運転手が降りてきた。荷物を抱えて、エントランスで何かしている。

すぐにドアが開いて運転手が入っていったので、その後に続いた。オートロックといっても、部外者の侵入に対してそれほど有効なシステムというわけではないのだ。マンション自体にも防犯カメラなどはなかった。高級マンションとはいえ、賃貸ということもあるのだろうが、管理している不動産屋にもそこまでの意識はないようだった。

六階まで上がり、時政の部屋へ行った。遠慮するつもりはなかったので、チャイムを何度も鳴らし、闇金の取り立てのようにドアを叩き続けた。死人だって跳び起きるだろう。

先日来たときと違って、いきなりドアが開いた。男物のワイシャツとショートパンツ姿の若い女が立っていた。髪の毛は長く、スレンダーで、どうやら下着はつけていないようだった。

大変結構な眺めだと思っていたら、何、と女が低く唸った。色っぽい姿だったが、声に色気はなかった。

「時政くんの友達なんですけどお」おれは精一杯の猫なで声を出した。「近くまで来たんで、ちょっと寄ってみました。時政くんはいますか？」

「友達？　はあ？」女が上から下までおれを見た。「んなわけねえだろ。どこのオヤジだよ」

まあそうだ。時政に、こんな友達がいるはずなかった。

「誰なんだよ」

女が喚《わめ》いた。どうしようかと思ったが、面倒臭いので強行突破することにした。失礼、と押しのけて中に入る。何なんだよ、と背中を蹴ってきたが、放っておいた。

想像より部屋は狭かった。1LDKだ。リビングに踏み込むと、テーブルの灰皿から煙草の煙が立ちのぼっていた。

ガラスの小さなテーブルに剝いたばかりらしい真っ赤なリンゴと果物ナイフが載っている。オシャレな細工が彫られていて、高級そうに見えた。

リビングとつながっているキッチンに目をやると、同じデザインの包丁が数本あった。趣味が悪い男ではないのだ。

「……何なの？」

振り向くと、女の顔に脅えの色が浮かんでいた。それはそうだろう。まともな人間なら、いきなり部屋に押し入ったりはしない。

「時政を捜している。いないのか」

もうひとつの部屋のドアを開いた。寝室だった。クイーンサイズのベッドがある。それ以外たいしたものはなかった。良質な睡眠のためにはいいのだろう。バスルームとトイレを確かめ、リビングの窓を開けてベランダも見た。やはりいない。

中に戻ると、女がピンクのシャネルのバッグを開いて携帯電話を引っ張り出そうとしているところだった。無言で電話を取り上げる。

何すんだよ、と女が飛びかかってきたが、殴るふりをしたらおとなしく床にぺたりと座った。ちょっと媚《こ》びたような笑みを浮かべる。男にはそういうふうに接した方が得だと知っているようだった。

名前はと聞くと、詩織《しおり》、と名乗った。胸のふくらみがワイシャツを突き上げている。わかりやすいぐらいの整形美人だったが、今はそれどころではない。

「時政のガールフレンド？」

「……いけない？」

詩織がおれを上目遣いで見た。大変キュートだ。

「いけなくない。仕事は何をしてる？」

「大学生」

「どこの？」

「西園寺女子……ねえ、何なの？　誰？　どういうつもり？」

「質問は後でまとめて受け付ける。時政を捜している。君はいつからここにいる？　ゆうべから一緒だったのか？」

違う、と詩織が首を振った。

「来たのは一時間ぐらい前かな。約束してたの」

「時政とは長いのか?」

まあね、と詩織が肩をすくめる。

「半年ぐらい? それぐらいかも」

「ここへはどうやって入った?」

「鍵を持ってるから」

おや、と思っておれは詩織を見つめた。数日間、時政を見張っていたが、奴は派手に女と遊んでいるが、部屋に連れ込むことはしなかった。

だが、詩織は鍵を持っていると言う。他の女とは扱いが違うじゃないか。

「どこで知り合った?」

「……店?」

「店って?」

「吉祥寺のキャロルってガールズバー。うちはそこでバイトしてる。一樹は客」

ガールズバーがあるのは知っていたが、キャロルという店は聞いたことがなかった。詩織を見る限り、女の子の質は高いようだ。今度行ってみよう。

「誘われた?」

「まあ……いろいろ。ホント、いろいろあって……何が聞きたいの?」

「時政との正確な関係だ」

詩織が両腕を広げて、小さく微笑んだ。言わないとわからないかなあ、のポーズだった。

「恋人ってことか？」

「さあ、どうでしょ。向こうはそのつもりだったみたいだけど」

「君はそうじゃなかった？」

「ちょっとね。タイプ違い？　学生ってあんまり……だけど、一樹は上客だし、いろいろプレゼントとかもらったりしたし……悪いかなあって思って、たまに会うようにしてる」

時政らしくないことだった。有り体に言ってよくもてるし、エッチの相手には事欠かないはずだったが、詩織に関してはそういうことではなさそうだ。むしろ、かなりご執心な様子だ。

女の方から近づいてくることが圧倒的に多いはずだったが、詩織のことは自分から口説きにかかっていたということになる。確かに、詩織にはそれだけの魅力があった。おれに対する態度を見ても、臨機応変に男をあしらう能力に長《た》けているようだ。プロフェッショナルの水商売女ということだ。

時政も経験は豊富だろうが、一度嵌《は》まってしまえば底無し沼だったらしい。そういう女なのだ。恐ろしや恐ろしや。

「時政には他にも女がいるのは知っていたか？」

「そりゃあね」詩織がうなずいた。「派手に遊んでたもん。噂は入ってくるって。いいんじゃない？　肉食男子って、今どき珍しいし」

「そういう男でもいい？」

「だって、別にうちはそんな……一樹の方はどうか知らないけど、こっちはそういうつもりじゃなかったし……時々会って、服とかバッグとか買ってもらって、ちょっとお小遣いとかもらって、楽しく過ごしていただけ。いけない？」

いけなくない、とおれは目をつぶった。あまりまともにこの女を見ていると、石になってしまうだろう。魔力を持つ女だ。

「時政とは今日会う約束をしていた？　いつそういうことになった？」

「昨日の夕方ぐらい？　ここんとこずっと断ってたんだけど、もう死ぬほど電話とかかかってきてて……ちょっとあんまりかなって思って、会うことにした。欲しい服もあったし」

「電話がかかってきた？」

「うん。今日ならいいよって答えた。ランチでもしようかって。部屋においでって言うから、その通りにした。なのにいないんだもん、どういうつもりよ？　勝手に入らせていただきました。この部屋は好きなんだよね。物があんまりないところがいいと思う。

落ち着くし」

「いないのはおかしいと思わなかったか?」

「別に。いろいろあるでしょ」

「どこにいると思う?」

「知らないって。知ってるわけないでしょ。別の女のところ? わかんないけど」

おれは手の中にあった詩織の携帯電話を差し出した。

「君から時政に電話してくれないか。どこにいるのか聞いてほしい」

「何でそんなことしなくちゃいけないわけ?」

「おれは女子大生好きのレイプ魔なんだ」ジーンズのベルトに手をかけた。「自分でも何をするかわからない。犯されたくなかったら……」

はいはい、と笑いながら詩織がおれの股間を軽く叩いた。

「オジサンが無理しないの。できないことを言っちゃダメ。わかる?」

「申し訳ないんですけど、電話してもらえないでしょうか」両手を合わせて拝んだ。

「そうしていただけると大変助かるんですが」

「最初からそういうふうに頼みなって。素直じゃないと嫌われちゃうよ」

すいません、とおれは頭を下げた。生まれついてのガールズバー店員なのだろう。男のあしらいは天才的だ。そりゃあ時政も夢中になるだろうさ。

詩織が番号を呼び出し、電話をかけた。留守電、と顔を上げる。

「ダメ。つながんない」

「そこを何とか」おれはもみ手をした。「もう一度チャレンジしてもらえませんか?」

「意味ないでしょ」

それもそうだ。詩織の手から携帯を取り上げて今かけた番号を呼び出し、自分の携帯に登録した。

「今日、どこでランチする予定だった?」

「昭和通りのガストンって店。フレンチだけど、そんなにしつこくないから好き」

「その後、どうするつもりだった?」

「パルコと丸井行ってお買い物。言ったでしょ、欲しい服があるって」

「夜も一緒に過ごす?」

「夜は仕事」詩織が言った。「世の中厳しいの。そんなにぽこぽこ休めない」

「時政の行きそうな店に心当たりは?」

うーん、と唸った詩織が三軒の店の名前を上げた。いずれも吉祥寺にある店で、時政の行きつけであることはわかっていた。

「話は終わりだ」携帯を返した。「いろいろ済まなかった。ちょっと困っていてね。乱暴に思ったのなら謝る。そんなつもりじゃなかったんだ」

「……何かあったの？」

詩織が不安そうな目でおれを見た。直接おれとは関係ないが、知り合いが面倒事に巻き込まれている、とだけ言った。そう、と詩織がうなずいた。

「わかんないけど……無事に済むといいね」

「時政とつきあうのはいいが、おれがお前の兄貴だったら止める。そういう男だ」

「わかってる。そろそろかなって思ってた」詩織が立ち上がった。「帰る。トラブルは嫌なの。どうする？」

おれも出て行く、と答えた。ランチを一緒にする？　と詩織が誘ってきたが、金のかかる女は苦手だと断った。

ふうん、とつぶやいた詩織が、じゃあ着替える、と言った。どうぞ、とうなずいておれはひと足先に部屋を出た。

12

午後、町を歩き回り、このあいだと同じように時政のいそうな場所をチェックしたが、どこにもいなかった。それでも昨日の夕方来てましたよ、という店があった。末広通りのビストロエピスというバルだった。

珍しく一人だったという。二、三杯ビールを飲んでそのまま出て行った。デートですかと聞いたが、軽口には乗ってこなかった。ちょっといらついた感じがした、と店員が教えてくれた。店を出たのは六時前後だったという。

その後も歩き回ったが、昨夜時政が顔を出したという店は見つからなかった。もう一度時政のマンションに戻った。

帰ってくるのをひと晩待ったが、空振りだった。戻ってこない。

一時間おきに電話もしてみたが、毎回留守電だった。だが、亜美の所在を知っているのは時政しかいない。見つかるまで粘るしかなかった。

翌日も夕方から町をうろつき、時政を捜した。どの店にも奴は現れていなかった。逃げたのだろうか。この一、二カ月ほど、時政の周辺は騒がしくなっていたはずだ。大学生がバイト感覚で手を染めてはならないことに、奴は体ごと突っ込んでいた。まずい状況になってきているのは肌で感じただろう。

察して逃げたか。その可能性はある。

それならそれではっきりしていただきたいと思った。八月の吉祥寺は暑く、夜になっても殺人的な気温だった。

マンションが見渡せる近くのビルから見張っていたのだが、熱帯夜としか言いようがない。全身から汗が噴き出してきたが、拭いても意味がないとわかっていたのでそのままにしているしかなかった。

通りに一台のセダンが駐まっていることに気づいたのは、夜中の十二時のことだ。男と女が車内にいるのは何となくわかった。お盛んなことだ。

はっきり中が見えるわけではないが、よろしくやっているのだろう。この暑さの中、結構なことだ。少子化の危機が叫ばれている昨今、愛が深いカップルというのは社会に必要だ。

ただ、思い返してみると、昨夜もあの車はいたような気がする。どんな二人なのだろう。見てほしい性癖でもあるのか。なかなか結構な趣味だ。

それにしても暑い。尋常ではなかった。

Tシャツ一枚だったが、さすがに裸にはなれない。一切風はなく、凄まじい湿気だった。やはり地球は滅びるのではないか。

もう限界だ、と時計を見た。四時五分前だった。周囲が明るくなってきた。

四時になったら帰ろう。今必要なのはシャワーだ。氷風呂でもいい。押されなくても飛び込んでやる。

時計を睨みながら、忍耐の限りを尽くして五分待った。時政は現れない。

もういい。おれは帰る。出直そう。

そう思った時、真夜中の道路を一台のBMWが走ってきた。ライトをスモールにしている。かなりゆっくりしたスピードだった。

おれの前を通り過ぎ、マンションの駐車場に入っていく。どこかハンドル操作がぎこちない感じがした。

空いていたスペースにバックで入り、エンジンが切れる。ドアが開き男が出てきた。

その時、視界の端に、男と女が駆け寄ってくる姿が映った。セダンのカップルだ。

急ぎ足でBMWの男の方に向かっている。おれも動いた。何かある、と直感が囁いていた。

「時政一樹か」

男の太い声がした。BMWの男が左右を見る。男と女が挟むようなポジションを取った。

「時政か」

もう一度言った。どうも聞いたことのある声のような気がして近づいた。

女が一歩前に出る。動かないで、と言った。

「夏川！」

おれは叫んだ。振り向いた女が、めちゃくちゃ驚いた人間がそうするように口を大きく開けた。

「川庄さん？　どうしてここに？」

警視庁の夏川刑事だった。どうした、とがっちりした体格の男が歩み寄ってくる。シルエットに見覚えがあった。同じく警視庁の工藤刑事だ。

「川庄？　何をしている？　どうしてお前が？」

「それはこっちが聞きたい」

ＢＭＷの男がダッシュで駐車場の出口に向かう。だが工藤の方が早かった。前に回って立ち塞がる。

逃げ場を捜していた男が諦めたように天を仰いだ。

「時政……一樹？」工藤が意外そうな声で言った。「そうなのか？」

「違う」おれは言った。「元参議院議員の榊原浩之先生だ。失礼のないように」

振り向いた浩之がおれを見た。目に驚きの色が浮かんでいる。だが、と工藤が首を振った。

「その車は時政一樹のものだ。手配されているナンバーだ」

「いったいどういうことでしょうか？」

夏川が言った。本人に聞くべきだろう、とおれは前に出た。浩之が目を伏せる。

「なぜあんたたちがここにいる？」

二人の刑事に聞いた。仕事だ、と工藤が吐き捨てた。

「時政一樹を捜していた。理由をお前に言う必要はない。おれたちだけじゃない。警視庁から二十名ほどの刑事が武蔵野市近辺に派遣されている。この男は時政ではないようだが、時政の車を運転していた。事情を聞かせてもらいたい。

「弁護士を呼びたい」浩之が堂々とした口調で言った。「弁護士が来るまで、何も話さない」

「あの……本当に榊原議員なのでしょうか」夏川が浩之の顔を見つめた。「確認させていただきたいのですが」

免許証、と工藤が低い声で命じる。さすがに拒否できないと悟ったのか、浩之がジャケットの内ポケットから財布を出して免許証を抜き取った。確認した工藤が、ふんと鼻を鳴らした。

「確かに榊原浩之とある。言われてみれば、お顔はテレビで拝見したことがありますね」

「弁護士を呼びたい。何も話す気はない」

浩之が横を向いた。ジャケットは着ていない。車の中にあるようだ。

「もちろん構いませんが、いくつか質問させていただいてもよろしいでしょうか……今、午前四時十分です。先生は何をされていたのですか?」

工藤の質問に浩之は答えなかった。唇を噛み締めて、ただ立っている。膝が震えているように見えたのは錯覚だろうか。

「この車は先生のものではありません」工藤がBMWを指さした。「所有者は時政一樹という二十二歳の大学生です。それはわかっています。なぜ先生が運転を?」

浩之は無言だった。工藤を見ようともしない。いくら先生でも、事情をお話しいただかないと困ります、と工藤が言った。

「先生のことは存じ上げています。参議院議員を辞職されて、確か武蔵野市長選に出馬されるということですよね? 新聞などでも話題になっていました」

「あんたでも新聞を読むのか」

脇から言ったおれを物凄い目で睨んだ工藤が、そんな先生が、と言葉を続けた。

「こんな時間に、他人の車を運転しているというのはちょっと妙ではないでしょうか。何をされていたんです?」

「この車の持ち主は……時政一樹はどこにいるんですか?」夏川が聞いた。「あなたと時政はどういう関係なんですか?」

「何も答えない」浩之が携帯電話を取り出した。「私には弁護士がいる。榊原家の顧問弁護士だ。呼んでも構わないだろうね」

警察の手続きというのは知らないが、普通ならそんなふうに弁護士を呼ぶことなどできるのだろうか。そう思ったが、工藤も夏川も止めようとはしなかった。

浩之が携帯を耳に当てる。それを見ていた工藤が、つかつかとBMWに歩み寄った。

「もしもし、私だ……こんな時間に済まない……君、何をしている？」

浩之が電話をしながら工藤に怒鳴った。先生であろうと何であろうと、と工藤がつぶやく。

「我々は警察官です。必要とあれば、総理大臣だって調べなければならない」

ＢＭＷのドアを開けて車内を見た。電話を耳から離した浩之が止めたまえと命じたが、工藤は車の中を漁《あさ》り続けている。

「何かあったか？」

声をかけると、何もと唸りながら工藤が首を後部座席に突っ込んだ。しばらく見回していたが、頭を振って出てくる。手に車のキーが握られていた。

「先生、失礼ですがトランクを開けさせていただきますよ」

工藤がＢＭＷの後ろに回った。やめろ、と浩之が高い声で命じた。

「後で面倒なことになるぞ。私のことは知っているな？　長松警視総監は大学の先輩だ。君のような男など……」

「どうぞお好きに」工藤がトランクにキーを差し込んだ。「我々には義務がある。まともな警察官ならみんな同じことをします」

トランクを開けた。意味不明の声が漏れる。おれも後ろに回って、中を見た。不透明のビニールで何重にも包まれた大きな何かがあった。

「先生、これは？」

工藤が聞いた。無意識なのか、浩之が携帯電話を持ち替える。最後にもう一度言う、と工藤を正面から見た。

「これは警告だ。君の上司と話したい。私は榊原浩之だ。君は刑事だな？　上の判断に従うべき立場の人間だ。自分の勝手な考えで動くと、後悔することになるぞ」

夏川、と工藤が言った。夏川が電話をかけ始める。

「忠告に従って、係長に電話しています」工藤が握り拳のような顔で言った。「ですが、この時間です。出るとは思えない。というわけで、やむを得ません。必要と思われることをするだけです」

トランクに向き直り、ビニールに手をかけた。いつの間にか白い手袋をはめている。

「君、止めろ。止めてくれ」

浩之が夏川を押しのけて、工藤に飛びついた。肩に手をかけたが、振り払って丁寧にビニールを剝がし続ける。止めろ、と叫び続ける浩之を、工藤は完全に無視した。

「止めないか……川庄、止めろ、止めさせてくれ」

浩之がおれを見た。ぼくは単なる通りすがりの一市民でと頭を搔いた時、工藤が一歩下がった。

「先生……これは？」

おれと夏川も肩を並べて、トランクの中を見つめた。青白い男の顔がめくれたビニールの外に出ている。明らかに死んでいた。

「先生……これは？」

工藤が同じ質問をした。浩之が頬を引きつらせたまま、何度もまばたきを繰り返す。

時政一樹だ、とおれは言った。

「あんたが捜していた男だ。時政だよ」

「説明していただく必要がありそうですね」工藤が浩之の肩に手を置いた。「場所を変えましょう」

浩之が大きく息を吐いた。車からジャケットを取り出した夏川が、どうぞ、と渡す。

工藤が携帯を取り出して、電話をかけ始めた。

Part4　錯綜

1

そのまま工藤と夏川は浩之を武蔵野警察署に連行した。工藤はおれも逃がさなかった。

何か知っていると思ったのだろうし、誰だってそう考えるだろう。明け方に他人のマンションの前で何時間も立っている男の目的が何なのか、刑事じゃなくても妙に思うはずだ。

工藤はおれにも手錠をかけかねない勢いだったが、さすがにそれは夏川が止めた。事情を聞きたいので協力してほしいと正面から頼まれると、断るわけにはいかない。おれも警察に同行した。

二時間ほど物置きのような狭い部屋で待たされた後、夏川に呼ばれて取調室に通された。不愉快という概念を表情だけで見事に表現した工藤が座っていた。

「朝七時だ」工藤が呻いた。「超過勤務もいいところだ。いつから警視庁はブラック企業になったのか。俺は上を告発したい」

「ぜひそうした方がいい。おれも協力しよう。何でも証言する」

どうぞ、と夏川がマクドナルドのソーセージエッグマフィンを机に並べた。署員に言って買ってきてもらったらしい。腹が減っていたので、ありがたくいただくことにした。

「お前はまだ探偵のまね事をしているようだな」工藤が紙コップのコーヒーを飲んだ。「前から言っているが、探偵は認可のいる仕事だ。お前がやっていることは法律に違反している。何度も警告したぞ」

「ブラックジャックも無免許だった」おれは言った。「だが逮捕されなかった」

「当たり前だ。ブラックジャックは人の命を救っている」さすがに同じ歳なだけあって、工藤もおれと同じマンガを読んでいた。「世の中に必要な人間なら、警察だって見逃すさ。お前は違う。いてもいなくてもどちらでもいい」

「どっちでもいいなら放っといてくれ。社会に害を及ぼしたことはない。それより、榊原浩之のことだ。どうなんだ、何か喋ったか?」

「身元は確認しました」夏川が口を開いた。「元参議院議員の榊原浩之本人だと本人も認めました。ですが、その他については完全に黙秘しています。なぜあんな時間に時政一樹の車を運転して時政のマンションに来たのか、トランクの死体はどういうことなのか。時政との関係について話す気は一切ないようで、とにかく弁護士と相談したいと、それだけしか……」

「どうするつもりだ」

「……何しろ、相手が相手ですから……取り調べると言ってもちょっと」夏川は歯切れが悪かった。「とりあえずここに留置していますが、それでいいのかも何とも……上の判断を仰いでいるところですが、まだこんな時間なので……」

「お前は何をしていた？」工藤がハッシュドポテトを大きな口にほうり込んだ。「つまらん嘘は言うなよ。俺もいい歳だ。徹夜の張り込みは疲れる。早く帰りたい」

「散歩だよ」

おれは答えた。ふざけるな、と刑事ドラマのように机を叩くかと思ったが、工藤はただうんざりとした表情を浮かべるだけだった。あれから、忍耐という言葉を覚えたらしい。

「川庄さん、いろいろ事情はあると思いますが話してもらえませんか。榊原浩之は現職ではありませんが、準公人と言っていい立場にいます。犯罪と関係していることがわかれば大騒ぎになるでしょう。警視庁としてもはっきりした態度を決める必要がありまず。普通の事件とは違うんです」

「そういう風に言われたらおれだって鬼じゃない。協力してもいい。だが、その前に少し話を聞かせろ。時政一樹は死んでいたが、死因は何だ？」

「刺殺だ」むっつりとした顔の工藤が口だけを動かした。「正確なことは言えんが、心臓を正面から刺されて死んでいる。失血死ではないかと俺は思うが、他の可能性もある。トランク内から凶器と思われるナイフを発見した。大きいものじゃない、果物ナイフに毛が生えたようなやつだ。傷口と比較したが、間違いなくそれで刺されている。指紋は榊原のものが検出された」

「他殺ってことか？」

「そうだ」

「榊原が殺したのか？」

「他にどう考えようがある？」

「何時頃殺された？」

「検視はまだだ。正確なことはわからん。だが、死体の状態から言って、二十四時間以内であることは間違いない。俺が見た感じでは、昨日の深夜から明け方にかけてといったところだろう。そんなに大きく外してはいないはずだ」

「どこで殺された？」

「それはこっちが聞きたい。榊原は完黙している。捜さなければならんが、どうやらお前に聞いた方が早そうだ」

「知らない」

「そう言うな。友好的に話そうじゃないか。俺はお前を犯罪者だなんて思っていない。善良な一市民だと考えている。自由意志で協力してくれている。そうだな？　知っていることを教えてほしい」

「当たり前だ。おれは単なる通りすがりの市民だぞ。犯罪者扱いされる覚えはない。もっと丁重に扱え」

夏川がチキンナゲットを差し出した。そういう意味じゃないんですけど。

「あんたたちは時政のマンションを張っていた。榊原のことはたまたまで、狙っていたわけじゃないんだろう？　時政に何の用があった？」

おれの質問に、工藤と夏川が目を見交わした。言えよ、と工藤が顎をしゃくる。夏川がおれを見た。

「この前、ちょっとお話ししたと思うんですけど……これはわたしたちが直接担当している事件じゃないんです。組織犯罪対策課から協力要請があり、捜査に加わっていました」

「どういうことだ？」

「広域暴力団、山岡組が本格的な東京進出を計画しているのはご存じですか？」

「週刊大衆にそんな記事が載っていたような気がする。毎年、この季節になるとそういう話が出るんじゃないか？　そのうち歳時記に載るぞ」

「その通りです。毎年ではありませんが、過去に山岡組は何度も東京進出を試みています。ですが、それほど強引なやり方はしていませんでした。日本一の組織暴力団ですが、本拠地は神戸ですからね。活動の中心は関西圏です。無理やりに縄張りを広げることはなかったんです」

「もちろん、今までも東京を含め関東に拠点は作ってきた」工藤が声を落とした。「都内でも大きな繁華街には事務所などを構えているし、数多くの事業に手を出してる。だが、既存勢力と戦争を始めようということじゃなかった。大きな組だ。無茶はしない」

「ですが、数年前から東京を本気で押さえるつもりになったようで、布石を打っていました。狙っていた町のひとつが、武蔵野市です。限定して言えば吉祥寺ですね」

夏川が言った。吉祥寺？　とおれは顔を上げた。

「吉祥寺を押さえれば、武蔵野地区一帯を押さえられる。三多摩地区もそうなるでしょう。山岡組は今回の東京進攻作戦において、今までと違う方法を取っています。二十三区ではなく、都下を独占する。その勢いで都内全域を支配しようと考えています。その意味で、吉祥寺は山岡組の東京進出作戦の要地なんです」

「国盗り物語かよ」

そういう側面はある、と工藤が笑いもせず低い声で言った。

「暴対法施行以来、暴力団は生き残りに必死だ。サバイバルゲームだよ。山岡組は無風状態だった都下を押さえることによって、都内に勢力を広げようとしているんだ」

「吉祥寺には昔から山岡組の下部組織である砥川組が本部を構えていました。拠点はあったんです。今までと違って、相当本腰を入れてます。関西からかなりの人数が入ってきていることもわかっています」

「懐かしいね。『仁義なき戦い』を思い出すよ」

「吉祥寺には二つの暴力団組織が入っています」夏川が話を続けた。「住水連合系の清風会と山岡組系の砥川組です。共存共栄の関係が長く続いていますが、砥川組と本家である山岡組は、東京進出のためなら清風会、つまり住水連合と戦争になることも辞さない覚悟を決めたようです」

「そりゃ大変だ」

「砥川組の下部組織である高岡組が覚醒剤の売買に手を出し始めているという情報が警視庁に入ってきたのは一年ほど前のことです。内偵していましたが、事実だと結論が出ました。砥川組は直接関与していないようですが、黙認しているのは確かです。高岡だけの判断でできることではないでしょうから」

「砥川組が認めたってことは、山岡組も暗に許してるってことだ。清風会がその事実を知ってもいいと山岡組も砥川組も考えていたようだ」工藤が耳の穴をほじった。「戦争の火種になることを、むしろ期待していたんだな。もちろん、すぐというわけじゃない。山岡組は三年以上前から準備を始めていたようだが、完全に整ってはいなかった。金や人手がいる。東京を制圧しようっていうんだ。簡単にはいかないさ」

「高岡が覚醒剤をさばくようになったという話は聞いている。そういう流れだったのか」

どこで聞いた？　と工藤が頭の後ろで手を組んだ。吉祥寺のことなら何となく耳に入ってくるものだ、と答えた。

「派手にやっていたわけじゃないんです。山岡組が戦争の準備をしていたことはわかっていましたし、覚醒剤をさばいている者がいるという情報も入っていました。ですが、それ以上のことはわたしたち警察にもわかりませんでした」

夏川が短い前髪を掻き上げた。

「山岡組の行動が激化しているのは気づいていた」工藤が野太い声で言った。「警視庁は人数を増やして内偵を始めたが、詳細は不明だった。タレコミがあったのは二週間ほど前のことだ」

「タレコミ？」

「警視庁のホームページにメールが届いたんだ。吉祥寺で聖亜の大学生が高岡組の指示で覚醒剤を売りさばいているってな。そこには時政の名前や住所もあった。手口も詳しく書かれていた。調べたところ、メールを送信してきたのは神戸のインターネットカフェからだったよ。山岡組の本拠地だな。内部告発ってことだ。幹部の中に非戦論者がいたんだな」

「誰だって平和な暮らしを望んでいるさ」おれはうなずいた。「いくら上の方針でも、戦争は避けたいと願う常識人はいるだろう。山岡組には何万人もいるんだろ？　面倒な事には関わりたくないという奴がいない方がおかしい」

「単純に言えば、高岡組が覚醒剤を時政に売り、時政が別の人間を使って客に流していたという図式があることがわかりました」

夏川が言った。

「お前がどう考えているか知らんが、結構大きな話なんだ」工藤の口調が強くなる。「暴力団同士の抗争が起きる可能性が高い。吉祥寺を巡っての争いで、警視庁としても放置しておくことはできない。ボヤのうちに消す。大火事になってからでは遅いんだ」

「そういう事情があって特別チームが結成され、わたしと工藤刑事もそのメンバーになりました。時政がキーであることはわかっていましたが、確実な証拠があるわけではなかった。高岡組との関係もはっきりしていませんし、覚醒剤を売買している現場を押さえたわけでもありません。まずは高岡組との関係を突き止める必要がありました。時政を押さえ、事情聴取をするために、わたしたちは時政のマンションを監視していたんです」

「そこへ時政の車が入ってきた。あんたたちはそれを押さえようとした」おれは夏川に目を遣った。「意外だっただろう。運転していたのが榊原浩之だとは思ってもいなかった？」

「もちろんです。正直、今でもよく事情がわかっていません。どういうことなのか……」

「説明しろ、川庄」我慢しきれなくなったのか、工藤が机を激しく叩いた。「何があった？ 何が起きてる？ 榊原と時政はどういう関係なんだ？」

はっきりとはわかっていない、と言うと、無言で工藤がつかみ掛かってきた。暴力はいけません、と夏川が間に入る。おれたちは取調室の中で静かに睨み合った。

2

夏川の顔を立てるということもあり、おれは自分の知っている情報について制限つきで話した。亜美のことはオープンにしたくなかったので、それには気を使ったつもりだ。

警察とは違ったルートで時政の存在を知ったこと、覚醒剤を売買している疑いがあり、それを確かめるために見張っていたことを言った。どこからそんな情報を得たのかについては適当にごまかした。

榊原浩之については、もちろん名前や身分は知っているが、直接関係したことはないとつっぱねた。そうは思えないと工藤は脅したりなだめたりいろいろしたが、何も話さなかった。

浩之と時政の関係については、何も知らないと答えた。嘘ではなく、二人が知り合いだったという話は聞いていない。どういう関係なのかは、むしろおれの方が知りたいぐらいだった。

「仮にも元国会議員だぞ。殺人なんて馬鹿な真似をすると思うか？　バレたら破滅だぞ。それ以上のことになる。そんなに頭が悪いという話は聞いたことがない」

工藤が言った。おれもまったく同意見だったが、本当のところはわからない。

浩之と時政の関係について、工藤より知っている情報があった。二人の間に亜美がいる。浩之が時政を殺すとすれば、亜美の存在があったからだろうと察しはついたが、それについては黙っていた。

十時まで工藤はおれを離さなかったが、一人の刑事が取調室に入ってきて何か耳打ちすると、帰っていい、といきなり言った。嫌だとも言えないので素直に警察署を出た。

昼過ぎ、夏川から電話があった。

「警視庁上層部の判断で、榊原浩之を本庁へ移送しました」夏川が言った。「容疑者でも参考人ということでもなく、しかるべき立場の人間に事情を説明させるためということです」

「しかるべき人間というのは？」

わかりません、と夏川が答える。弁護士とも接見させるということです、と話を続けた。

「前野という秘書がいるそうですが、どうやって知ったのか、その人物が上層部に対して働きかけたようです。古株の秘書で、警視庁にも太いパイプを持っていると聞きました」

前野のジイさんは浩之が逮捕されたという連絡を、親しい警視庁の人間から受けたのかもしれない。他にもルートはあったのではないか。

「検視の結果も出ました。心臓部を刺されたショックが直接の死因だそうです。凶器がトランク内から見つかったナイフであることも確実です。死亡時刻は昨夜十一時から午前一時までの二時間の間だとほぼ確定していいそうです」

「それはそれは」

「話をしたのは、こっちも聞きたいことがあるからです」夏川の声が高くなった。「川庄さん、榊原浩之とはどんな関係だったんですか？　わたしに嘘はつかないでください。わたしはいつだってあなたの側に立ちます。黙っていろというのなら何も言いません。ですが、本当のことが知りたい。事情を話してくれませんか」

「友達に嘘はつきたくない」おれは言った。「だから今は何も言えない」

「あなたはしばらく前わたしと会った時、名前こそ言いませんでしたが社会的地位のある人物から自分の娘を捜すよう依頼されたと言ってました。それは榊原のことですね？」

「ノーコメント」

「この前送ってきたメールも、その人物についてのことなんじゃないですか？　中は読んでいませんが、依頼の内容とそれに関して起こるトラブルについて書かれているのではありませんか？」

「話せる段階になったら真っ先に知らせる。約束する」

「そんな先の約束より、今話してほしいんです。メールを開きますが、いいですね？」

「友達との約束は守るべきだ。仕事に支障が出るかもしれないが、どっちにしたって騒ぎになるさ。そっちに責任を取れとは誰も言わない。すぐに話すことになるだろう。少しだけ待ってくれ」

何だかんだ夏川が言い立てたが、無視して電話を切った。しばらく放っておこう。

だが、夏川が悩む必要はなかったようだ。事態はいきなり落着した。

夜、再び夏川から連絡があった。榊原浩之が殺人容疑を認めたという。

「二人はどういう関係なんだ?」

「榊原は時政に恐喝されていたようです」夏川が説明を始めた。「まだ調べはついていませんが、やはり時政は高岡組と関係があったようですね。覚醒剤の売買を、高岡組は時政に任せていたようで、どうやら一年ほど前からそんなことが続いていたと思われます」

「そうなんだろう。あんたたちもおおよそのことはわかっていたと言っていたはずだ」

「現在、砥川組は暴力団の看板を表向きは外し、株式会社として建設や飲食関係の事業に携わっていますが、傘下に団体をいくつか抱えています。その中に試衛愛国会という政治団体があるんです」

「ヤクザらしいネーミングだ。右翼だな?」

「もちろんです。何をしているというわけではありません。引退したヤクザが集まってたまに新聞のようなものを発行しているだけですが、砥川組が関わっていることは事実です。試衛愛国会は榊原浩之の祖父の時代から榊原家と関係があり、当時は選挙に協力したり政治献金をする間柄でした。武蔵野市を地盤とする政治家と、地元暴力組織が密接な関係を持っていたんですね」

「昔のことだろう」

「そうですが、今も続いていることは続いてるんです」夏川の声が低くなった。「少額ですが献金をしていますし、お歳暮、お中元、冠婚葬祭に花を出したり、つきあいはあります。来年の武蔵野市長選については、榊原浩之を応援する姿勢を打ち出しており、少し前から活動も始めています。まだ挨拶程度のことですが、商店組合などに榊原への投票を要請しているようですね」

「そんなことをしなくたって浩之は勝てる」おれは言った。「楽勝するはずだ」

「榊原陣営がそんなことを指示したわけではないのでしょう。勝手な考えで動いていると思われます。ですが、公職選挙法違反です。その話を時政は高岡組経由で知った。それをネタに榊原を脅迫し、金を要求してきたと話しています」

「浩之は関与していなかったわけだろう？」

「反社会勢力との関係があったことは事実で、政治献金を受け取っていたのも本当です。形の上で試衛愛国会は砥川組とは無関係ですが実態はそうではありません。明るみに出ればマスコミは騒ぐでしょう」

「それで？　金を払ったのか？」

「半年の間、要求された額を払っていたということです。時政は市長選を目前にして、榊原が金を支払わなければならない状況にあると判断し、金額を増やすように要求してきました。その話し合いをするため、榊原は時政を自宅に呼んだということです」

「どうなった？」

「深夜に来た時政は、金を払えと脅して所持していたナイフをちらつかせたそうです。ですが話し合いはつかず、激高した時政が暴力に訴えようとした。揉み合いになり、気づくと時政が足元に倒れていたということです。殺意はなく、完全な事故だったと榊原は主張しています」

「なるほど」

「その後の処置については、判断を誤ったと榊原も強く反省しています。すぐ警察に連絡するべきだったと……。ただ、その時は動転していてどうしていいのかわからず、邸内に同居している前野秘書にだけ話し、善後策を相談した。時政が自分の車で来たことはわかっていたので、死体を車に乗せ、マンションまで運ぶのが最善の策だという結論に達したそうです。住所は時政の免許証でわかったと。前野秘書は、自分がやると申し出たそうですが、足が不自由だそうですね。運転できないので、榊原自らが死体を遺棄せざるを得なかったということでした。本人の供述はそんなところです」

「そりゃあ……大変だな」

「そうですね。今、上層部が走り回っています。どう処理すべきか、会議も開かれるみたいです」

「大騒ぎだな」

「はい」夏川が小さく笑った。「偉い人にも苦労していただかないと」

「どうなる？」

「まあ、自供していますからね……死体発見時の状況、凶器も発見され、関係性や動機もわかりましたし。前野秘書の取り調べや現場検証を行いますけど、自供の内容に間違いはないと思われます。ただ、どうなるかは……元参議院議員という肩書は重いですよ。本人は殺意はなかったと言ってますし、それは認められる可能性が高いと思います。密室内の出来事ですからね。本人が否定すれば反証の仕様がないというか……過失致死も怪しいですね。罪名はわかりませんが、事故の方向で話は進むんじゃないでしょうか。正当防衛ということになるかもしれません。時政がナイフを出して脅してきたと言っているんです。身を守ろうとするのは当然でしょう」

「世論が許すかな。警察や検察に政界から圧力がかけられたんじゃないのかとか、騒ぐ奴もいるだろう」

「それは……わからないですけど、マスコミの取り上げ方次第っていうか……どうなるんでしょうね。わたしにもわかりません」

夏川の声が止まった。どうしたと聞くと、川庄さん、とつぶやいた。

「何か知っているんですか？　榊原と時政の関係について、わたしたちにわかってる以外に何か知っていることがあるんじゃないですか？」

「正直に言うが、二人の間に面識があることすら知らなかった」おれは答えた。「浩之とは二回会っている。そこそこ長く話したが、時政や暴力団の話題は出なかった。話を聞いて、おれの方が驚いている」

「娘を捜すよう依頼してきたのは榊原ですね?」

「認めよう。その通りだ」

「今回の事件は、その娘さんと何か関係がある?」

「おそらくないと思う。あると思うか?」

「わからないからわざわざ電話をして、詳しい事情を話したんです。川庄さんも教えてください。警察にわかっていないことはありますか?」

特にないと答えると、二言三言乱暴に罵って電話を切った。なかなか女らしいところがある。よくわからないまま腕を組んで考えてみたが、何も思いつかなかった。

3

八月四日、朝刊を開くと〝榊原元参議院議員逮捕〟という大見出しがあった。そう来たかと思いながらテレビをつけた。

テレビでも事件はトップニュースだった。浩之は死体遺棄の疑いで逮捕されていた。警察は更に詳しい事情を追及しているという。

新聞記事を読みながらテレビを見た。吉祥寺で車のトランクから大学生の他殺死体が発見されたというニュースは数日前に報道されていたが、浩之の名前は出ていなかったし、それほど大きな扱いでもなかった。

報道規制を敷いたとか大袈裟なことではなく、その時点で事件としてはそんな程度のものだった。警察は車を運転していた男から事情を聞いている、というような記事を新聞で読んだが、名前などについてその時は警察も公表しなかったのだろう。

だが、いつまでもそのままにはしておけないという判断が警視庁にもあったはずだ。浩之の名前を発表し、犯人として逮捕したと記者会見でもしたのだろう。そりゃ新聞もテレビも一斉に飛びつくに決まっている。

ただ、詳しい情報を摑んでいるわけではないようだった。警視庁が会見で発表したことぐらいしかわかっていないらしい。

時政について、大学生であるとしていたが、砥川組系の準構成員だったとも言っていて、報道はその視点から進められていた。暴力団と関係していた大学生が、榊原浩之を恐喝していた。金を要求したが、その話がもつれて偶然浩之が大学生を刺した、というストーリーラインだ。事故だということが強調されていた。

もちろん、コメンテーターの何人かは、大学生が死んだ原因は浩之にあるとしたが、全体の方向としては事故死ということになっていた。難しいところで、殺意があったと証明するのは夏川も言っていた通り不可能に近い。凶器のナイフは時政が現場に持っていったものらしいという。

計画性はないと思われたし、本人が殺意を否定しているのだから事故という扱いになってもおかしくはない。おれは榊原浩之という男が好きではなかったが、公平に見てそういう結論に達せざるを得なかった。

本当のところはどうなのかわからないが、どんなに有能な検事でも殺意を立証することは難しいだろう。当然のことだが浩之はもっと優秀な弁護士を雇うはずだから、殺意はなかったと強く主張する。本人の証言を引っ繰り返すのは無理ではないか。

それについてどうこう言うつもりはなかった。殺意の有無は司法が判断するところで、それを信じるしかない。

だからそれはそれで良かったのだが、夜八時過ぎ、家のチャイムが鳴った。出てみると、工藤だ、という声がした。

驚いたが、とりあえずドアを開けた。不機嫌な表情を浮かべて立っていた工藤が、出てこいと命じた。何様のつもりだ。

暑くて外に出たくはなかったが、ちょっと逆らえない雰囲気だった。部屋着を着替えて表へ出た。

無言で工藤が歩く。後についていくと、五分ほど行ったところにあるビアンカーラというバルに入った。おれもよく行く店だ。

「どうした」席に座り、ワインをオーダーしてから工藤を見た。「よく家がわかったな」

「夏川に聞いた」予想通りの答えを工藤が言った。「親しくしてるようだな」

「そういうわけじゃない。時々会って話をするぐらいだ。別にどうこう言われるような……」

「それはいい」工藤が運ばれてきたコーヒーをひと口飲んだ。「話を聞きたい」

「そうでなければ、おれのところに来たりはしないだろう」

おれは煙草に火をつけた。一本くれと言うので、ラークをテーブルに置いた。悪いな、とも言わずくわえる。

「なぜあの晩、時政のマンションにいた？」

「話しただろう。時政は覚醒剤の売買に手を染めていた。少なくとも、そう疑われる節があった。時政に利用されていた人間の親から依頼を受けて、事実確認のため調べていた。あの時あそこにいたのはたまたまだ」

「そんなわけがない」工藤が煙を吐いた。「お前は何か知っている。今、すべて話せ。きちんとした手続きを踏んでお前を引っ張ってもいいが、手間が惜《お》しい。お前のことをおれは好きでね。不愉快な思いをさせたくないんだ」

真顔で嘘をつく工藤に、煙草の煙を吹きかけた。

「おれもあんたのことを友達だと思っている。信頼できる人間の名前を挙げろと言われたら、真っ先にあんたのことを言う。そんなあんたのために言うが、おれは何も知らない。完全に無関係な善意の第三者だ」

お前に善意なんかあるはずがない、と工藤が乱暴に煙草をもみ消した。まだ半分も吸ってないじゃないかと抗議したが、おれの言葉など聞いていなかった。

「テレビは見たか？　榊原が逮捕された。とりあえずは死体遺棄だが、今後別の容疑で再逮捕ということになるかもしれん」

「見たよ。警察は政治家に屈していない、と誰かがコメントしていた。いいことじゃないか」

「榊原の殺意に関しては、俺たちもどうこうすることはできない」工藤が唸った。「本人の主張を崩すのは困難だ。状況から言えば、むしろ殺意はなかったと考える方が整合性がある。いずれにしろ、後は検察の仕事だ。こっちには関係ない」

「それならそれでいいだろう」

「まあそうだ。本庁もその線で決着が着くことを望んでいる。榊原にはダーティなイメージがつくし、市長選どころではなくなるだろうが、お偉方は十年待つつもりらしい。十年後、奴を復帰させるということだな。民自党も人材不足なんだろう」

「政治談義のためにこのくそ暑い中おれを引っ張り出したのか？」

静かにおれを見つめていた工藤が、もう一本くれないかとラークに手を伸ばした。そんなに警察は薄給なのかと聞くと、公務員の中では高給取りだと答えた。

「だったらもらい煙草なんかするな。自分で買え」

「禁煙中なんだ」ちょっと哀しそうな目で工藤が言った。「来月人間ドックでね」

「吸ってるじゃないか」

「少しだけだ。フラストレーションが溜まる職業なんだ。理解しろ」

「……禁煙は初めてなのか？」

「十回目だ。この一年で」さて、と工藤がうまそうに煙を吐いた。「榊原の家を調べた。時政を殺したという部屋だ」

「それで？」

「家は知っているか？　弥生町にある。練馬区との境だ。吉祥寺の駅からはかなり離れているが、祖父の代からそこに住んでいるそうだ。そこそこ大きいが、豪邸というほどじゃない。政治家っていうのはそんなには儲からんのかね」

「知らん。人によるだろう」

「庭がついているが、そこに浩之の書斎が家とは別に建てられている。父親が大学受験の時に作ってくれたものだそうだ」

「マンション住まいの人間に夢みたいな話を語るな」

「榊原の話によると、時政と会う約束をしていたそうだ。妻や子供の前では話せないから、書斎に通したという。中に入ると、片付いてはいたが荒らされた痕跡があった。そこで争いがあったということなんだろう。床に傷が残っていたし、壁にも何というかこすったような汚れがあった。時政が来て、そこで揉み合いになったという話を裏付けるには十分なものだな」

「何かご不満でも？」

おれはワインのお代わりを頼んだ。支払いは工藤にさせよう。

「……見つからなくてね」

「何がだ」

「血痕だよ」工藤が煙草を消して、また新しい煙草をくわえた。「時政は心臓を刺されて死んでいる。だが、どこにも血の跡がない」

「どういうことだ？」

「鑑識によると、凶器の大きさの問題ではないかということだ。凶器は果物ナイフで、小さかった。傷痕も小さい。出血が激しかったとは考えにくい。床に空間があって、どういうことか確認すると、そこにカーペットが敷かれていたという。榊原の話ではその上で刺したらしい。出血はあっただろうが、カーペットの上に垂れたというレベルのことだった。カーペットは前野というジジイの秘書が捨てている。ちょうど不燃ゴミの日だったので、そこへ出したと言っていた。その後カーペットがどうなったのかはわからん」

「説明はつくじゃないか」

「部屋には時政の指紋もなかった。どう思う？」

「……そうなのか？」

「部屋中粉だらけにしたが、見つからなかった。理由は知らん。どうしてだ？」

「恐喝しに行ったんだろ？　立派な犯罪だ。自分が来た証拠を残したくなかったんじゃないのか？　それともついでに強盗もするつもりだった？　時政本人じゃなきゃわからんだろう」

「捜査を担当した他の連中もそう言っていたよ。そうかもしれん。だが、俺は納得していない。何かが間違っている」

「あんたは刑事ドラマの見過ぎだ。正義派ぶってどうする」

「そんなつもりはない」工藤が水を一気に飲んだ。「お前がどう考えているか知らんが、そんなに真面目なわけじゃない。ただ、真実が知りたい。刑事というのはそういう仕事だ。俺は職務に忠実なだけなんだ」

「どう思うんだ？」

「考えがあったらお前のところになんか来ない。顔も見たくない奴の家なんか行くか。

認可も受けていない違法な探偵の意見など聞きたくはない。しかし、腹の立つ話だがお前は何かを知っている。全部話せ」

「そっちもおれを買いかぶっている。ガリレオの湯川先生じゃないんだ。何でも知ってるというわけじゃない。むしろ知らないことの方が多い。そっちが知りたがっていることに対する答えは持ち合わせていない」

「……榊原浩之という男について調べた」工藤が断りなしにまたラークを抜き取った。「家柄、学歴、経歴、どれを取ってもピカピカのエリートだ。選び抜かれたサラブレッドと言ってもいい。その辺の馬鹿な二世議員とは格が違う。実力もあるし、頭も切れる。どっかの数合わせで議員になった奴とは根本が違うんだ」

それはわかっていた。あの若さで、先のこととはいえ総理大臣候補として名前が挙げられるというのは、才能と器量があるということなのだ。

「そんな男がチンピラ大学生に脅かされて、はいはいと金を払うと思うか？　払わなければならない深い事情があったとしても、そんな汚い仕事を自分の手でやるか？　直接会って自ら金額の交渉をするか？　話がもつれて相手を刺したりするか？　死体を乗せて夜道をドライブだと？　そんなことをするのは二時間サスペンスの馬鹿な犯人だけだ。頭がよければ絶対にしない。奴は特別誂《あつら》えのオーダーメードのような男なのに、するはずのないことをしたと主張している。何か裏があると思うのは俺だけか？」

「頭はいい。それはその通りだ。とはいえ、犯罪に関しては素人以下だ。訳のわからないこともするだろう」

「しかし……」

「東大出の、温室育ちのエリートだぞ。社会人経験もないまま、いきなり特権階級の議員様になったんだ。あんたのように世間を知っているわけじゃない。想定外の状況に追い込まれたら、間尺に合わないことだってするさ」

「俺は忙しい」工藤が言った。「だが、違法に営業している私立探偵を見逃すほどじゃない。お前がどんな能書きを垂れても、それが嘘だということはわかってる。本当のことを言え」

「それは別件逮捕だ。言わなければ正式に逮捕状を取って、お前を逮捕する」

「何とでも言え。まともな刑事のすることじゃない。脅迫だ」

「知ってることを白状しろ。お前の息子も、父親が前科者になったら困るだろう。クラスでいじめられるのは間違いない。そんなことは……」

工藤が黙り込んだ。おれがジーンズの尻ポケットからICレコーダーを取り出したからだ。

「無用なトラブルは避けて通りたい。おれは平和を願う一市民なんだ。弱い存在だが、身を守る術は心得ている」

「お前……」

「やりたいようにやればいい。だが代償は払ってもらう。おれに手を出せば、このレコーダーを必要なところに提出する。おれは探偵をどうしてもやりたいわけじゃない。いつ辞めたっていいんだ。だが、そっちはどうだ？　停職処分か、免職か。どっちだと思う？　警察を辞めたいか？」

無言で工藤が立ち上がった。その手に伝票を掴ませる。テーブルをひとつ蹴飛ばした工藤が、レジに向かった。

4

工藤は馬鹿ではない。それはわかっている。やり過ぎるところはあるし、融通が利かない男だが、刑事としてはまともだ。榊原浩之の行動に不審な点を感じたというのは当然だろう。

他にも、警察官の中には同じようなことを考えている奴がいるかもしれない。ただ、そいつらは目に見えない力が働いてるのを感じて黙っている。それが賢い生き方というもので、わかっていて嗅ぎ回っている工藤という人間はやはりどこか欠落したものがあるのかもしれなかった。

とはいえ、工藤の推測は正しい。榊原浩之ともあろうものが、感情だけでチンピラを刺すとは思えなかった。

時政と二人きりで会うというのもおかしい。恐喝の事実があったにせよなかったにせよ、もっと別の理由があったはずで、それは間違いなく亜美に関係していることだろう。

余計なことだとはわかっていたが、少しばかりの義務感から前野のジイさんに電話を入れた。警察の事情聴取でも受けているかと思ったが、榊原家にいると脱力しきった声で答えた。訪ねていきたいと申し出ると、構わないということだったので、翌日の夕方弥生町に向かった。

榊原家は三代続く武蔵野市を地盤にした政治家の家だ。田中角栄の目白御殿には遠く及ばないが、地元では有名だった。

とはいえ、実際に行くのは初めてだ。武蔵野市には子供の頃から住んでいるが、おれだってそんなに暇じゃない。

榊原家の前に立つと、それほど大きいとは感じなかった。弥生町は便利のいい場所とは言えない。昔は畑ばかりだったはずだ。

こういうところに家を構えるというのは、榊原の祖父《じい》さんというのもなかなか苦労人だったのではないか。家の前の道路も狭く、その割に交通量は多くて、立っていたおれをかすめるようにして二台の車が通り過ぎていった。

外から覗きこむと、工藤が言っていた浩之の書斎というのはすぐにわかった。庭の東側にそれはあった。

玄関に立つとドアが大きく開かれた。若い男が出迎えてくれた。秘書のようだった。

「どうぞ」

おれを家の中に招き入れた。外から見ただけだとわからなかったが、中は奥行きのある造りだった。細い廊下が続いている。三つ目のドアのところで、男が立ち止まった。

「どうぞ」

ドアを開けて目礼する。覗くと、車椅子に座った前野のジイさんが片手を挙げてにこやかに笑っていた。

「お座りください。飲み物をお出ししましょう。何がよろしいですか？」

「お構いなく」

そう言ったが、ジイさんはどんどん動き回った。器用に車椅子を乗りこなし、部屋の隅にあった冷蔵庫を開く。缶のウーロンハイを差し出した。

「あなたのために用意させました。よろしかったらどうぞ」

好意には甘えるたちだ。プルトップを開けてひと口飲んだ。

「わたくしはこちらを」テーブルに向かったジイさんが紅茶をポットからティーカップに注いだ。「とにかく、よくいらっしゃいました」

「ここはあんたの部屋なのか？」

さようでございます、とジイさんがうなずいた。十畳ほどの広さだ。車椅子で通りやすいように、家具の間が大きく空いている。障害者向けの配慮が感じられた。

「数年前、浩之様の指示で改装していただきました。老人には優しいお方です」

「そうなんだろうな……ずっとここに？」

「五十年以上になります。先々代がわたくしを書生としてこの家に住まわせてくださって……」

「思い出話はいずれ聞かせてもらう。だが今じゃない。浩之氏について聞きたい」

「まあそうでしょうな」ジイさんが肩をすくめた。「そうでなければこんな年寄りのところへ来るはずがない」

「はっきり聞くが、奴が警察に話したことは事実なのか」

「奴とは失礼ですな……ご本人がおっしゃっているのですから、間違いのないことでしょう」

「おれは新聞記者でもテレビのレポーターでもない。ただ本当のことが知りたいだけだ。奴の自供について、個人的な意見だが妙だと思っている。間違っているか？」

意味がわかりませんな、とジイさんが砂糖を三杯入れる。糖尿になるぞ、と忠告した。

「時政が法に抵触する団体からの政治献金について知っていたというのは本当か?」

「あの男はどうしようもない馬鹿でしたなあ……そうです、どうやって知ったのかはわたくしにも浩之様にもわかりませんでしたが、おそらくは付き合いのあった暴力団関係の人間から仕入れた情報だったのでしょう。半年ほど前、わたくしの携帯に直接電話をかけてきました。わたくしと浩之様の関係も知っていたようでしたな。どこかで聞いたのでしょう」

「そうか」

「わたくしの番号をどうやって調べたのかは不明ですが、わたくしの仕事は名刺をばらまくことで、それには携帯の番号も記してあります。ご存じですな?」

知っている、とうなずいた。ジイさんの名刺をおれも受け取っていたが、確かに携帯番号があった。

「その何とか言う政治結社とは、先々代からのつきあいで、あの時代には何の問題もないことでした。支援団体については、浩之様が先代から跡を継いだ時確認しましたが、武蔵野市以外にもたくさんあります。百を越える数です。すべてを精査することは現実的には難しゅうございました。特に長いつきあいのある団体については、チェックしようがないところがあります。甘いと言われれば頭を下げるしかありませんが、やむを得ないことでもあったのです」

「いきなり金を要求されたのか？」

「さようでございます。ヤクザではないのは話し方でわかりました。数十万円ほどを要求してきたので、浩之様と相談して金を払うことにしました。政治結社については調べ、暴力団との関わりがあることがわかったので献金を中止させましたが、時政は毎月金を要求してきました。過去は変えられませんですからねえ……支払いを続けました」

「だが、要求額が増えた？」

「月百万と言ってきました」ジイさんがため息をついた。「世間は政治家の経済状態を理解しておりません。政治は金がかかり、余裕は決してありません。市長選を控えていた浩之様からならゆすりとれると踏んだのでしょうが、百万は無理ですな。話し合う必要を感じ、わたくしが手配しました」

「この家に呼んだ？」

「外部に漏れてはならない話ですからね。店やホテルというわけにはいきません。交渉事はこちらのホームでやるべきです。ご家族にも内密にしなければなりませんから、時間も深夜を指定し、庭の書斎に来るように伝えました。交渉がまとまればその場で金を支払うと言うと、すぐ了解しました」

「そこがわからないのだが、あんたは立ち会わなかったのか」

「そのつもりでしたが、足がねえ……」ジイさんが膝をさすった。「そりゃあとんでもない痛みで、立ち会うどころではありませんでした。他の若い秘書を同席させるわけにもいきません。多少リスクはありましたが、浩之様が一人で会って話をつけると強くおっしゃったこともあって、それに従いました。浩之様は交渉事のプロでございますからね。問題はないだろうと判断したのですが、それは誤りでした」

「時政がナイフを持ってきていたのは知っていたのか？」

「わかりませんでした。ボディチェックをしたわけではありませんので」

「あんたはその間どうしてた？」

「起きて待っておりました。どれぐらい待っていたのか……それは覚えてません。とにかく、浩之様から電話がかかってきました。来てくれとおっしゃる。何かまずいことがあったのは声でわかりました。すぐに行きましたよ。いやはや、悪夢を見ているようでしたな」

「時政の死体を見つけたか？」

「床に転がっていて、死んでいることはすぐわかりました。長く生きていればそれぐらいのことはねえ……浩之様は真っ青な顔で立っておられた。ナイフを持っていましたが、手が震えておりました。カーペットに血が垂れていましたが、それほどの量ではなかった。揉み合っているうちにこうなったと、事故だと浩之様は申された。その通りだと思います。ナイフを出した時政が悪い。自業自得というものです」

「それからどうした？」

「間違った判断をしましたな」ジイさんが右手で額をはたいた。「もうわたくしも引退した方がよろしいようです。浩之様にはそう申し上げました」

「何をしたのか聞いている」

「すべてを隠蔽しようとしました」ジイさんが言った。「その時はそれが一番いいと思いましたし、隠し通せるだろうという自信もあった。時政が誰にも言わず榊原家を訪れていたことはわかっていましたし、真夜中にここへ来たことも、誰も見ていないだろうと考えました。この辺は住宅街ですから、そんな時間に出歩く者はいないのです」

「時政が誰にも言ってないとどうしてわかるんだ」

「おや、あなたともあろう方が……。うまい話は独り占めするものではないのですか？それに、それが交渉の大前提だということも伝えてありました。時政としても嘘をつくところではないでしょう」

「なるほど」

「……幸いというべきか、それほど血が流れていたり、書斎が修復不可能なほど荒らされていたわけでもなかった。浩之様が死体を家にあった不透明のビニール袋で包み、外へ運びました。時政が車で来ていたのはわかっておりました。キーも免許証も持っていましたから、後は難しくなかった。トランクに死体を積んで、免許証にあった住所まで運んでいき、乗り捨てておく。トランクの死体など、そう簡単に見つかるものではありません」

「浩之が運転していった？」

「わたくしのこの足ではできませんので」ジイさんが両足に触れた。「一緒に行くと申し出ましたが、足手まといだと言われました。その通りですな。わたくしは部屋の後始末をすることにして、浩之様は出ていかれました。帰りはタクシーを捕まえると。問題はないはずでした」

あの男が恐喝だけではなく、覚醒剤の取引にまで手を出しているような馬鹿でなければ、と付け加えた。

「警察に見張られているほどの悪だとは……世の中、そういうことなんでしょう。悪いことをするのは難しゅうございますな」

ジイさんが紅茶のお代わりを注いだ。あんたはどうやって浩之が警察に逮捕されたことを知ったのかと聞いた。武蔵野警察署には知り合いがおります、とつぶやいた。

「榊原家とは長いつきあいがあります。警察署長が年に一度挨拶に来るほどの間柄ですよ。浩之様が逮捕されたようだが、どういうことなのかという電話がかかってきました。癒着と言われても困ります。友人同士の連絡です。わたくしも、帰りが遅いので、何かあったのだろうと考えていたところでした。最初はなぜ捕まったのかわかりませんでしたが、事情がわかればむしろ簡単です。やるべきことをやりました」

「なぜ自供した？」

「人聞きの悪いことをおっしゃる……これは殺人ではありません。事故です。わたくしたちは時政が死んだ時点で、警察に通報するべきでした。事実をありのまま話せば良かった。その方があらゆる意味で事態を穏便に処理することができたでしょう。ただね、人間というのは……馬鹿なことをするものです。あの時はやむを得なかった。ですが見つかってしまった以上、すべてを正直に話すべきだと浩之様は判断されたのでしょう。正しいと思います。あくまでも事故なのです」

おれは煙草を取り出して一本くわえた。灰皿は本棚のところに、とジイさんが指さした。

「よくできた話だ。どこにも矛盾はない」

おれの感想に、ジイさんがにこにこ笑った。

「だが、嘘がある」灰皿に灰を落とした。「あんたのご主人様がそんなに間抜けだとは思えない」

「賢い方ですが、人間です。間違うことはございます」

「元議員が恐喝されたぐらいでチンピラ大学生と二人きりで会ったという話を信じろと？」

「あなたは今の、現実の政治家というものをわかっていない」ジイさんがテーブルのアロマキャンドルに火をつけた。「わたくしたちにはひとつの誤りも許されないのです。二、三十年前なら、政治家と暴力団の間にはつきあいというものがありました。個人的な意見ですが、悪いことばかりではなかった。むしろ有権者のためになる場合も多かったのです。しかし、そういう時代ではなくなりました。暴力団とどのような形にせよ関係を持つことは政治家にとって致命傷になります。献金であれ何であれ、あってはならないことでした。どのように対応するかは別として、恐喝してきた人間とは直接話さざるを得なかった」

「本人自らが？」

「時期もあります」ジイさんが舌打ちした。「市長選に立候補することを決めたのとほぼ同じでした。タイミングが悪かった。誰かに相談できる状況ではなかったのです。できれば金で片をつけたかった。だが、限度があります。払えないものはどうにもなりません。他の秘書や関係者には話せないデリケートな問題です。浩之様とわたくしで対処するしかなかった」

「先生自身がねえ……」

「あの方の長所でもあり短所でもありますが、自分の能力に自信を持っておられる。自分で考え、自分で決断し、自分で動く。そういう方です。あなたにはおわかりのはずだ。あなたに亜美様のことで依頼をしたのが本人だったのは覚えておられますな？　他言無用の案件については自分ですべてを行う。そういう方です。時政と自分で交渉すると決めたのは、不思議でも何でもありません」

「時政は本当に浩之を恐喝していたのか？　あんたらは金を払っていたのか？　その証拠は？」

「半年で二、三百万円ほど支払いました。連絡はすべて公衆電話からで、金は裏金を用意し、そこから支払っていますので帳簿にも記載はありません。恐喝されていた証拠と言われても、これこれこうだったというようなものはないのです。しかし、恐喝されていたことは確かです。信じていただくしかありません」

「榊原浩之が恐喝者と直接会うような迂闊《うかつ》な人間とは思えない」おれは二本目の煙草に火をつけた。「そんな危機意識の低い人間に務まる商売なのか？　仮にも総理大臣候補だろう？」

「……何をおっしゃりたいのですか？」

「恐喝されたとあんたは言うが、その本当の理由が知りたい。暴力団からの不正献金がネタではなかったんだろう。おれは亜美のことだったのではないかと思っている」

「亜美様？」

「時政と亜美はつきあっていた。それだけならともかく、時政は亜美に覚醒剤の売り子をさせていた。知っていたかどうかは別として、あの子は犯罪に加担していたんだ。亜美が時政に、自分と榊原浩之の関係を話していたとしたらどうか。亜美が時政を深く信頼していたことはわかっている。もっと言えば惚れていた。好きな男には何でも自分のことを話すのが恋というものだ。時政はそれをネタにして、浩之を脅していたんじゃないのか」

「知りませんな」

打てば響くようにジイさんが答えた。隠し子の存在は暴力団の不正献金よりイメージが悪いだろう、とおれは言った。

「奴が娘の存在が露見することを恐れていたのは、おれに依頼してきたことからもわかっている。おまけに、覚醒剤取引に絡んでいる不良娘とわかれば世間はどう思う？　マスコミは？　市長選はどうなる？　そう言って時政はあんたたちを脅していたんじゃないのか？」

「知りませんな」

「いくら時政が要求したのか知らんが、金の問題ではなかったんじゃないか。あんたたちは時政を黙らせようと最初から考えていたんじゃないか？　はっきり言おう。殺意があったんじゃないか？　娘を犯罪に巻き込んだ男への怒りを含め、時政の口を塞ごうとしたのではないのか？」

ジイさんがおれの目をじっと見つめ、不意に高笑いした。

「あなたと知り合えて良かった。老人には笑いが必要です」

「どうなんだ。答えてもらおう」

「知りません。何をおっしゃっておられるのかわかりません」

「本当か？」

「口封じのために政治家が自分で人を殺すなど、戦前だってあったかどうか。二十一世紀でございますよ。そんなことをする政治家など、この国には存在しません」

中国ならわかりませんが、とにこりともせずに言った。ジョークなのかそうでないのか、よくわからない。

「いずれにせよ、亜美様と時政の間に関係があったというような話は聞いたことがありません。時政もそんなことは言っておりませんし、今初めて聞いて、わたくしが一番驚いております。知らないのに、殺す意図など持ちようがありません。あなたの話は興味深いが、あり得ないことです」

「事故と殺人では何もかもが違う」ウーロンハイの缶をテーブルに載せた。「殺意があったのなら、それは殺人だ。時政はクズだが、だからといって殺してもいいというわけじゃない。榊原浩之は人殺しだとおれは考えている。殺人を犯した者は、その罪で裁かれるべきだ」

「殺意などありませんよ。わたくしたちはそんなことを考えてはいなかった。それにですよ、もしそうだったとして……何か問題はありますか？　おっしゃる通りで、あの男は最低のクズですな。生きているだけで害毒を撒き散らすような男です。排除するのはむしろ公益でしょう」

「まったくの同意見だが、結論は違う。三代続く政治家のエリートでも、たとえ総理大臣でも、越えてはならない一線がある。それがわかっていない奴に公益などと言ってほしくはない」

「……どうされるおつもりですか？」

「殺意があったことを証明する。浩之は人を殺した。その罪で裁かれるべきだ」

そんなことはできませんよ、と哀れむような目でジイさんがおれを見た。

「あなたにそんな力はない。ですが、わたくしたちは違います。バックには国家がついているんですよ。意味のないことはお止めになった方がよろしい。年寄りの忠告は聞くものです」

「見逃せと？」

「そうではありません。事故を事故と主張するのは正当な行為です。それは権利ですよ。特別扱いしろとは言っていません。事実をありのままに述べ、認められたらそれに則った処置をしてほしいだけです。仮に、すべてあなたのおっしゃった通りだとしても、殺意があったことを証明することはできませんよ。殺意というのは本人の心の中にあるもので、他人に推察出来るものではないのです。無意味なことは止めた方がよろしい」

「ウーロンハイは美味しかった」おれは立ち上がった。「邪魔をした。また会えるのを楽しみにしている」

「もうそのような機会はないと思います」ジイさんがぽつりと言った。「あなたが何か考えを持っていること、それを確かめるためにわたくしを訪ねてきたのはわかっておりました。浩之様にとって不利益になるような行動をされるつもりもおありでしょう。だからお会いしたのです。そんなことをしてはなりません。お互いに不愉快な思いはしたくないでしょう？　それでもあなたが何かするというのなら、わたくしも全力で潰しにかかります。脅かしではありません。本気で申し上げております」

「どうする気だ？」

「具体的な話はできませんが、榊原家の総力を挙げるとだけ言っておきましょう。今回の事件でわたくしたちは大きなダメージを受けました。十年は表舞台に立てないでしょう。しかし、逆に言えば何をするにしても躊躇《ちゅうちょ》する必要はなくなったということでもあります。浪人の身の政治家に、怖いものなどありません。何も守るべきものはないのです。やるべきことをやります。そういう立場であることをお忘れなく」

ジイさんが微笑みながら言った。目が据わっていた。

老人を意地にさせると面倒なのはわかっていたので、失礼しますと礼儀正しく言って部屋を出た。また送ってくれなかった。

5

榊原家を出たところで、亜美の携帯に電話をした。亜美がいなくなってから何度も同じことをしているが、毎回留守電につながるだけだ。今回も同じだ。出る気はないらしい。

目の前をワゴン車が通り過ぎていく。ミラーがおれの腕に触れるくらいの近さだった。危うく避けながら、夏川に電話を入れた。

「川庄だ。その後どうなったのか知りたくてね」

「マスコミみたいなこと言わないでください。部外者に話すことなんてありません」

夏川が暗い声で言った。そこを何とか、と猫なで声を出した。

「何かないか？」

「……榊原家の顧問弁護士が大車輪で動き回っています」疲れた声の返事があった。

「高村《たかむら》っていうんですけど、有名な人らしいです。上の連中はみんな知ってました」

「何をしている?」

「殺人や過失致死どころか、正当防衛を主張しています。あれは偶発的な事故で、榊原浩之には一切の責任はないと主張しているそうです。死体遺棄についても、病院に運ぼうとしていたと言い出しています。さすがにそれは通らないと思いますが……」

「どうなる?」

「わかりません。ですが……起訴できないかもしれません。榊原の主張がその通りだとすれば、法的にはどうしようもないんです。現場の刑事たちは全員榊原と弁護士の主張を認める方向で考えているようです。上は言うまでもありません。何もなかったことにしたいんです」

「率直な意見を聞きたい。どう思う?」

「計画性がなかったことはそうなんだろうと思います」夏川がため息をついた。「凶器も時政が持っていったもののようですし、殺意はなかったというのは事実なんじゃないでしょうか。事故かどうか真相はわかりませんが、榊原の地位や経歴から言って、主張を認めなければならなくなるんじゃないかと……時政は若くて大柄です。腕力もあったでしょう。そんな男にナイフで脅かされたら、恐怖を感じたのは間違いありません。ナイフを取り上げようとするのは自然な行為です。揉み合っているうちに刺してしまったというのは、十分に有り得ることなんじゃないでしょうか」

それはその通りだろう。浩之も体を鍛えていたようだが、そこは四十五歳だ。二十歳そこそこの若い奴にかなうわけがない。脅されてパニックになり、そのまま争いになったということは理解できた。

「時政はナイフを何のために持っていった？」

「それは……本人でなければわからないでしょう。おそらくは護身用なのだと思いますが……ナイフが榊原家のものでないことは、家族が証言しています」

「客観的な意見を言ってくれ。殺意はあったのか？」

「……なかったと思っています」夏川の声に迷いは感じられなかった。「少なくとも、計画性はなかったと。恐喝されていたことは事実なんでしょう。時政は金を要求していた。榊原も応じていたと言っています。問題は金額で、その交渉のために会ったと主張しています。常識的に考えて、そういうことなんだろうと思いますよ。元参議院議員で、次期武蔵野市長の有力候補が、自分の手を汚して脅迫者を殺すなんて、そんなこと考えられません。殺意はなかったと思います。仮にあったとしても、それを立証することは……できません」

そういうことになるだろう。だが、別の動機があったとすればどうか。金の話はともかく、それ以外の何かがあったとしたら？

「……川庄さん、何を知っているんですか？　教えてください。捜査に協力してください」

「もう少し時間をくれ。また連絡する」

おれは電話を切って、歩きだした。やるべきことは一つしかなかった。

6

榊原浩之の殺意を立証するためには、動機を証明しなければならない。具体的には、時政が浩之と亜美の関係を知っていたことを明確にする必要があった。

暴力団との不適切な関係について、その情報を知った時政が浩之を恐喝していたとして、万一交渉が決裂した場合、時政はその事実を暴露しようとしたかもしれない。だが、浩之としては打つ手があったはずだ。

早い話、砥川組と話すことはできた。試衛愛国会と砥川組はつながっている。会とは祖父の代からつきあいがあるというのだから、相談する相手ぐらいはいただろう。

そちらから手を回して、時政と話をつければいい。暴力団が何をするかわからないが、チンピラ大学生を黙らせることは簡単だろう。それができないほど力がない組織ではない。

もちろん、そんなことはしたくなかっただろう。チンピラ大学生なんかよりもっとタチの悪い連中に弱みを握られることになる。

だが、それしかないのなら選択の余地はない。とりあえずの危機からは脱せられるのだ。

不正な政治献金というのは、それぐらいの対処で済む問題だとも言えた。だが、亜美との関係についてということになると、ちょっと話は違ってくる。

時政が亜美と浩之の関係を知り、それをネタに脅していたとしたらどうか。浩之は前野以外、秘書や身内の人間にもその事実を隠していた。話せるわけがない。

前野のジイさんではないが、現代の政治家はクリーンさが求められる。浩之の場合は特にそうで、若さと清潔さを有権者にアピールし、その支持を得てきていた。

不正な政治献金を受け取っていたということが明るみに出れば、ダメージになっただろうが、致命傷になるとは思えない。試衛愛国会との関係は浩之の祖父が作ったもので、浩之本人の責任ではないことは明らかだ。どうにでも言い逃れることはできただろう。

だが、亜美のことは違う。亜美の母親と亜美を捨てたのは浩之で、浩之本人の意志による決断だった。

いろいろ事情があったことは確かだろうが、やり方としては弁解の仕様がない。総理大臣になるという自分の権力欲のために女と娘を捨てたというのは、イメージダウンに直結する話だ。

好感度は急降下するだろう。大きなダメージを被るはずだった。

浩之がどう言い繕《つくろ》っても、認知もしてもらえず、母子揃って捨てられたと亜美本人が公表すれば、世論は亜美の側につく。愛していた恋人と娘を自分の都合で捨てた政治家というのは、間違いなく女性全体を敵に回すことになる。

あいにくなことに、浩之は女性からの支持が高い政治家だった。選挙どころか、政治家としても総スカンを食らうだろう。

時政が亜美とどのように知り合い、男女の関係になったかはわからない。亜美も話さなかった。

亜美のような、少し大人びた子が年上の男とつきあうようになるのは、おれが高校の時もそうだった。美人の同級生は、大抵年上とくっついていたものだ。同級生は子供に見えるのだろう。

だから亜美が時政に魅かれたのはわかる。真面目で優等生な女の子ほどワルの臭いのする男に弱いのは、これもまた昔から決まっている話だ。

亜美は時政に夢中だったのだろう。もしかしたら初めてつきあった男なのかもしれない。まっすぐな心で時政だけを見つめ、信じていたのではないか。

自分のことをわかってほしい、知ってほしいというのは、恋する者に共通する心理だ。亜美が自分の過去をすべて語っていても不思議ではない。

だが、時政が亜美のことを真剣に考えていたとは思えない。そういう発想すらなかったのではないか。

あれだけ多くの女とつきあえる男だ。亜美は何人もいる女の一人に過ぎなかった。

そんな時政は、亜美から父親の話を聞いて、金になると踏んだ。亜美は時政の言いなりだ。

マインドコントロールではないが、完全に支配下にあった。時政がそうしろと言えば、父親と自分の関係について公な形で発表しただろう。

それをネタに強請《ゆす》った。浩之にとっては最悪の事態だ。誰にも相談はできない。そんなことをすれば、一生弱みを握られることになる。

もちろん、暴力団などに処理をさせるわけにもいかなかった。もっとひどい形で、金から利権から奪い取られるだけだ。誰にも言えないまま、浩之が自分で時政の口を封じる決断をしたとは考えられないか。

結果として時政の死体を乗せた車を運転しているところを警察に見つかったから今のような状況になっているが、そんなことは想定していなかっただろう。浩之の計算はよくわかる。

時政が自分との関係を警察に話すことはないし、榊原家に行ったところを見ていた者

も いない。連絡や金の受け渡しについても、痕跡は残していなかった。誰が見たって、二人の間に関係はなかった。

それを踏まえて、浩之は時政を殺害した。時政の車のトランクに積んで、マンションの駐車場に運べば事は済む。

死体は相当長い間発見されなかっただろうし、いつどこで殺されたのかさえ誰にも正確なところは判断できなかっただろう。

絶対に安全だった。だから殺した。

警察に見つかったのは不運以外の何物でもない。しかも、浩之はリカバリーを諦めなかった。政治力と財力に物を言わせ、自分の政治家としてのダメージを最小限にしようとしている。クズなら殺してもいいと考えているのは明らかで、黙って見ているわけにはいかなかった。

殺意があったことを立証しなければならない。そのためには亜美を見つけ、亜美の口からその事実を証言させなければならなかった。問題は亜美がどこにいるかだが、何としても捜し当てなければならない。

もしかしたら、浩之も人を使って亜美を捜しているかもしれなかった。亜美が沈黙していれば、浩之は再起を早い段階で考えることができる。

つまり、亜美が喋ったら終わりなのだ。おれと浩之のどちらが先に亜美を探せるか、そういう展開になっているようだった。

7

午前中、亜美を捜して吉祥寺の町を歩き回った。まず亜美のマンションに行き様子を探ったが、ドアには鍵がかかっており、いないことがわかった。

吉祥寺の町で目立つ不良の溜まり場や、時政の大学のクラスメイトなどが現れるような場所にも行き、亜美のことを知らないかと尋ねて回ったが、誰もが知らないと答えた。吉祥寺にはいないのかもしれないと思ったが、結論を出すのは早い。それでも、夜中まで捜索を続けたが手掛かりひとつ見つけられなかった。

亜美がおれの家を出ていってから、一週間ほどが経つ。どこでどうやって過ごしているのか。

時政のところにいた可能性はあるが、ちょっと考えにくい。よほどの相手でなければ時政は女を家に入れない。時政にとって亜美は金づるだったかもしれないが、そこまで大事ではなかっただろう。

ではどうしたか。時政が高岡組に亜美を引き渡したという最悪の可能性が考えられた。

そうなると、おれとしてはどうしようもない。奴らが亜美をどうしたかなどわかるわけがないのだ。地方にでもやったか。まさかと思うが、本当に口を封じたか。

本家である山岡組は全国に組織を持っている。北海道でも沖縄でも、亜美を送り込むことはできた。

その辺りの事情を知っている人間に、一人だけ心当たりがあった。夜中になるのを待って、チャチャハウスに向かった。

マスターにウーロンハイを注文し、飲みながら辺りを見回すと、ボックス席に佐久間と源ちゃんが座っていた。にやにや笑いながらこっちを見ている。

「君の瞳に乾杯」

佐久間がアイスミルクのグラスを高く掲げた。ウーロンハイを手に持って、隣に座った。

「これは自分の金で飲んでいる」佐久間が言った。「またウーロンハイか？　たまには他のも飲んだらどうだ？」

「そのままお返しする。オレンジジュースぐらいならおごってやるがね……どうなんだ、もろもろ順調か？」

「そうでもあり、そうでもない」佐久間が哲学的な表情を浮かべた。「ぼちぼちってとこだ」

「そりゃよかった」

おれたちは静かにそれぞれグラスを傾けた。聞きたいことがあると言いかけたが、あの女の子はどうした、と佐久間が先に言った。

「亜美のことか?」

「そんな名前だった」

「しばらく前に出ていった。姿を消したんだ。捜しているが、見つからない」

「どこへ行ったんです?」

源ちゃんが聞いた。わからない、とおれは首を振った。それを聞くために会いにきたつもりだったが、様子を見ていると何も知らないようだった。頭のいい子だ、と佐久間がアイスミルクにガムシロップを注いだ。

「何か考えがあるんだろう。自分の力で生き抜いてるさ」

川庄さん、とマスターが呼ぶ声がした。入り口を指さしている。京子ちゃんが立っていた。後でまた話そう、と言って席を立とうとしたが、腰が動くことを嫌がった。

「……亜美のことを知っているのか?」

「うん?」

佐久間が口臭消しを取り出して、口に吹きかけた。あんたは亜美が頭のいい子だと言った、とおれは体を正面に向けた。

「そうだ。あの子は十七歳とは思えないほど賢い。だが、それをなぜ知ってる?」

佐久間が両腕を広げる。おれが煙草をくわえると、源ちゃんが目にも止まらない速さで火をつけた。

「……前に、お前に話を聞いた。その印象で言っただけのことだ。知ってるわけじゃない」

「そんな話をしたことはない。なぜ知ってる? あの子と話したことがあるな?」

「……わかったって……そんな顔するな」飲めよ、と佐久間が言った。「一度会った。話を、友好的な話をしただけだ」

「いつ会った?」

「先月の終わりだ」

「はっきりしろ。いつだ?」

「……七月の……二十八日だったかな」佐久間がアイスミルクを一気に飲み干した。

「こっちにもいろいろあったんだ」

「……話してくれ」

アイスミルクをおごろう、とマスターに手を挙げる。ガムシロップももらえますか、と源ちゃんが言い添えた。

8

七月は大変だった、と佐久間が運ばれてきたアイスミルクに口をつけた。そうか、とおれはうなずいて、自分で新しい煙草に火をつけた。源ちゃんが残念そうな目で見ている。

「高岡組が妙な動きをしていたのは話したはずだな」佐久間が前髪を整えながら言った。「親である砥川組に無断で覚醒剤をさばいている形跡があるとも言った。放っておくと面倒なことになる。早いうちに何とかしたいと」

「聞いた」

「おれは子会社の人間だ。信頼している親会社の幹部に相談した。あまりよろしくない事態だ、ということで意見が一致した。その幹部も吉祥寺の町に波風を立てたくないと思っていた。徹底的に調べようということになった。おれたち子会社の人間だけではなく、親会社、つまり住水連合も動くということだ」

「それで？」

「子供は子供同士でつきあうが、親も親同士でつきあう。ママ友みたいなもんだな。うちの幹部が山岡組のお偉いさんと仲良しでね。ぶっちゃけた話をした。山岡組は孫である高岡が覚醒剤を吉祥寺に持ち込むことを黙認していたんだ。もちろん砥川組も知ってた。積極的に勧めていた感触さえあった。どういう意味なのか、必死こいて考えたさ」

「どういうことになった？」

「吉祥寺の分割統治にピリオドを打って、奴らが町を独占しようとしていることだろうという結論が出た。あり得ない話だ。戦後何十年も砥川組と清風会が共存していたことを考えてくれ。おれたちはうまくやっていた。それぞれの利権を守り、互いに手出しせず、平和に町を治めていた。二つの組が心を一つにしてリスペクトしあい、問題なくやってきていたんだ。それが可能なぐらい、吉祥寺っていうのは金が流れる町なんだな。おれたちはそれで満足していた。向こうもそうだと信じきっていたが違った。平和ボケしていたと言われればそうかもしれんがね」

おれはウーロンハイのお代わりを頼んでから話の続きに耳を傾けた。

「情報の確度は高いが、絶対確実とも言い切れなかった。考え過ぎなのかもしれない。ひとつ間違えたら、それが元で戦争になることだって十分あり得た。痛くもない腹を探られたら、感情的になるのがヤクザだからな。信頼関係を疑うような真似をすれば、面子に関わってくる。だから慎重に裏を取った。時間のかかる仕事だった」

「裏は取れたのか？」

「百パーセントではないがね。四年前に砥川組の本家である山岡組の親分が死んで、跡目を六代目が継いだ。そこで山岡組は方針を変えたんだな。利権を拡大する方向で組を運営していくと決めた。そのとっかかりのひとつが吉祥寺だった。他の県や都市でも同じことが起きているんだろうが、それは知らない。わかったのは、山岡組が吉祥寺を独占すると決めたことだ」

戦争も辞さないということだ、と佐久間が二杯目のグラスを持ち上げた。

「やるからには勝たなければならない。ヤクザの鉄則だ。勝つための準備には時間と金がかかる。四年かけて、それをほぼ整えた。おれたちはそれに気づかず、ただぼんやりしてた」

「そうか」

「ただ、戦争に反対する山岡組の幹部もいた。先代までのやり方を変えるのはどうだろうかということだな。山岡組の親分だってヒットラーじゃない。無茶はできんさ。そういう連中の顔を立てる必要もあったんだろう。とりあえず高岡組を動かし、今まで禁じられていた覚醒剤の売買を始めさせた。それが一年ぐらい前のことらしい」

「それで高岡組が動き出した？」

「親や本家が了解してるんだ。高岡って男は金のためなら何でもする。喜んで動き回った。ただ、馬鹿じゃない。立ち回りはうまかった。時政を使って覚醒剤をさばいたから、おれたちはかなり長い間どうなっているのかわからなかったんだ」

「ようやく、数カ月前にあんたが気づいた？」

「そういうことになる。ある程度事情がはっきりしたのは本当についこないだのことだ。うちの親たちは、ぶっちゃけ戦争なんかしたくなかった。そうである以上本家同士で話し合って政治的な決着をつけなければならなかったが、高岡は器用に立ち回っていて証拠を残さなかった。何もなしに話し合うといったって、そんなことが通らないというのはわかるだろ？　下手すれば、言い掛かりをつけられたから戦争だ、ということにもなりかねない」

「わからんでもないな」

「高岡が何をしているかを証明するのに時政を押さえる必要があったが、奴もうまくやっていて、おれたちは直接手を出せなかった。九十九パーセントクロだが、万一シロだったら警察が出てきておれたちをパクる。素人の大学生を脅かしたということになれば、警察は躊躇しない。喜ぶのは高岡や砥川組、そして山岡組さ。動きの取れなくなったおれたちを追い込み、吉祥寺から追い出すだろう。町は奴らのものになる。時政が覚醒剤を売りさばいていたことを立証するためには、奴が売り子として使っていた女の子たちの証言を取るしかないとなった」

「だが、駄目だったんだろう？」

「おれたちが向こうの動きに気づいたのと同じく、向こうもこっちの動きに感づいていた。向こうはやる気満々だったからな。戦闘意識も高かったんだろう。おれたちが女の子を押さえようとした時はもう遅かった。女の子たちは吉祥寺からいなくなっていたよ。高岡組の連中が隠したんだ。最後に残っていたのが亜美って子だ」

「なるほど」

「今だから言えるが、その時点では亜美という名前もわかっていなかった。その子は数カ月前から行方がわからなくなっていた。時政とは連絡を取っていたはずなんだが、そこもはっきりしない。幻の少女だな。本人が何か感づいていたのかもしれない。うまく身を隠していた。名前などがわかり、おれたちが本格的に捜し始めたのは七月に入ってからのことで、高岡組もほぼ同時に亜美を押さえようとしていた。お前がおれのクラブであの子を捕まえたのはその少し前で、あの時はあの子が捜している亜美って子だとはわかっていなかったんだ。間抜けな話だな。しばらくしてからそれがわかって、慌てて会わせてくれとお前に頼んだ。おれも落ちたもんだ」

「覚えている。亜美が断ったな」

「あの子にはわかっていたんだろう。おれと会えば面倒なことになるってな。あの子はお前の家に籠もり、一切外に出なかった。時政や高岡組は気づいていなかった。無関係な探偵の家に隠れているなんて、考えもしなかっただろう。当然の話だ」

「うん」

「お前の家に乗り込んでいってもよかったんだが、そういう暴力的なやり方は好きじゃないし、何か間違いがあれば警察が介入してくることになる。高岡たちが気づいていないことはわかっていたから、焦らなくてもいいということもあった。ずっとお前の家を張ってたんだ。一人で出てくればどうにでもできたんだが、あの子は出てこなかった」

「あんたは、関西へ出張に行くと言っていたな」正面から佐久間を見つめた。「どこへ行った？　何の用があった？」

「大阪で系列の組の親分が死んでね。葬式に出席した。つきあいが大事な業界なんだ」

「その時神戸まで足を延ばしたんじゃないのか？」

佐久間が腕を組んだ。そうなんだな、とおれは言った。

「神戸まで行き、インターネットカフェから警視庁にタレコミのメールを送った。神戸からそんなことをしたのは山岡組の人間の内部告発だと思わせるためだ。違うか？」

「お前はなかなか勘がいい」佐久間が微笑んだ。「そうだ。警察に情報をチクったのはおれだよ。あの時点で、山岡組が吉祥寺を独占支配するために戦争を仕掛けてこようとしていると、おれの中では確信があった。高岡組や砥川組の動き方を見ていればわかるさ。心証は真っ黒だった。向こうがその気なら、こっちもやるしかない。だが、おれは子会社の役員クラスの人間で、本社に直で訴えられる立場じゃなかった。覚醒剤の売買について、確実な証拠も証人も用意できていなかった」

「哀しい話だな」

世の中はそういうものだ、と中間管理職的な笑みを佐久間が浮かべた。

「こっちには戦争の準備なんかしてない。気づくのが遅すぎたんだ。戦争が始まったらあっと言う間にやられる。非常事態だった。自分たちでどうしようもないのなら、誰かの力を借りるしかない。頼りになるのは警察さ。情報を流し、詳しい事情を伝えれば、それなりに動いてくれるだろう。もし何もしなくても、おれに損はない。かかる費用は神戸までの電車賃ぐらいだ。ノーリスクハイリターンだよ」

「それから、どうした?」

「警察がどこまで動いてくれるかはわからない話だ。動くだろうと期待はしていたし、そうせざるを得ないような情報を送ったが、確実じゃない。とにかく女の子を押さえ、覚醒剤を売っていたことを証言させなければならない。東京へ戻った時点で、それがはっきりした。気は進まなかったが、ちょっと強引な手段に出るしかなくなっていた。時間がなかったんだ。戦争が始まる前に、事を収めなければならなかった」

「それがあの日か」

「最悪、直接家に乗り込むつもりもあった。こっちも必死でね。吉祥寺の平和が懸かっていたんだ」

「地球を守るスーパーヒーローみたいなことを言うな」

「そんなつもりじゃないが、町を救えるのはおれたちしかいなかった。それは本当だ。一般市民なんかより、よほどおれたちの方が平和を願っている。おれたちは法律を順守するし、くわえ煙草で歩いたり立ち小便をしたり満員電車の中で携帯で喋ったりしない。どんなに気を使って生きているか、お前にはわからんだろう」

「そんなあんたが亜美をさらった？」

「そう言うな。暴力をふるったわけじゃない。傷ひとつつけるつもりもなかった。話が聞きたかっただけなんだ」

「乱暴すぎる」

「あの日、どういうわけか亜美が外に出てきた。お前の息子と一緒だった」

亜美は警戒はしていたのだろうが、毎日見張られていたとは思っていなかったに違いない。

油断もあったのかもしれない。そこを見つかったのだ。

「強引だったのは認める。済まなかった」

「それで？」

「こっちの事務所まで来てもらった」佐久間がまばたきを繰り返す。「ジュースとコーヒーも出した。レモンドロップのケーキもだ。脅かしてもいない。ただ、時政との関係だけを聞いた。女の子だ。チンピラにやらせて、トラウマを残すようなことになってはいけないから、おれが自分で質問した。全部丁寧語だぞ」

「あの子はレモンドロップのケーキは好きじゃない」おれは首を振った。「アメリカンスタイルは嫌いなんだ……それで、亜美は何と答えた?」

何も、と佐久間が肩をすくめた。

「最小限だが、会話はした。時政を知っていること、交際していたことも認めた。だがそれだけだ。頼まれて何か売ったとかそういうことは一切ないと断言した。二時間、手を替え品を替え、正直に話してほしいと頼んだが、全部否定するだけだった。暴力を行使しようとは思わなかったが、顔の怖い連中を集めて圧力をかけたりもした。それでも屈しなかった。たいしたもんだよ。諦めて解放した」

「何も言わなかったか」

「頭のいい子だ。認めるところは認めるが、肝心な取引の話は完全に無関係だと主張した。論理的に話し、説得力もあった。本当にシロかもしれないと思わざるを得なかった。肝も据わっている。勇気もある。普通なら、泣いて何もかも話すところだが、そんなことはしなかった。何か言えば、時政がヤバいことになるとわかっていたんだな。かばうつもりだったんだろう」

「その後は? どうするつもりだった?」

「上と相談したよ。やっぱり時政を押さえろということになった。時政を捕らえ、高岡組の指示で覚醒剤を売っていることを吐かせ、はっきりした証拠を挙げて住水連合と山岡組で話をつけてもらうしかない。関西方面から砥川組に兵隊が集まっていることや、武器を調達しているという噂も流れてきていた。待ったなしだった」

「だが、時政は捕まえられなかった？」

「警察が動き出したことがわかったんだよ」佐久間が微笑んだ。「おれが送ったタレコミのメールが利いたらしい。警視庁が作った特別チームが吉祥寺に送り込まれたという情報が入ってね。あいつらも馬鹿じゃない。時政を押さえてくれるだろう。おまわりが話せば、素人の大学生は何でも喋るさ。高岡組や砥川組との関係も明らかになる。バックにいる山岡組の狙いも判明するだろう。警察が捜査を始めれば、山岡組も動けない。戦争どころじゃなくなる。それがわかったので、静観することにした。奴らが時政を捕らえてくれるのを待つことにしたんだ」

「榊原浩之が時政を殺していたとは思わなかった？」

「考えてもいなかった。時政が殺され、死体が見つかったと聞いて、一番驚いたのはおれかもしれない。だが警察は時政の家を調べて、覚醒剤を発見したそうだ。メールなどから高岡組の組員と連絡を取っていたこともわかった。高岡組の家宅捜索はもう済んでいる。すぐに高岡組と砥川組の動きもわかるだろう。山岡組はトカゲの尻尾を切ろうとするさ。吉祥寺には手を出さなくなる。ほとぼりが冷めるまではね。後は上同士で話し合ってくれるだろう。町には平和が戻る。めでたしめでたしというわけだ」

佐久間が渋い微笑を浮かべている。事情を話してくれて助かった、とおれは言った。

「だが、二度とあの子に手を出すな。おれは何でもすぐ警察に話す男だ。あることないこと喋り倒す。ヤクザの嫌がることをするのが大好きでね。あんたがどんなに迷惑がっても、そんなことは知らない」

わかった、とうなずいた佐久間がゆっくり唇を動かした。

「あの子と榊原浩之の間に何がある？」

「何の話だ？」おれは大きく首を振った。「どういう意味だ？」

「お前は探偵の仕事をしていると言った」アイスミルクをもう一杯、と佐久間が人差し指を立てる。「もちろんあの子に関することだ。そんなことは馬鹿でもわかる。お前に依頼してきた人間のことを調べると、榊原の名前が浮かんできた。奴の秘書連中がお前の仕事場に行ったことも知っている。何を依頼してきたのか。いろんなことが考えられる。なかなか興味深い。しかも金の臭いがぷんぷんする。ぜひ知りたい。榊原とあの女の子はどういう関係なんだ？」

「ノーコメント」

「淫行か？」佐久間がほとんど聞き取れない声で言った。「違うか？　それとも別の何かか？」

「知らない」

「そう言うだろうと思った。仕方がない。奴は時政を殺した。殺人犯から金を巻き上げるわけにもいかないからな。残念だよ。相当な金になっただろうに」

「またいい話が出てくるさ」

「無駄な金を使った」佐久間が舌打ちした。「若い奴らに残業手当を払わなければならん。意味のない出費は抑えたいのに」

「残業手当？」

「榊原の家を夜通し張らせた」佐久間の前に源ちゃんが新しいグラスを置いた。「タダで働いてはくれないんだ。今時の若い者は。労働の対価を求める時代なんだな」

「何のためにそんなことをさせた？」

「亜美とかいう女の子が来るかもしれないと考えた。現場を押さえて、どういう関係なのか話していただこうと思ったんだ」

「金のためか？」

「悪いかね？　金はいいものだ。少しの企業努力でリターンが見込めるなら、おれたちは何でもする。落ちてる金は拾う主義なんだ」

「いつからそんなことを始めた？」

「七月の半ば過ぎだったかな。榊原が捕まって、意味がなくなったから止めたがね。夜中に出て行った榊原が戻ってこなかったと見張りの若い奴がぶつぶつ文句を言っていたが、警察に逮捕されてたんじゃしょうがない。無駄働きの代償に一万円払った。ポケットマネーだぞ。安くはない金だ」

「夜中に出て行った?」

「そうだ。二時過ぎだと言ってたかな。表通りからタクシーでどこかへ行ったようだ。後のことは知らない。うちの若い奴もちょっと可哀想でな。あの夜は特に暑かったらしい。汗を掻きすぎて風邪を引いたと言ってたよ」

あんたの下で働いてなくてよかったと言って、カウンターに戻った。京子ちゃんがつまらなそうに煙草を吸っていた。

9

朝まで飲んで家に帰った。いつものようにベッドに引っ繰り返ったが、いつものようには眠りにつけなかった。どういうわけか目が冴えまくっていた。

いくつかの考えが頭をよぎり、それまでおぼろげだったものがひとつの形を作っていった。どうもおれは何かを見逃していたようだ。

ものわかりが悪いのは元々で、どうにもならない。やれやれ。

結局寝ないまま起き出して、リビングのテーブルで広告の裏に数行の文章を書いていたら、おはよう、と声がした。寝ぼけ顔の健人が立っていた。

「寝てないの？」

「ちょっとな。お前はどうなんだ。寝たのか？」

「まあね」

「何が食いたい？　ろくなものはないが」

「何でもいいよ。ああ、ユウウツだ」健人が絶望感溢れるため息をついた。「明日から夏期講習だ。テストと勉強の日々が始まる」

「同情する。だが、ホグワーツの学校でもテストはある。世の中そういうものだ」

健人の小学校では夏休み中に、夏期講習という名の特別授業がある。中学受験のためではなく、長い休みの間でも勉強の習慣をつけさせるのが目的だというが、実態は小テストの嵐だそうだ。健人が辛そうな顔になるのも無理はない。

「プリンにご飯あげてくる」

「そうしろ。手と顔を洗ってこい。トーストを焼いておく……いや、待て。その前に頼みがある。お前の携帯を持ってこい」

何のために？　とは聞かず健人が部屋に戻り、携帯を取ってきた。おれは広告の裏に書いておいた文章を見せた。

「電話をかけろ。たぶん留守電だが、これを読み上げてメッセージを残せ。飯はそれからだ」

「何、これ？」

「深く考えるな。言われた通りにしてくれ。バイト代を払う」

「いいけど……汚い字だね」

「余計なことは言わなくていい。最初に言っておくが、一発勝負だ。やり直しは利かない。心して読め。狩野英孝みたいに噛んだりするな。台なしになる」

「自信ないな」

「大丈夫だ。多少もつれるぐらいは仕方ないし、その方がいいかもしれない。大事なのは感情を込めることだ。泣いてる感じを出せ。焦っている調子で読んでくれればばっちりだ」

健人が二度文章を読みあげた。雰囲気は出ている。起きたばかりだから声はぼそぼそとしていたが、むしろ効果的だろう。

健人が発信ボタンを押した。しばらく電話を耳に押し当てていたが、留守番だよ、とおれを見上げた。メッセージを残せ、と命じる。健人が口を開き、文章を声にした。すぐに終わった。

「これでいいわけ？」

十分だ、とおれは千円札を一枚渡した。労働の対価というものだ。

「プリンにご飯をやってこい」

わかった、と健人がリビングを出ていった。おれは立ち上がって、食パンを戸棚から取り出した。

10

チャイムが鳴った。沈黙。再び鳴り、同時にドアノブを乱暴に上下させる音がした。

すぐにドアが開き、足音が響いた。あっと言う間に近づいてくる。健人？　という怯えた声がした。

「大丈夫なの？」ドアが開いた。「プリンはどう……なの……？」

よお、とおれは右手を上げた。膝の上に座っていたプリンが小さく吠えた。ジーンズとピンク色のパーカー姿の亜美が立っていた。

「久しぶりだな」

「……プリンは？」

亜美が不機嫌極まりない声でつぶやいた。大変元気だ、とおれは答えた。プリンが嬉しそうに尻尾を振っている。

「……あの留守電は何？」

これか、とおれは胸のポケットに入れていた二つ折りの広告を取り出した。

『亜美ちゃん、どうしよう。プリンがひどい下痢だ。止まらない。吐いたりもしている。震えていて、悲しそうな声で鳴いてる。今日、土井先生の病院は休みだし、パパもいない。どうしたらいい？　プリンが死んじゃうよ。助けて』

文章を読み上げた。亜美が殺気の籠もった目でおれを睨みつけている。

「人間というのは不思議だ」おれは言った。「ぼくは小児ガンで、余命三カ月だ。そう健人が言ったとしてもお前は来たかどうか。心配はするだろうし、かわいそうだとも思うだろうが、我を忘れて駆けつけるかというとそこはわからない。だが、ペットが病気だと聞けば、すべてを擲《なげう》って飛んでくる。十一歳の子供が一人でどうにもならなくなっているとわかればなおさらだ。人間は面白い」

「最低。そんな嘘を子供に言わせるなんて……恥ずかしくないの？」

「嘘がいけないなんて言ったことはない。必要ならつけばいい。使い方によっては有効なものだと、前にも言ったことがあるはずだぞ」

「……プリンは、大丈夫なのね？」

「完璧な健康体だ。心配させたのは悪かったと思っている。謝る」おれはプリンをケージに入れた。「とりあえず、お茶でもどうだ。お前のために三浦屋でマンゴージュースを買っておいた」

鼻から息を吐いた亜美が歩きだす。二人でリビングに行った。亜美を座らせて、マンゴージュースと作っておいたコーヒーをテーブルに出した。

「一週間ぐらい経つか？　ここを出て、どこにいた？」

向かい合わせに座った。いろいろ、と亜美が横を向く。前にもそんな会話をした覚えがあった。

「いろいろじゃわからん。どうやって暮らしていた？」

「……立川。パチンコ屋に潜り込んでた」

「よく雇ってくれたな」

まあね、と亜美が口だけを動かした。どうにかごまかしたのだろう。それ以上の説明は求めなかった。

「少し話をしよう。お前の親父が人を殺して捕まった。殺したのは時政一樹だ。知ってるな？」

そりゃあね、と亜美がマンゴージュースをひと口飲んだ。

「大騒ぎだったもん。嫌でも耳に入るって」

「何かコメントは？」

「しょうがないんじゃない？　やっちゃったもんはどうにもならないでしょ。自分で何とかしなさいよって」

「親父さんの再起は難しいだろう。市長選どころの話じゃない。もう一度やり直すことができるにしても、十年以上先のことになるんじゃないか？　可哀想だとは思わないか」

亜美がまた横を向いた。おれはコーヒーにミルクを注いだ。

「助けてやろうとは思わないか」

何も答えはなかった。まあそうだ、とおれはつぶやいた。

「放っておくべきなのかもしれない。親父さんが自分で選択し、決めたことだ。余計な真似はしない方がいいのかもしれんな」

煙草を吸ってもいい？　と亜美が聞いた。今日だけだぞ、とうなずいた。

「リビングで吸ったことを健人には言うな。あいつはモルモン教徒より煙草を憎んでいる」

亜美がセーラムライトに火をつけて、煙を吐いた。

「何がしたいの？」

「友好的な会話だ。話を聞いてほしい」おれもラークをくわえた。「お前の親父さんは無実だ」

ふうん、と亜美が虚《うつ》ろに宙を見た。まあ聞け、と言った。

「親父さんの供述では、あの晩時政が榊原家を訪れたことになっている。金を強請り取るためだ。話がこじれて争いになり、アクシデントで時政を刺したと言っている」

「テレビで見た」

「だが、そんなのは大嘘だ」おれは灰皿代わりの小物入れに灰を落とした。「親父さんはそんなことはしていない。それどころか、時政が家に来たというのも嘘だ」

亜美の唇がかすかに動いた。煙が横に流れる。

「警察が現場検証をした。争った痕跡が残っていたというが、もちろん偽装だ。前野のジイさんがやったことで、それだけのことだ」

「……よくわからない」

「榊原の家に行ったことはあるのか？ おれはこの前行ってきた。そこそこ立派な家だったが、便利とは言えない。家の前の道が狭すぎる。危なくて仕方がない」

「……だから？」

「あの道路に車を駐めておくことはできない」おれは指でバツ印を作った。「狭いわりに、車がよく通る。ＢＭＷが駐められていたら他の車は通れない。駐車違反もいいところだ。すぐおまわりが来て、レッカー移動される」

「そう」

「お前の親父さんは、時政のＢＭＷに時政の死体を積んで運転しているところを逮捕された。ＢＭＷはどこにあった？　時政はどこに車を駐めたんだ？」

「……コインパーキングじゃない？　近くにないの？」

「ネットでパーキング情報を検索した。三百メートルほど離れたところにタイムズがある」

「じゃあそこでしょ？」

「お前の親父さんは有能な政治家だが、超能力者じゃない。時政が車で来たことはわかったかもしれないが、車種が何なのかわかるはずがない。三百メートル離れた駐車場に駐められているＢＭＷを時政の車だと知ることはできないし、そこまで死体をかついで運んでいくことなんか絶対にあり得ない」

「……車のことをカズくんが話していたかもしれない。車を取ってきて、家の前で駐めて、それに積んだのかも……」

「お前は頭の回転が速い。理想的な回答だが、それもあり得ない。あの晩、榊原家を事情があって監視していた人間がいたんだ。時政もＢＭＷも見ていないという。見逃したかもしれないと言うかもしれんが、死体を背負って家を出た榊原浩之を見ていなかったとしたら、お前はスティービー・ワンダーかという話だ。どんなに無能な見張りだって気づく」

そのたとえはよくわからない、と亜美が言った。おれたちの間にはジェネレーションギャップがあるのだ。

「その男は親父さんが真夜中に家を出たところを見ていた。表通りに出て、タクシーを拾ってどこかへ行ったという。BMWを運転などしていないし、死体を背負ってもいない。どこへ行ったのか」

亜美がうつむいた。お前のマンションだ、とおれは言った。

「お前の部屋に行った。これは想像だが、お前がおれの家から姿を消した後、親父さんはそれを知ってお前を捜そうとした。だが、本人が町中を走り回るわけにはいかない。他人に頼めることでもない。前野のジイさんは足が悪いから動けなかった。他に当てがないまま、親父さんは時間を見つけてはお前の部屋を訪れていたんだろう。お前を見つけて、話し合いをしようと考えてたんだ。何日目のことかはわからないが、あの晩もお前の部屋に行った。鍵は持っていたはずだ。そして時政の死体を見つけた」

コーヒーをもらえる？　と亜美が言った。落ち着いた声だった。どうぞ、とカップを差し出す。

「どんな状態で見つけたのかはわからない。おそらく部屋に横たわっていたんだろう。隠すような場所はないだろうからな。他殺死体であることはすぐわかったはずだ」

「……それで？」

「親父さんは驚いただろう。焦り、混乱もしただろうな。知らない男が娘の部屋で死んでいたら、どうすればいいのかわからなかったに違いない。ただ、ひとつだけはっきりしていることがあった。死体をどうにかして処分しなければならないということだ」

　亜美が自分でコーヒーを注いだ。

「親父さんは前野のジイさんに連絡して、何があったかを説明した。マンション前の駐車場は親父さんの名義で借りていたな？　そこに時政はＢＭＷを駐めていた。キーも免許証も見つけた。住所もわかった。車に積んで自宅まで運び、そのまま捨てておく。そう言ったんだろうし、前野のジイさんもフォローすると確約した」

「ふうん」

「死体を部屋にあったビニールで包み、背負って表に出た。真夜中だ。見つかる可能性は低いと踏んだんだろう。その通りで、トランクに積み込むことができた。後は車を運転するだけだ。親父さんは地元の人間で、道はわかっていた。問題は何もないはずだった。警察が時政をマークしていて、奴の部屋を張っていたことを除けばの話だが」

　おれは新しい煙草をくわえた。亜美がじっと見つめている。

「なぜそんなことをしたのかは、もうわかっているだろう」

　おれはぬるくなったコーヒーに口をつけた。

「お前のためにした。それ以外じゃない」

　それだけ言って、煙草に火をつけた。

11

「お前の部屋で時政は刺し殺されていた。それを親父さんは見つけた。状況から言って、お前が刺したとしか考えられない」

おれは煙を吐いた。亜美がゆっくりと顔を向ける。

「部屋には鍵がかかっていただろうし、部屋の中で刺されたのは様子を見ればわかっただろう。そりゃ誰だって部屋の主がやったと思うさ。親父さんはお前を殺人犯にしたくなかった。だから死体を運び出そうとした。逮捕されたのは運が悪かったからだ。真相を闇に葬る自信もあったのだろう」

「あたしは……そんなことしてない。カズくんを刺した？　そんなわけないでしょ」

「親父さんの直感は正しい。お前がやったんだ」おれは言った。「お前と時政の関係を警察は知らない。だから調べられていないが、お前はあの日時政と連絡を取り、自分の部屋に呼んだ。お前たちは部屋で会い、話をした。ちゃんと調べれば、お前と時政があの日連絡を取っていたことはすぐわかるし、時政がBMWでお前のマンションに行ったのを見た人間も出てくるかもしれない。認めるところは認めた方がいいぞ」

「何のために呼んだわけ？」

「お前は時政が自分に何をさせていたか、薄々気づいていただろう。売り子にして、覚醒剤をさばかせていた。利用していた。お前はそれでもいいと思っていた。どんな形でも、時政とつながっていたいと考えていた。男を好きになった女はそういうものだ。気持ちはわかる」

亜美が視線を逸らした。整った横顔に向かって、話を続けた。

「いいことをしているのではないとわかっていただろう。覚醒剤であるかどうかは別として、違法なことをしているという自覚はあったはずだ。だが、それでもよかった。秘密を共有していることが、二人のつながりを強くすると思った。他の女と遊んでいることは知っていただろうが、そこまで踏み込んだつきあいをしているのは自分しかいないと信じていた。他に何人女がいようと、自分だけが本当の恋人だと思っていた」

亜美は動かない。顔色がわずかに白っぽくなっていたが、それ以外何の変化もなかった。

「だが、お前をさらったヤクザがいた。佐久間というそのヤクザは、時政の命令で覚醒剤を売っていることをお前の口から言わせたかった。佐久間はすべての情報を話してお前の協力を得ようとした。時政と高岡組との関係から始まり、吉祥寺の町で何をしていたか、何人かの女を使って覚醒剤を売りさばいていたかを説明した。前におれはその話をしていたが、あの時は信じてなかったな？　佐久間から同じことを言われて事実だとわかり、お前は驚いただろう。自分だけではなかったのかとショックを受けた。だから奴を部屋に呼んだ」

ラークの箱を取り上げたが、中身は空だった。一本もらえるかと言うと、亜美がセーラムライトを投げてよこした。

「時政との話し合いがどんなものだったかはわからない。お前は時政を信じたかっただろうが、奴は奴でお前に話があった。おそらくは、言うべきではないことを言ってしまったんだろう。他の女の存在を認め、お前を利用していただけだと言ったんじゃないか？　はっきり言うが、もうお前は時政にとって厄介物でしかなかった。消えてくれとでも言われたんじゃないか？　お前にとってはひどい裏切りだった。愛していたのだろうと思う。それだけに反動は大きかった。殺そうと思ったのは無理もない。同情している」

「……カズくんに電話した」横を向いたままの亜美の唇がかすかに動いた。「来てほしいって言った。前にもあたしのマンションに来たことはあった。夜になってやってきた。ヤクザにさらわれた話をした。あたしのことはどうでもよかった。カズくんのことが心配だった……カズくんは危ない連中とつきあっていて、そいつらに使われている。逃げた方がいいって言った」

「それで？」

「……カズくんはあたしに身を隠せって言った。お前が何か喋ったらヤバイことになるって。他の女はみんな東京を出たって言った。訳がわかんなかった。佐久間って人も言ってたけど、他の女ってどういうことか聞いた。ちゃんと答えてくれなくて、とにかく消えろって……だったら一緒に逃げようって言った。あたしはカズくんと二人でいられるなら、何でもよかった。だけど、カズくんはそんなつもりなくて、駄目だって……言い争いになって、カズくんがナイフを取り出したのは覚えてる。言う通りにしないと殺すって……後はよくわかんない。つかみ合いになって、気がついたらカズくんが……」

おれは手を叩いて、百点だ、と言った。

「警察にはそう話せ。事故だったと言うんだ。大きな罪には問われない」

「本当だよ。本当にそうだった」

「いや、それは嘘だ」おれは指を振った。「お前は時政を殺した。明確な殺意があった」

責めてはいない、と煙草に火をつけた。メンソールの香りがした。

12

時政のマンションに行った、とおれは煙を吐いた。

「お前は入ったことがあるのかどうか知らないが、要するに大学生の部屋だ。ちょっと上等ではあった。家具などは高級品が揃えられていた。あいつはそういう男なんだ。こだわりがあるんだな」

「……そうかも」

「テーブルに果物ナイフがあった。ちょっと凝った造りで、変わったデザインだったから覚えている。キッチンに並んでいた包丁類とセットのものだった。凶器のナイフの写真を見たが、それは安物でね。たぶん百円ショップで買ったものだろう。時政の趣味じゃない。時政はナイフを持ってお前のところに行ったりしてない。ナイフを突き付けて脅かすような男じゃないんだ」

「それは……」

「時政を刺したナイフはお前のものだ。争いになどなっていない。だいたい、揉み合って偶然ナイフが心臓に刺さるなんて、そんなことはあり得ないんだ。ドラマじゃないんだぞ。そんなに都合よく心臓を刺せるわけがない。時政は心臓をひと突きにされて殺されていた。傷はそれだけだ。狙ってやらなければできないことなんだ」

亜美が首を振った。

「おれはこう考えている。時政を呼んだのは本当だろう。佐久間というヤクザにさらわれた話をして、一緒に逃げてほしいと頼んだが拒否された。そこまではその通りだろうが、時政はなぜ拒否するのか理由を話したんじゃないのか。それはお前にとって残酷な事実で、認めることができない内容だった。違うか？」

亜美は顔を背けるようにしたが、構わず話を続けた。

「他の女のことを時政は言った」詩織という女の姿を思い浮かべた。「お前に対して気持ちはないと言った。別に女がいると。その女と逃げると言ったのかもしれない。時政はお前のことなんかどうでもよかったんだ。言われた通りに動いて、利用できる女だったら誰でもよかった。奴としては縁を切りたいぐらいだった。ストレートにそう言ったかどうかはわからんが、はっきり言わないとお前がいつまでもつきまとってくるとは思っていただろうから、かなり露骨な言い方をしたんじゃないか。お前が時政を殺そうと思った動機はそれだ」

亜美が肩をすぼめた。勝手に喋ってろ、という意味らしい。だからおれは先を続けた。

「時政はお前をそういうふうにしか見ていなかった。使えるか、使えないか。重要なのはそれだけだ。ある時期、お前は使えた。利用価値があった。だが、もうなくなった。そうなれば切るしかない。そんなはずないとお前は思っただろうが、時政はそう言った。奴には自信があって、結局女は自分の言いなりになると思っていた。泣くだろうし、喚くだろうし、すがってもくるだろうが、知ったことじゃないと考えていた。お前もいずれは諦めるだろうと高をくくっていたんだろう。それは大きな間違いだったな。本当に心からの愛情を捧げる女がいることをわかっていなかった。そういう女と恋愛をしたことがなかったんだな。不幸な男だ」

「……カズくんはそんな人じゃない」亜美が反抗的な目付きでおれを睨んだ。「知ったようなことを言わないで」

「言うさ。奴はお前と縁を切ると一方的に宣言して、そのまま寝るような男だからな。見てきたように言うが、そうしたとしか思えない。セックスしたのか？　疲れたのか、眠くなったのか、とにかくお前の部屋で横になった。お前が何を考え、どう感じたかはわからない。世の中にいくらでもある典型的な状況と言える。そんな時、愛情が深ければ深いほど、女はとんでもないことをする。お前はそういうタイプの女だった。自分のものにならないとわかって、やるべきことをした。ナイフを取ってきて、心臓目がけて刺したんだ。もう一度言うが、責めてはいない。人を愛するというのは、そういうことなのかもしれない」

しばらく黙っていた亜美が口を開いた。静かな声がリビングに流れた。

「カズくんが……よそでも女と遊んでるのは知ってた。イヤだけど、しょうがない。そういう人なんだって、受け入れるしかなくて……」

「うん」

「だけど、カズくんは……亜美が一番好きだって……何度も言ってくれた。すごく優しくて……時々冷たくなったりもするんだけど、それでもよかった。一緒にいるだけで泣きそうになった。浮気してもいいよって言ったこともある。戻ってきてくれればそれでいいからって。カズくん、笑ってた」

「そうか」

「カズくんがヤバイ商売をしていて、あたしは使われているのもわかってた。全然構わなかった。カズくんのためになるなら何でもした。何だってした。今日はこれだけ売れたってお金を持っていくと、ぎゅって抱きしめてくれた。死にたいくらい嬉しかった」

「そうか」

「まずいことになってるっぽいのはしばらく前からわかってた。変な連中に目をつけられてるのもわかった。カズくんに言ったら、知ってるって……すごく暗い顔になって、喋らなくなって……危ない奴らが周りをうろついているとも言ってた。身を隠せって……しばらく会わないし、連絡もするなって言われた。言われた通りにしたよ。カズくんのことが心配で心配で、おかしくなりそうだったけど、ずっと我慢した。待ってたら必ず迎えに行くからって言われたし……」

「それで？」

「ちょうど、あの男が……榊原があたしの本当の父親だってわかったのが同じ頃で……

どっちにしてもあのマンションにはいられなくなってた。学校も行けない。見張られてるかもしれないってカズくんは言ってた……そんなことが重なって部屋を出た。でも吉祥寺からは離れられなかった。もしかしたらカズくんと会えるかもしれなかったから……」

「家を出て、町に身を隠した。しばらくは時政と会ってたのか？」

「会ってた」亜美がうなずいた。「こっちから連絡は絶対するなって言われてて……たまにメールとかで呼び出されて、嬉しくて飛んでった。だけど、ホントにヤバくなったから当分の間会えないって言われた」

「それで？」

「最後に電話があって、どこか田舎に行けって……わかったって答えたけど、それだけはできなかった。カズくんと同じ町にいたかった。会えなくてもしょうがないけど、会えるかもしれないって思えないようなところで暮らすのは嫌だった」

「イエロービーンズっていったか？　あのクラブに顔を出していたのは、時政に会えるかもしれなかったからだな？」

「うん……あそこがカズくんは好きだったし、あの店に来る客にいろいろ売ってたから、来るかもしれないって……だけどヤバい感じがしてて、もう行くの止めようって思ってた。あんたに見つかった日は、最後にするつもりだったんだ」

「誰かに追われてると思った？」

「はっきりとじゃないけど、そんな気がして……」

「じゃあ、おれがこの家に来いと誘ったのは？」

「ちょうどよかった。誰も知らない人の家なら、隠れるには都合がよかった。捜しようがないもんね」

おれは亜美が榊原浩之と会いたくないから、ここへ来ることに同意したと思っていたが、そうではなかった。亜美にはもっと切羽詰まった理由があって、身を隠さなければならなかったのだ。

「あの変なヤクザに拉致られて、全部話せって言われた。ヤクザはカズくんのことも知ってて、ヤクザははっきりとカズくんを狙ってた。あたしのことなんかどうでもよくて、カズくんの命令で薬を売ってることさえ話せばすぐに帰してやるって……でも、何も言わなかった。カズくんを危ない目にあわすことはできないから。あたしが守るしかないってわかってた」

「それで連絡を取った？」

「ヤクザの事務所みたいなとこを出て、すぐに電話した。何でかけてきたって怒られたけど、ヤクザが捜してる、逃げてって言った。でもカズくんもあたしに電話しようと思ってたって。一度会って話そうってことになって、外だとまずいからあたしの部屋で会おうって……あたしは嬉しくて、カズくんに会えるっていうだけで、他のことはどうでもよかった。四日後、マンションの部屋で落ち合った」

「ここを出てからだな?」

そう、と亜美がうなずいた。

「待ってたら車の音がして、カズくんが入ってきた。カズくんは不安そうだった。怯えてた。あたしは何があったかを全部話した。ヤクザが追ってることも言った。あいつらは手を出してこないってカズくんは言ってたけど、嘘だってすぐわかった。びくびくしてて、そんな弱気なカズくんを見るのは初めてだった」

「それで、お前は何て言った?」

「一緒にいたいって。この町を離れて、二人で逃げようって。お金は何とかなるって言った。あたしはその時まで、父親のことを話してなかったけど、初めて打ち明けた。あたしたちが何とかなるぐらいの金はくれるって言った。逃げて、あいつらが諦めるまで待って、ひっそりと二人だけで暮らそうって。何年も経てば忘れるって……だけど、カズくんは変な笑い方をするだけで……」

「笑う?」

「お前と逃げるなんてあり得ないって……ガキとそんなことはしたくない、逃げるけど、あたしとじゃないって。詩織って女とこの町を出るって。お前みたいな子供のことなんかどうでもよかったって……真面目に考えたことは一度もない、使い勝手がいいから利用してただけだって……」

「そうか」

「お前に連絡しなかったのは、お前との関係がヤクザにバレたらおれがヤバいことになるからだって……他の女はみんな言われた通りどこか遠くへ行った。お前は何で従わないんだって殴られた。ごめんなさいって謝ったんだけど、どこでもいいからどっかへ消えろって……もうお前に用はないってまた殴って……」

「そうか」

「その後、カズくんはあたしの前で詩織って女に電話して、会おうとか言ってた。すごい甘えた声で……よくわかんないけど、会えないって言われたみたい。不機嫌になったカズくんが……抱かせろって言った。やらせろって……そうじゃなかったら帰るって。本気だってわかったから……」

「……もういい」

「したいようにして、カズくんは寝た。いつもそう。終わるとカズくんはちょっと寝て、一人で帰っちゃう……寝顔を見てた。このままいつものように帰るんだって思った。だけど、もう二度と戻ってこないのもわかった。その女とどこかへ行くつもりなんだって。その女はカズくんの部屋にも出入りしているみたいだった。あたしが行っても、いつだってマンションの前で待たされてたけど、その女は入ってるんだって……悲しくて、しばらく泣いた。カズくんは起きなかったけど、詩織ってつぶやいた……」

「そうか」

「訳がわからなくなった。悲しいとか悔しいとか怒りだとか、いろんな思いが湧き上がってきて……誰にも渡したくないって思った。それだけはイヤだって……他にどうしようもなかった。台所へ行って、流しにあったナイフを摑んで、カズくんのところに戻った。カズくんは音とかで目を覚ましてた。顔だけこっちを向いて、にやにや笑ってた。意味はわかんない。だけど、その笑いを見たら、何もかも信じられなくなって……許せなくなって……そのままナイフを振り下ろした」

「話はわかった。それから逃げ出したんだな？」

うん、と亜美がうなずいた。

「気がついたら、カズくんは息をしてなかった。血はそんなに出てなかったけど、死んでるのはわかった。あたしは意外と冷静で、身の回りのものをバッグに詰めたりする余裕があった。そのまま部屋を出た。もちろん、鍵も閉めた。夜通し歩いて、西へ向かった。郊外へ出ようと思ったんだ。たどり着いたのが立川で、とりあえず二、三日マンキツにいた。町をうろうろしてたらパチンコ屋に貼り紙があって、従業員を募集してるって。アパートもあるって書いてあったから、駄目元で行ってみた。怪しまれたかもしんないけど、どうにか雇ってもらえた。住み込みで働くことになった」

「親父さんが逮捕されたのは知っていたな？」

テレビで見た、と亜美が答えた。

「何をしたのかよくわかんなかった。パチンコ屋の店員とかに聞いたら、恐喝してきた大学生を自宅で殺したらしいとか教えてくれた。何それって思った。自宅でってどういうこと？　大学生って誰？　カズくんの名前は誰も教えてくれなかった。あの人がカズくんを殺したことになってるってわかったのは、つい二、三日前。だけど、どうしてそんなことになってるのか、その辺のことは全然わかんなくて……」

「親父さんには人生の計画があった」おれは空になっていたラークの箱をゴミ箱に放り投げた。「武蔵野市長になり、その実績を踏まえて衆議院議員になるつもりだったんだろう。そのまま閣僚になり、更に経験を積んで、最終的には総理大臣の座に就こうとしていた。それは本人の中で揺るぎないもので、タイムスケジュールだって作っていたかもしれない。それ以外に人生の目標がない男だった。誰にもそれを止めることはできない。だが、機械ではなかった。人間の心を捨てきったわけでもなかった。娘が人殺しとして逮捕されるのを、指をくわえて見ていることはできなかったんだ」

「……うん」

「お前の部屋で時政の死体を発見して、直感的にお前が殺したとわかったのだろう。少なくとも関与していることは間違いない。それは誰でもそう思う。娘をそんな事件と関わらせたくなかった。他の誰かのためになら、そんなことはしなかっただろう。娘だからかばおうとした。お前を巻き込ませまいと思った。もちろん、計算もあったと思うがね。親父さんは時政とは完全に無関係だ。マンションの駐車場に駐められていた車から時政の死体が見つかっても親父さんと結びつける線はない。バレなければ大丈夫だということもあったんだろう。見つかったのは偶然だったし、不運なことでもあった。だが、逮捕されてからも親父さんはお前のことは一切口にしなかった。言いたいことはあるだろうがそんなことは関係なくなった。お前を守ることが親父さんにとってのすべてになった。親というのはそういうものだ」

「……うん」

「おれは親父さんのことが好きじゃない。むしろ嫌いだ。だが、ちょっと考えが変わった。可哀想な男だと思うようになった」

「可哀想？」

「親父さんがどうして総理大臣になろうと決めたのかはわからない。環境のせいかもしれないし、持って生まれた権力欲のためなのかもしれない。いずれにせよ、総理大臣になると志を立て、そのために努力した。東大へ行かなければならないと、勉強もしたんだろう。同級生が遊んでいるときも、そういうことに背を向けひたすら頑張った。立派なことだが、つまらん毎日だったと思うね。おれはそんな暮らしは嫌だ。毎日十時間以上勉強するなんて、健全な高校生のすることじゃない。もっとふらふらするべきだ」

「それは……その人の考え方次第なんじゃない？」

「女を好きになったこともないんじゃないのか？　友達だっていたか……だが努力は報われるもので、親父さんは東大に入った。だが、それがゴールじゃない。優秀な成績で卒業しなければならない。それは一種の強迫観念みたいなもので、おれが身内だったら止めてたかもしれない。それでも親父さんはしゃにむに前へ突き進んだ。総理大臣になるためには、経歴を汚すことはできなかった。ひとつの過ちも許されない。エロ本を買うことも、AVをレンタルすることもできなかった。どうかと思うね。遊び心のない奴に、国の代表なんかになってほしくない」

「……でも、真面目な人の方がよくない？」

「程度問題だ。卒業して、生まれて初めて恋をした。お前の母親だ。愛し合っていたんだろう。だが、親父さんはお前の母親を捨てた。韓国人だからとか、愚にもつかない理由で娘ごと捨てた。後に結婚した女は大企業の社長令嬢で、本人が何と言い繕ってもそれは政略結婚だ。そういう人生を望んだんだからそれはそれで結構だが、つまらないとは思わなかったのか。おれには一ミリも楽しいとは思えない」

「……そんなことばっかり考える人は少ないと思う」

「そうかもしれない。それこそ女子高生じゃないからな。楽しいか楽しくないかという二元論で物事を決めようとするおれは、ちょっとおかしいんだろう。だが、楽しく生きていきたいと誰もが願うべきだ。楽しさにはいろいろな種類があるから、一概にこうあるべきだとは言えない。それでも言えることがあるとすれば、下らないことをするべきだ。無意味な時間を費やしたり、悪ふざけをしたり、コンビニの前でだらだらと友達と喋ったりするのもいい。無駄なことをするのが人間で、効率悪く生きるべきだ。きちんとしたスケジュール通りの生き方なんて、ろくなもんじゃない」

「オジサンの論理ね。負け犬の自己弁護に聞こえる」

「負け犬はいけないか？　そもそも勝ち負けって何だ？　そんなに重要か？　勝たなきゃ駄目か？　おれにはよくわからないが、ただひとつ、お前の親父さんのような生き方を羨《うらや》ましいとは思わない。人前で屁をこくことも許されず、酔っ払ってへどを吐くことさえできないなんて絶対イヤだね」

下品、と亜美がつぶやく。失礼、と頭を軽く下げた。

「親父さんには能力があった。努力もした。総理大臣でも何でもなればいい。だが、そのために多くのものを捨ててきた。愛する女も、心を許せる友達もいない。ひたすら総理大臣への道を歩んだ。話し相手は前野のジイさんだけだ。どうかと思うね。可哀想じゃないか」

「個人の価値観の問題だと思う」亜美が言った。「本人が望んでいるんだから、それはそれで仕方ないし、認めてもいいんじゃない？」

「わからんけどな。確かに好き好《すず》きだ。歩きたい道を歩けばいいんだろう。それはい。だが、そんな人生を送ってきた人間でも、自分の娘が人を殺したとなれば話は違ってくる。時政の死体を見つけた瞬間、親父さんはあらゆることを考え、即座に結論を出した。お前のために動くと決めた。父親だからだ。娘を殺人犯にしたくなかった。心にあったのはそれだけだったんだろう」

亜美は何も言わなかった。顔を下げて、テーブルの一点を見つめている。

「親父さんが時政を殺すはずはなかった」おれは話を続けた。「殺意があったとかなかったとか、事故だったのか偶然だったのか、そんなことの前に、そんな間抜けな立場に身を置こうとするわけがない。馬鹿じゃないんだ。危険を察知する能力は人一倍ある。火傷しそうだと思ったら触れたりはしない。そういう人間だ」

「……そうだね」

「だが、現実には死体を運んでいるところを見つかり、逮捕された。自分でも刺したことを認めた。あり得ないことをしている。何のために？　誰のために？　答えはひとつしかない。娘のためだ。生まれた時からの夢と、数十年かけて築いたポジションを一瞬で捨てる覚悟を決めたのは、娘のため以外にはあり得ない。もっと早く気づいてもよかった」

「……かもしれない」

「親父さんの自供を警察は信じたが、いくつか考えてみるべき点はあった。殺害した時間帯についても、親父さんは覚えていないと言った。気が動転していて、それどころじゃなかったと。しかし、だいたいの見当はつくはずじゃないか？　なぜ時間を言わなかったのか。お前がいつ時政を殺したのか、親父さんにはわからなかったからだ。死体を発見したのは午前三時前後で、その前に殺したことは間違いない。しかし、何時だったのかは特定できなかった。時政が榊原家の前の道に車を駐車できたはずがなかったこと、凶器のナイフが奴のものじゃなかったこと、その他突っ込むべき点はいくつもあった。その指し示す方向はひとつだ。榊原浩之は時政を殺していない」

それからしばらく、亜美もおれも口をきかなかった。

「……そうね。認める。あたしがカズくんを刺した。殺そうと思って刺した」

亜美がおれを見て、小さく笑った。

「親父さんがお前をかばおうとしたことはわかってたか？」

「わからなかった」亜美が首を振った。「あの人が何をしたのか、どうしてそういうことになったのか、ニュースや新聞ではそこまで詳しく言ってなかった。あたしは訳がわからないままで、どうしようとか思うことはなかった」

そんなものだろう。亜美を含め、一般人が事件の詳細を知っているわけではない。おれはたまたま最初から絡んでいたし、事情を知るニュースソースも持っていた。

だから真相をわかることができただけの話で、それ以外ではない。おれと同じ立場にいた人間なら、もっと早く答えを出していたかもしれなかった。

「……どうすればいいと思う?」

亜美がつぶやいた。わからない、とおれは率直に答えた。

「好きにすればいい。おれはお前に本当のことを聞きたかっただけだし、実際に何があったのかを伝えるだけのつもりだった。お前を警察に突き出そうとは思わない。殺人は犯罪だが、親父さんが罪をかぶってくれるというなら、それもいいんじゃないのか?やりたくてそうしてるんだから、放っといてもいいだろう。ここに戻ってきてもいい。少なくとも健人とプリンは喜ぶ」

「正直言うと……警察に行こうと思ってた」亜美がうつむいた。「あの人に借りを作りたくない。自分でしたことの責任から逃げたくもないし……」

「すべてお前次第だ。自分で選べ。自首するなら刑事を紹介してやる」おれは電話を取り出した。「ただ、ひとつアドバイスをしてやる。殺す気だったとか、そんなことは言うな。ナイフも時政のものだと言え。襲いかかってきたから、訳がわからなくなって刺した、事故だったと言い張るんだ。その辺は親父さんを見習え。お前はまだ十七歳だ。

なのに、どうしてそんなことを言うの？」

「……どうして？　あたしは人殺しだよ。わかってるでしょ？　なのに、どうしてそんなことを言うの？」

亜美が顔を上げた。涙がひと筋こぼれる。手を伸ばして、それを拭《ぬぐ》った。

「人間は間違う。男も女もだ。それはどうしようもない。間違いを犯したら、一生背負って生きるべきだ。それが罰なんだ。お前にはそれがわかっている。そういう人間を法律でどうこうしたくない」

「……よくわからない」

「おれもわかっていない」小さくうなずいた。「ずっと考えるべき問題だ。答えは出ないんだろう。だから本当のことを言えば、お前を責めるつもりがないのは要するに気分の問題だ。おれは女の子に甘いんだ」

「……ウケる」亜美が喉の奥で笑った。「ウケるんですけど」

「好きにしろ。してほしいことがあったら何でも言え。お前は健人の友達だ。息子の友達はおれの友達でもある。友達を見捨てたりはしない」

「それがルール？」

「ルールだ」

おれは答えた。警察へ行く、と亜美が言った。

「一人で行ける。大丈夫」

ご自由に、とドアを指した。立ち上がった亜美が微笑みかけた。

「どうなるかわからないけど……ありがとう」

「どういたしまして」

「……面白いオジサンだね。変わってる。まともじゃない」

「そんなことはない」おれは首を振った。「どこにでもいる普通の小市民だ。そんなに面白くもないし、変わってもいない」

「でも、好きだよ」亜美がちょっと唇をすぼめた。「マジで」

「それは嬉しい」

ありがとうと答えた。間が空いた。亜美がテーブルの横に回り、近づいてくる。

「奥さんのこと……忘れられない？」

おれは座ったまま亜美を見上げた。少し表情が強ばっている。面白いジョークだ、と言った。本当のことを言って、と亜美がまた一歩近づいた。

「……めったなことでは思い出さない」おれは本能的に体を引いた。「離婚したんだ。そういうものだ」

「好きな女……いる？」

「……質問の意図がわからない。いいなと思ってる女は十人以上いるが、気が多いわけじゃない。三十八の男なんてそんなものだ」

「あたしは……あたしなんて、どうかな」

照れ笑いを浮かべながら亜美が言った。そういう手には乗らない、と答えた。

「何のつもりか知らないが、勘弁してくれ。お前は前にも同じことをしている。何のために真夜中おれのベッドに入ってきたかはわかっている。親父さんのことも、時政のことも、すべて忘れろと言うつもりだったのだろう。おれが余計なことをしないために関係を持とうとした。狙いはわかるが、もうそんなことをする必要はない。お前が何をしようと、どこへ行こうと、おれの関知するところでは……」

亜美の柔らかい体がおれの胸に飛び込んできた。子犬のようにしがみついてくる。どうしたらいいのかわからず、おれはただ座っていた。

「……そういうんじゃない」亜美がおれの耳に唇を寄せた。「いいかもしんないって思った」

「お前はきれいで、頭もいい」おれは意志の力だけで亜美の体を引き離した。「魅力的な女だ。いい女になれる。保証する。だが、ここまでだ。おれは普通の男で、女の子が大好きだ。間違ったことをしてしまう前に離れてくれ」

「……あたしが高校生だから？　十七だから？」

亜美が顔を上気させながら言った。握りしめた手が細かく震えている。そうじゃないと答えた。

「そうなる運命なら、八歳の女の子とでも恋に落ちる。念のために言っておくが、これはオヤジギャグの一種だ。年齢じゃないということを言いたいだけで……」

「……あたしじゃ駄目ってこと?」

「お前も感情的になっている。おれがいい人に見えているかもしれないが、それは勘違いだ。おれもそうだ。若い女の子の魅力的なオファーに反応しているだけなんだろう。後悔するようなことはしたくない」

「あたしは後悔なんかしない。本気で……」

「おれはする。小さい男なんだ」おれは席を立って、二歩退いた。「流れや勢いでそうなることは避けたいと思っている。ここでお前を抱きしめるのは簡単だ。死ぬほどそうしたい。だが、しない。そんなにわかりやすい人生を送りたくない」

「……若すぎる?」

「まあ、それもないとは言えない」おれは苦笑した。「年齢は関係ないと言ったが、気にはなる。常識のある男なんだ」

「……もったいなくない? マジ告白されて、それでもノーって言うの?」

「わかってる。こんなチャンスは二度とない。申し分のない話だ。だがノーだ。放っておいてくれ」

亜美が一歩近づき、そこで止まった。とんでもなく美しい笑みを浮かべる。静かに右手を伸ばした。

「指切りして」

小指がまっすぐ伸びていた。何のためだ、と聞いた。約束してほしいの、と真顔になった。

「五年待って。五年経ったら、あたしは二十二になる。あなたは四十三。あたしはとんでもなくきれいになる。四十三のオヤジの腕にぶら下がって歩いてあげる。バカップルになるの。二十二と四十三ならおかしくない。でしょ？　五年待つって、約束して。まあ、しなくてもいいけど。そっちからひざまずいて頼んでくるような、そんな女になってやるから」

「期待しないで待ってる」おれも小指を伸ばした。「しかし、二十二になった時、お前は年相応の男を見つけておれのことなんか忘れている方に、今ある銀行の貯金全額を賭けるがね」

「あたし、かなり一途だよ」亜美が自分の小指とおれの小指をからめた。「執念深い方だし。ストーカーになるかも」

「美人にストーキングされるのは男の夢だ。ロマンだ」指切った、とおれたちは手を離した。「約束はしない。縛るつもりはないからな。それに、おれも男だ。目移りもする。もっといい女に迫られたら、その気になることだってある。お前もおれのことなんか忘れていい」

「あんがい、忘れないかもよ」

じゃあね、と亜美が手を振った。行くのか、と思わず聞いた。だってそっちが行けって言ったんじゃん、と笑った。

「それもそうだ」送らないぞ、と言った。「ここで別れよう」

亜美が背を向けた。ドアを開いて、リビングを出て行く。じゃあね、と右手だけを上げ、そのまま振り向かずに去っていった。

ちぇっと、おれは舌打ちした。キスぐらいしてもよかったんじゃないのかなあ。それぐらいは許されてもいいんじゃないのかなあ。それ以上どうしようっていうわけじゃないんだし。

ふん、と鼻から大きく息を吐いて、カップを片付け始めた。リビングは静かだった。

13

深夜三時、おれはチャチャハウスにいた。ここのところいろいろあって、ゆっくりと腰を落ち着けたことができなかったが、久しぶりにきちんと飲む構えができていた。

全身真っ黒の服でコーディネートしている京子ちゃんと、文庫本を読み耽っている泉ちゃんを左右に従えて、三十分で三杯のウーロンハイを飲んだ。なかなかの好調ぶりと言えた。

「キミたちはおれを冴えないオヤジだというし、相手をしてやるのはボランティアだと思っているようだが」酔っ払って調子に乗ったおれは二人の肩を同時に抱いた。「実はそうでもない。意外と若い女の子に人気がある。時代が追いついてきたんだな」

「若い子に川庄さんの魅力がわかるかしら」京子ちゃんがおれの左手を握る。「あたしはいいと思うけど、あんたはどう？」

「敬老精神はある方です」

泉ちゃんが文庫本のページをめくりながら言った。どういう意味ですか、それは。

「夜は遊ぶ時間だ」おれは四杯目のウーロンハイを一気にグラス半分ほど飲んだ。「仕事なんかしている暇はない。こうして飲んでいると、大変気分がいい」

「……女の子の件はどうなったんですか？」

ページから目を離さないまま、泉ちゃんが言った。終わった、と答えた。

「迷惑をかけた。申し訳ないと思ってる。とりあえず今日は飲んでくれ。おれのおごりだ」

イエス！　と京子ちゃんが右手を突き上げた。泉ちゃんはどうでもいいという顔をしている。この子は一日水割り三杯までと限度が決まっているため、それ以上は飲めないのだ。

「何があったのよ」左手にキャメル、右手にサイドカーを握った京子ちゃんが言った。

「何か、面倒なことに巻き込まれてたわけ？」

「そうですなあ。そういうことになるかもしれない」

「話してよ。聞きたい」

あたしも、と泉ちゃんが文庫本を伏せておれの方を向いた。差し支えない程度なら、と口を開こうとした時、おれの携帯が鳴った。発信人は、前野、となっていた。

「遅くに申し訳ありませんな」

老人のしわがれた声が聞こえた。そっちこそ、とおれは時計を見た。

「夜中の三時半だ。年寄りは早起きというが、あんたもそうかね？」

「頻尿でしてね」ジイさんが淡々とした口調で言った。「前立腺に異常があります。夜中に起きることなどしょっちゅうです……もっとも、今日は起きておりました。あなたと話がしたかった。何度も電話したのですよ」

おれは携帯の画面をチェックした。夜中の十二時過ぎから、一時間おきに前野の名前が着信履歴に残っていた。

「悪い、気がつかなかった……何かあったのか？」

「いえ、業務連絡です」ジイさんがあっさりとした声で言った。「ゆうべ十時のことですが、亜美様が警察に自首したということです。時政を刺したのは自分だと言っているようです。今、それを受けて警察が亜美様の部屋を調べているようですな。事情がはっきりすれば、逮捕されることになるのではないでしょうか」

そうか、とおれはつぶやいた。亜美もそうすると言っていた。本人の決断なのだから、口を挟む筋合いはない。自由意志を尊重しよう。

「事情聴取の段階ですから、詳しいことはまだわかりませんが、亜美様は浩之様が実父であると二人の関係も話しているようです。まあ、それを言わなければ浩之様がなぜ自分が犯人だと主張しているか、わからないでしょうからな。父親は自分のために時政の死体を処分しようとしただけだと言っていると聞きました」

「それはそれは。いいんだか悪いんだか」

「微妙ですなあ」ジイさんが乾いた笑い声を上げた。「しかし、部屋を調べれば証拠も出てくるでしょう。亜美様の供述は警察に認められることになる。浩之様もきれいに無罪放免ということにはならんでしょうが、起訴猶予には持ち込めるでしょう。とはいえ、一度ついた汚れはなかなか落ちないものです。これから長い時間がかかりますな」

「あんたは……すべてを知っていたんだな？」

「有能な秘書というのは、何でも知っているものです」ジイさんが言った。「わたくしのことはおわかりでしょ？　五十年以上、この仕事をしております」

「浩之があの晩、亜美のマンションに行っていたことも知っていたのか？」

「亜美様があなたの家から姿を消した後、当然ですがわたくしたちは亜美様を捜しました」ジイさんの声が一本調子で続く。「話をしなければなりませんでしたのでね。選挙もありますし、前にも申しましたが早々に決着を着けたかった。ですが、捜すと言っても当てがありますせん。何人かの秘書に、事情は伏せて亜美様を捜させることまでしたのですが、見つかりませんでした。浩之様は時間を見つけては亜美様のマンションに自ら行き、帰っていないかチェックし続けておりました。あの晩、あんな真夜中に行ったのは、その時間しか空いていなかったためもありますが、夜中の方がいるのではないかと考えたためでもあります。死体が転がっているなど、予想もしておりませんでした」

「それはそうだろう。時政の死体を見つけて、あんたに連絡した」

「他にどうしようもないでしょう。相談すべき人間はわたくし以外いない。そういう関係なのです」

「理想の主従だな。二人で話して、善後策を決めた？」

「浩之様は動揺しておられましたが、冷静さはありました。状況を確認して、時政が死んでいること、他殺であることもわかっておりました。亜美様の部屋ですからねえ……犯人と言われても、他には……亜美様が関係しているのは百パーセント確実だと浩之様はおっしゃられましたし、わたくしも同意見でした。亜美様を逃がしたいと強く言われ、それにも同意しました。好ましい展開ではありませんでしたが、そうするしかなかったのです」

誰？　と京子ちゃんが言った。黙ってろ、と手で制して、電話を耳に押し当てる。

「止めなかったのか？」

「一応は止めました。ご自分の立場と将来を考えていただきたいと申し上げました。ですが、聞き入れようとはなさいませんでした。どうにもならないことはすぐにわかりました。浩之様があういう言い方をされた時は、誰にも止められるものではありません」

「さすがは長年のつきあいだ。時政のことは知らなかったんだろ？　政治献金の話も嘘だな？」

「わたくしは有能な秘書だと言いませんでしたか？」ジイさんが変な笑い声を上げた。「試衛愛国会という政治団体は実在します。砥川組の系列であることも本当です。先代の時代までは献金も受け取っておりました。ですが、浩之様の代になった時、一切の関係を絶っております。わたくしが手配しました。わたくしが見逃すと思いますか？」

「思わない。老人の知恵は侮《あなど》れないものだ」

「亜美様と時政がどういう関係なのかは、今でもよくわかっておりません。想像はつきますが、正確なところは知らないのです。わたくしたちにとって、そんなことはどうでもいい話です。問題は他殺死体が亜美様の部屋にあるということで、それをどうにかしなければなりませんでした。死体を部屋の外へ運び出すことを言ったのはわたくしです。浩之様はマンション付近を調べて、時政が車で来ていたことを知りました。駐車場は浩之様の名義で借りておりましたので、すぐわかったそうです。時政はキーも免許証も持っており、住所もわかりました。部屋から駐車場へ運び出すのはリスクのある仕事でしたが、それはやるしかありませんでした」

「真夜中だからな。見られる可能性は低いと考えたか?」

「さようです。部屋にビニールの袋があるというので、それで死体を包んで運び出すよう申し上げました。浩之様はそうなさいました。トランクに積んで、車を運転し、時政のマンションへ向かったのです。その間ずっと、わたくしたちは電話で相談を続けました。おそらく見つからないだろうという判断がありましたが、万が一のためにストーリーを作りました。時政に恐喝されていて、支払う金額を決めるために自宅へ呼んで交渉したが、偶発的な事故で刺してしまったというあの話です。最悪の場合、市長選は諦める、と浩之様は申されました。短い時間の間にです。どんなことをしてでも亜美様を守る、という強い決心が伝わってまいりました。結局のところ、父娘というのはそういうものなのでしょうな」

「そうらしい。あんたたちは相談し、意見を出し合って話をでっちあげた。そんなに時

「浩之様が生まれた時からのつきあいです」ジイさんが言った。「四十五年です。お互いが何を考え、どう動くかはわかっておりますよ。打ち合わせももちろんしましたが、細部まで話す必要は感じませんでした。亜美様を無関係な存在にするという目標さえ決まっていれば、するべきことは限られています。それがわからないほど他人行儀な関係ではございません」

「なるほど」

「勝算はあったのです」ジイさんが大きく息を吐いた。「駐車場に時政の車を捨てるだけのことです。トランクに死体が入っていることなど、相当長い時間が経たなければわかるはずがありません。見つかったとしても、時政と浩之様の関係を気づく者はいないでしょう。本当に無関係なのですから、当然の話です。浩之様に何か関連があると考える警察官など現れない。確信がありました。問題はなかったのです。あんなことがなければねえ……」

「時政を警察が張っていたことはおれも知らなかったよ」慰めの言葉をかけた。「残念だったな。あんたたち主従の夢は潰えた。当分の間浮上することはできないだろう。しばらく息を潜めてじっとしているんだな」

「そうですな……まあ、努力はしますが」ジイさんが言った。「亜美様が自分が真犯人だと名乗り出たことによって、状況を挽回できるかもしれないと考えております。亜美様との父娘関係をわたくしたちの方からオープンにするつもりです。どうしようもない事情があって別れたが、娘への愛は本物だったという物語ですな。父は娘をかばい、娘も父を救うために立ち上がった。親子愛はいつの時代にも望まれるものです。同情票を集められると思うのですが、いかがですかな」

「好きにしろ。あんたたちがタダでは転ばないことはよくわかった。せいぜい頑張ってくれ」

「清き一票をお願いします……最後にひとつだけよろしいでしょうか」

「何だ？」

「この件について、今後外部に漏らさないでいただきたい。わたくしたちは先ほど申し上げたような愛に満ちたストーリーを今回の事件の公式見解にしようと考えております。余計なことをおっしゃられると困る。くれぐれもお願いします」

「期待には添いたい」

「金は払います」ジイさんがかぶせるように言った。「成功報酬を支払うお約束でした。成功と言えるかどうかわかりませんが、一応決着は着きました。すべて終わったということで、金を受け取っていただきたい」

「口止め料か？」

「それは考え方次第ですが、そういう側面があることは否定いたしません。沈黙していただきたい。約束を破れば……」

「破ったらどうなる？」

少し黙っていたジイさんが、ひとつ空咳をした。

「わたくしがあなたのお宅にお邪魔したことは覚えておられますか」

「そんなこともあったな」

「何をしに行ったか、おわかりでしょうか？」

「……亜美と話をしに来たんじゃなかったのか？」

「あなたを始末することを考えておりました」落ち着いた声だった。「浩之様がどう考えておられたかわかりませんが、あなたはわたくしたちの思惑から一歩も二歩も踏み出したことをしようとしておられた。余計なことに首を突っ込み、知る必要のないことまで知ろうとした。別の意図を持って亜美様と接触し、亜美様と浩之様の関係を公にすることまで考えていた。今となってしまえばどうでもいいことなのですが、あの時点では見逃せないことでした。放置しておけばトラブルになるという判断があった。災いの芽は早めに取り除くことが肝要です。あなたを排除することを考慮に入れ、あなたの家に伺いました」

「……おれを殺すつもりだったと？」

「そのような直接的な表現は好みません」ジイさんが慇懃《いんぎん》な言葉を使った。「ただ、市民の一人ぐらいいなくなったとしても、そんなに世の中は困らないということです。あなたは今の政治家はそんな馬鹿な真似はしないという考えをお持ちのようですが、わたくしは昭和の人間でしてね。それをお忘れなく。昔のやり方の方が効果的なことはあるのです」

「車椅子の老人に何ができる？」

「わたくしはあらゆる方面の人間とつきあいがございます」ジイさんが自信たっぷりに言った。「ルートもあります。足は駄目ですが、手は動く。引き金を引くぐらいは簡単なことです」

「……選挙のことを真剣に考えよう」おれは言った。「榊原浩之が立候補するなら、投票所に行ってもいい。知らない仲じゃないんだ。知り合いは大事にしたい」

「そういうことであれば、もちろんわたくしたちは良好な関係を築くことができます」ジイさんが機嫌のいい声になった。「あの時、あなたを……わたくしが何もしなかったのは、とりあえずしばらくは利用価値があると考え直したからです。わたくしはあなたに期待しておるのですよ。今後もよろしく」

長々と失礼しました、と言ってジイさんが電話を切った。おれは携帯電話をカウンターに置いて、もう少し強い酒を、と言った。

「どうした？　何なの？」京子ちゃんが不安そうな目で言った。

「何か、それなりに緊迫感があったんですけど」

どうかしましたか、と泉ちゃんが横から言った。やはり、何か感じるものがあったようだ。つまらない話だ、とおれはマスターが差し出したバーボンのロックを手にした。

「飲み直そう。夜はこれからだ」モテた話をしていいか、と聞いた。「現役女子高生に告白された。嘘じゃない。マジだ」

ふざけんな、と京子ちゃんが喚いた。聞けよ、とおれはバーボンを飲んで、ミュージック、スタート、と手を振る。

マスターが古めかしいオーディオ機器に指を当てた。エリック・クラプトンのスローハンドが店に流れ始めた。

本作品は書き下ろしです。
作中に登場する人物、団体名はすべて架空のものです。

双葉文庫

い-38-08

最後《さいご》の嘘《うそ》
吉祥寺探偵物語《きちじょうじたんていものがたり》

2014年7月12日　第1刷発行

【著者】
五十嵐貴久《いがらしたかひさ》

【発行者】
赤坂了生
【発行所】
株式会社双葉社
〒162-8540 東京都新宿区東五軒町3番28号
［電話］03-5261-4818(営業)　03-5261-4840(編集)
www.futabasha.co.jp
(双葉社の書籍・コミックが買えます)
【印刷所】
慶昌堂印刷株式会社
【製本所】
株式会社若林製本工場

【表紙・扉絵】南伸坊
【フォーマット・デザイン】日下潤一
【フォーマットデジタル印字】恒和プロセス

ISBN978-4-575-51691-3 C0193
Printed in Japan